魔王と竜王に育てられた少年は学園生活を無双するようです 05

The Boy trained by the Demon King and the Dragon King, shows absolute power in school life

JN105536

Author
熊乃げん骨
Illustration
無望菜志

「ちょっと見過ぎじゃない？えっち」
勇者の末裔
シャルロッテ

「ちょっと……恥ずかしいですね」
吸血鬼
アイリス

海賊王
キャプテン・バット
「来いや小僧！」
「言われなくても！」
元村人の魔竜士
ルイシャ

「ルイシャ……
あんたこれほどの力を……」
七海王
シンドバット

シャロはベッドに
あおむけに
横になると、
両手を頭の後ろに回し
両足を開く。

「満足させなかったら……
承知しないから」

The Boy trained by
the Demon King and the Dragon King,
shows absolute power in school life

05

CONTENTS

魔王と竜王に育てられた少年は学園生活を無双するようです

The Boy trained by the Demon King and the Dragon King, shows absolute power in school life

05

Author
熊乃げん骨
Illustration
無望菜志

イラスト／無望菜志

第一話　少年と夏休みと海賊王の秘宝

「これで今日の授業は終了とする。みんな、休みだからといってハメを外し過ぎるなよ！」

ルイシャの所属するZクラスの担任レーガスがそう言うと、クラスメイトたちは解き放たれたかのように大声で「はーいっ!!」と返事をし、教室の窓とレーガスの鼓膜を割れんばかりに揺らした。

もちろん毎日彼らがこんなに騒がしいわけではない、今日は特別な日なのだ。

「ようやく待ちに待った夏休みだぜ！　おいルイシャ、お前はどっか行く予定あるのか？」

バーンが口にした通り、明日から魔法学園は約一ヶ月半の夏休みに突入する。みんな学園生活を楽しんでいるとはいえ、やはり夏休みは嬉《うれ》しい。みな明日から何をするかという話に花を咲かせていた。

「僕は明日から早速出かける予定だよ。バーンは何か予定あるの？」

「俺も明日から出かける予定だぜ、もちろんメレルとドカベを連れてな。王都の東の方におっきな森があるだろ？　あっちを探検してみるつもりだ。まだあの地域はあまり開拓されてないみたいだから今から楽しみだぜ」

「へえ、面白そうだね。お土産話楽しみにしてるよ」

「任せな、楽しみにしとけ！」

魔法学園には他国出身の者も多くいる、なので夏休みは帰郷する生徒が多いのだが、Zクラスの生徒には帰郷するものはほとんどいなかった。

彼らの中には落ちこぼれだったから、奇妙な力を持っているから、何か事件を起こしたからと理由は様々だが帰る故郷を失ってしまった者が多くいる。今や彼らにとって帰るべき故郷はこの王都となりつつあった。

「じゃ、帰ってきたら連絡してね。僕の方が遅く帰ってくるかもしれないけど」

「おう、ルイシャの話も楽しみにしてるぜ」

バーンはそういうとルイシャのもとを去っていく。すると彼と入れ違うようにアイリスがルイシャのもとにやってくる。

「いよいよ明日出発ですね、法王国領土は入ったことがないので少し緊張します」

「まあ僕たちの行くところは神都じゃないからそんなに気構えなくても大丈夫でしょ」

ルイシャたちの目的地、港町ラシスコは法王国アルテミシアの領土内にある。

法王国アルテミシアは『創世教』を信仰する宗教国家。その神都である『アダ＝イブム』は創世教の総本山であり、住民の九割以上が創世教を信仰していると言われている。

ルイシャは以前、無限牢獄《ろうごく》の管理人である桜華《おうか》に『創世教に気をつけてください』と忠告された。

なのでなるべく関わらないように生活していたのだが、創世教はキタリカ大陸で最も広く普及している宗教であり完全に関わらないというのも不可能な話であった。

とはいえ創世教は表向きには危険ではなく、広く信仰されている一般的な宗教だ。その深部である神都に行くのは躊躇《ためら》われるが、港町ラシスコは神都から大分離れており創世教の熱心な信徒はそこまで多くない。

なのでルイシャは大丈夫だと判断したのだった。

「あまりこういうこと言っちゃいけないけどワクワクしちゃうね。海賊王キャプテン・バットの伝説は僕の村でも聞いたことがある。その伝説の海賊王が残したお宝を探すなんて胸ときめかない男子はいないよ」

「お宝ですか。本当に見つかれば良い活動資金になりそうですね」

「はは、アイリスは現実的で頼もしいね……」

天下一学園祭を優勝したルイシャたちは、国境を越え旅行する権利を得た。それを使い夏休み中に海賊王が持っていったと言われる勇者の遺産を探しに行くことになったのだ。

海賊王バットは百年前に活躍した大海賊。凄《すさ》まじいカリスマ性と高い戦闘能力を持っていたと記録に残っており、当時の海賊たちは誰も歯が立たなかったと伝わっている。

「でも不思議だよね、彼ほどの海賊ならたくさんお宝を持っていたはずなのに、何も見つかってないんでしょ？」

「そうですね。彼の活躍は文献に相当数残っているのですが、その最期は意外なことに詳しくはわかっていません。『宝島の場所が分かった』、そう言い残して彼はラシスコを出たところを最後にその姿を消してしまったそうです。仲間の裏切りにあった、海の怪物に襲われた、宝島で天寿を全うした……などなど様々な説があるようですが、裏付けする証拠はまだ見つかっていないそうです」

「つまりその謎も解かないとお宝にはたどり着けないってことだよね。夏休みの間に出来るのかな、それ……」

ルイシャは不安そうな表情を浮かべる。

百年間謎に包まれた海賊王の秘密を、夏休みの間に解かなくてはいけないのだ。少し考えただけでもそれが無謀なことは分かる。

「すでに私の仲間がある程度情報を集めてくれているはずです。細かいことは行ってから考えても遅くはないでしょう」

「……そうだね。ここで悩んでもしょうがないよね」

そう割り切ろうとするルイシャだがその顔にはまだ不安が残っていた。それを感じ取ったアイリスは彼に近づくと、耳元に口を寄せて囁《ささや》く。

「ルイシャ様の好きそうな水着、用意したので楽しみにしててくださいね……♡」

「――――っ!?」

驚き距離をとったルイシャはアイリスの顔を見る。彼女は頬を僅かに赤らめ、小さく笑みを浮かべている。

「あ、アイリス!?　何言ってんの!?」

「ふふ、元気が出たようで何よりです。その調子でお宝を早く見つけてバカンスを楽しみましょうね」

してやったり顔を浮かべるアイリス。そんな彼女を見てルイシャは敵《かな》わないなあ、と思うのだった。

◇　◇　◇

放課後。

明日からの冒険に備えて色々買い出しを行ったルイシャは、一旦自室に戻ったあと男子寮の裏手に向かっていた。

時刻は夕方、外で遊んでいた生徒たちがまばらに寮に戻ってきている。

寮の裏手は芝生が広がっており、日中は昼寝をしたり魔法の特訓をしたりする生徒などがいるが、流石《さすが》にこの時間にもなれば誰もいないだろう。と、そう思っていたルイシャだったがその予想は外れることになる。

「あ、ルイシャじゃん。今日は来ないのかと思ったよ」

そう声をあげたのは小人族《ハーフリング》の少年チシャだった。

彼の横には知と筋肉の使徒（自称）のベン、さらにワイズパロットのパロムもその場にいた。

「二人とも来てたんだ。それにパロムも」

「まーね。乗りかかった船だし最後まで面倒は見るよ」

そう言ってチシャは自分の横にある小さな畑に目を移す。それはルイシャが帝国の最強剣士クロムから貰《もら》った種を植えた畑だった。チシャとベンはこれを育てるのを手伝っていた。

「最初は暇だから手伝ってたけど不思議と育てている内に愛着が湧いてきたよ。ねえベン?」

「うむ。それにこの植物実に興味深い。植物図鑑は一通り目を通したのだが種類が分からない。いったいどう育つのか検討もつかない……!」

眼鏡を光らせながらベンは楽しげに言う。

謎の種を植えて約半月。芽が出て順調に育ってはいるのだがその種類は分からないままだった。危ない植物じゃないよね……と不安な気持ちもあるルイシャだったが、友人が手伝ってくれるし愛着も湧いている。それに育った姿も気になるので献身的に水やりなどの世話をやっていた。

「順調に育ってはいるんだけど……やっぱりこの子だけは調子が悪そうだね」

ルイシャの目に留まったのは一つの芽。

植えた種は全部で十個あるのだが、順調に育った九つの芽と異なり、その芽だけは明らかに成長が遅かった。茎は細く葉も少ないその芽は強い風が吹いただけで抜け落ちてしまいそうであった。

ルイシャはその姿に落ちこぼれだった過去の自分を重ねてしまう。

「ねえベン、この子なんとか出来ないかな？」

「うーむ。本来であれば間引くべきだと思うが、ルイシャの気持ちもよく分かる。そうだな……何か強い栄養を与えることでも出来たらいいのだが」

「強い栄養？」

「ああ、モンスターの素材の中にはそれを摂《と》ったものの性質を変えてしまうほど強い効果を持ったものがある。漆黒蛇《ブラックサーペント》の肝や仙樹鹿《せんじゅじか》の角などが有名だな。しかしそれらは高い上に滅多に市場に出回らない。冒険者に依頼すれば可能性はあるかもしれないが、望みは薄いだろう」

「そっか……」

ルイシャは残念そうな様子で、ひ弱な芽の元に座り込む。

なんとかしてあげたい。諦めず自分を鍛えてくれた師匠たちのように、自分もなにか出来ないだろうか。そう考えたその瞬間、ルイシャはあることを思いつく。

「ねえベン、竜の血って効果あると思う？」

「む？　それはあるだろう。竜の血と言ったら万病の薬と昔は言われていたほどだ。まあ普通の人間が飲めば効果が強すぎて逆に体を壊してしまうらしいけどな」

「そっか……」

神妙な面持ちで自分の手の平を見る。その体の中には竜族と魔族の血が流れている。

無限牢獄の中で徐々に二つの種族の血を混ぜられたルイシャはその血に完全に適応している。そのおかげでルイシャは本来ヒト族が扱えないはずの両族の技を扱うことが出来るのだ。

つまるところルイシャの血には二つの最強種族の『力』が宿っていることになる。

「このまま放っておいたら枯れちゃうのは時間の問題だ。だったら……」

ルイシャは指先を軽く齧《かじ》ると、ダメ元で自らの血を一滴、その芽に垂らした。魔力と気をふんだんに混ぜ込んだその血は、葉っぱに当たるとみるみるその中に吸い込まれていった。

「これで少しは強くなってくれるといいけど……」

「どうしたのルイシャ？　しゃがみこんで」

「ああ、ごめんごめん。それよりチシャ、申し訳ないんだけど明日から王都を出るから畑の世話とパロムにご飯をあげるのだけお願いしてもいい？」

「しょーがないなあ、僕も忙しいんだけど……って言いたいところだけど、実際のところめちゃくちゃ暇してるから全然いいよ。僕には帰る故郷もないし、夏休み中はずっと王都にいるつもりだからね。ルイシャはまたどっかで暴れてくるの？　好きだねえ」

「僕も好きで暴れてるわけじゃないんだけどね……。まあとにかくありがとう。パロムもごめんね」

ゆっくりとパロムの首元を撫《な》でると、その大きな頭をルイシャに擦《こす》り付け「クエ♪」と甘えたような声を出す。パロムも戦闘能力は低くないが今回の旅はあまりにも危険が大きすぎる。連れて行くという選択肢はなかった。

「ところでベンも休み中は王都にいるの？」

「そのつもりだ。図書館で気になっていた本を読み尽くすつもりだ」

「へえ～」

「おい、なんだルイシャそのニヤついた顔は。決してやましいことなどないぞ私は！」

「安心してよベン、僕は口が堅いからさ」

「ぐむむ……覚えてろよ」

以前ルイシャは図書館で仲良さそうにしていたベンとローナの姿を見たことがある。きっと休み中も二人は仲を深めるのだろう、ルイシャはそう思ってはいたが口には出さない。

なぜならそれが男同士の友情だから。

「……なんだその気色悪いウインクは」

しかし肝心のベンにはその友情は伝わっておらず、ルイシャはがっくりと肩を落とすのだった。

◇　◇　◇

翌日。

この日に備えてしっかりと睡眠をとったルイシャは、朝早く王城近くに泊められた魔空艇『空の女帝《ブルーエンプレス》』に来ていた。

「早いねルイシャ」

そう言って彼を出迎えたのは王子ユーリだった。

まだどこか眠そうな彼は時折目を擦りながらルイシャに近づいてくる。

「来てたんだユーリ」

「しばらく会えなくなるんだ。見送りくらいするさ」

ユーリはルイシャたちがどこへ行き、何をしようとしてるのかを知っている。なにを隠そう彼は法王国へ入る面倒臭い手続きなども全部やってくれたのだ。

そういうことに疎いルイシャはかなり助かっていた。

「ユーリも行けたら良かったんだけどね」

「ラシスコはリゾート地。確かにゆっくりしたい気持ちはあるけど、君たちと一緒じゃどうせ事件に巻き込まれるのがオチだ。行かなくて正解だよ」

「強く否定出来ないのが悲しいとこだね……」

ルイシャ自身、今回も自分たちが事件を起こしたり巻き込まれたりする自覚があった。望んでいるわけじゃないんだけどね……とルイシャは困ったように笑う。

「ま、それはそれで楽しそうではあるんだけど、僕も色々やることがある。お土産話で我慢しとくさ。頑張ってくれ」

「うん。色々とありがとねユーリ」

友人と別れの握手を交わしたルイシャは、後からやって来たシャロ、アイリス、そしてヴォルフと合流すると魔空艇、空の女帝の搭乗口に立つ。

「無事に帰ってきてくれよ！」

そう叫ぶ友人に手を上げて応えたルイシャは、空の女帝の中に乗り込むのだった。

◇　◇　◇

「っしゃあ！　空の女帝、発進！」

ヴォルフは大声で号令をかけると、魔導エンジンが起動し、ゆっくりと空の女帝の船体が浮上していく。

ぐん、と船体が揺れた後、ふわっとした浮遊感を全員が感じる。

「……何回乗ってもこの感覚は慣れないわね」

「怖いのですかシャロ？　手を握ってあげましょうか？」

「馬鹿言ってんじゃないわよアイリス。あんたは平気そうで羨ましいわ」

「吸血鬼《ヴァンパイア》の三半規管の強さを舐《な》めてもらっては困ります。我々はどのような所でも平時と変わらぬ強さと速さを……」

「二人とも船酔いとか大丈夫？」

「あぁ……立ちくらみが」

そう言ってアイリスはやってきたルイシャにわざとらしくしなだれかかる。

当然ルイシャは心配し倒れ込んできた彼女を受け止める。まさか演技だとは思っていないので、彼は心配そうにアイリスを覗《のぞ》き込む。

「大丈夫？　お水とかいる？」

「いえ……しばらく抱いていただけたら治まると思います……三時間くらい」

「ルイ！　そいつ仮病よ！　騙《だま》されないで！」

アイリスが元気いっぱいなことを知っているシャロは、ルイシャに寄っかかるアイリスをつかみ、引きはがす。

「むー」

「むーじゃないわよ。あんた本当に遠慮がなくなってきたわね……」

引き離されてしまったアイリスはシャロの手から抜けると、いつも通りすました顔をする。まるで何もありませんでしたと言わんばかりの態度にルイシャも苦笑する。

「はは、まあ元気ならいいんだけどね」

一安心したルイシャは甲板に出て空を眺める。その後ろにはアイリスもついてきている。

空を切り裂きながら高速で航行する空の女帝。その姿を見た鳥は逃げていく。王国内で魔空艇を見ることなどほぼないので、空の住民たちは見慣れないその姿に驚いていた。

「今日の夕方にはもう着くんだよね。魔空艇は凄《すご》いなあ」

王都エクサドリアと今回の目的地港町ラシスコはかなり距離が離れており、馬車で行ったら二週間以上かかる距離なのだが、この魔空艇だと一日もかからない。

その分相当量の魔力供給を必要とするのだが、ヴォルフ以外の三人は魔力量が多いので心配はいらない。

「ラシスコにはアイリスの仲間がいるんだよね？」

「はい。私の従兄弟《いとこ》なのですが……なんというか、その、少々変わっている子でして」

「変わってる？」

アイリスの言葉に、ルイシャは首を傾《かし》げる。

そもそも周りの人が変わっている人ばかりなので、今更にも感じた。

「はい。能力もあって信頼出来る、いい子ではあるのですが……」

眉を下げ困ったように言うアイリス。

こんな彼女は珍しい。よほど変わった人なんだろうなとルイシャ推察する。

「でも他の吸血鬼に会える機会ってあまりないから楽しみだな。仲良くなれるといいけど」

「仲良く……そうですね……仲良く……」

アイリスは眉を下げたまま怪訝《けげん》な顔をする。

そこまで変な人なのかとルイシャはだんだん不安になってくる。

しかし協力者は多いに越したことはない。能力が高いなら尚《なお》のことだ。

ルイシャは内心ドキドキしながらラシスコに向かうのだった。

◇　◇　◇

時刻は夕方。

夕日が大陸西側の海を橙色《だいだいいろ》に染め上げる頃。ルイシャたちは法王国領土内の港町『ラシスコ』に到着した。

「あそこに泊めてください」

「あいよ」

アイリスの指示に従い、ヴォルフは器用に魔空艇を操縦し、着陸させる。

船を泊めた場所は大きな邸宅の庭であった。小型とはいえ魔空艇が着陸出来るほどの広い庭だ。こんな所に泊めてよいのかとヴォルフは不安になる。

ルイシャもそれが気になりアイリスに尋ねる。

「ここって使っちゃって大丈夫な場所なの？」

「はい、この家はラシスコにおける我が一族の活動拠点。自由に使っていただいて大丈夫です」

「こ、こんな立派なお家を持っていたんだね。すごいや」

「吸血鬼《われわれ》たちは数こそ少ないですが、大陸各地で商いをしているため資産は多く蓄えています。なので将来、ルイシャ様は働かなくとも全て我々が面倒を見ますのでご安心くださいね」

「はは……それはどうも……」

一抹の怖さを感じながら、ルイシャは魔空艇を降り吸血鬼の所有する邸宅の庭に降り立つ。

するとそこには一人の少年が立っていた。

「……時は来た」

右手で顔を覆いながら、意味深なことを口にする赤髪の少年。年はルイシャたちより少し下くらいだろうか。背こそ高いがまだ顔には幼さが残っている。

彼は真っ黒な衣服に身を包み、右目に眼帯をしている。更に左腕にはじゃらじゃらと金属の鎖のような物を巻き付けており、見るからに怪しい。

ルイシャたちが近づくと、彼は閉じていた左目をカッ！　と突然見開き、大きな声を出す。

「よく来たな神に抗《あらが》いし騎士たちよ！　漆黒にして真紅の吸血鬼、ヴィニス・V・フォンデルセンが諸君らを歓迎しよう！」

「……へ？」

突然意味の分からない挨拶をされ、キョトンとするルイシャと一同。

そんな中、この事態を予期していたアイリスだけは呆《あき》れたように頭を押さえていた。

「ヴィニス、その挨拶はやめなさいと何度も言っているでしょう」

「おや、アイリス姉《ねえ》、久しぶりです。いくらアイリス姉の頼みでもそれは聞けませんね、この口調は邪眼を持った者に課せられた枷《かせ》。いくら姉さんの頼みでもおいそれとは変えられません」

「……はあ、そうですか」

アイリスは手を頭に当てて、困ったような表情を浮かべる。

「すみませんルイシャ様。この子は昔からこうなんです」

「はは……個性的な人だね」

ヴィニス・V・フォンデルセン。

アイリスの従兄弟である彼は昔から陰謀論や神話が好きな子どもだった。「声が聞こえる」「頭が痛む」など妄言を頻繁に口にしたことで、周りの吸血鬼からも距離を置かれていたのだが、それは大きくなっても続き、今に至る。

この世界に存在しない言葉で言うと厨二病《ちゅうに》、邪気眼の類だ。

「今宵《こよい》は封印された右目と左腕がよく疼《うず》く……きっと深海に封じられた邪神が警戒しているのだろう。その原因はおそらく貴方《あなた》でしょう。魔と竜を内包せし仇討人《あだうちびと》よ」

「……は、はあ。それはどうも」

ヴィニスが発言する度、困惑する一同。

しかしそんな中、ルイシャだけは心の中で彼を理解していた。

(僕にもあったな……こんな時期が)

ルイシャも昔、彼みたいに振る舞っていた時期があった。彼の場合の設定は勇者の生まれ変わりであり、将来魔王を倒すのだと息巻いていた。

しかしルイシャの場合は直《す》ぐに彼の幼馴染《おさなじ》みエレナ・バーンウッドにボコボコにされたため、その時期は直ぐに終わったのだった。

その経験があったからこそ、ヴィニスの言動がルイシャには理解出来た。

ルイシャは彼と同じように格好つけたポーズを取ると、低めの声を出す。

「……漆黒にして真紅の吸血鬼、と言ったな?」

「ん?」

「まさか吸血鬼にも同胞がいたとはな……」

ヴィニスによく似た口調でそう喋《しゃべ》り出したルイシャを見て、アイリスたちは驚き、ヴィニスは口角を大きく上げ笑みを浮かべる。

「貴様の言う通り、我こそは魔と竜を内包せし仇討人、ルイシャ=バーディ。貴様の歓迎、喜んで受けよう。共に力を合わせ昏《くら》き夜の時代を終わらせようではないか」

「お、おお！　まさか我らの言葉に通ずるとは！　さすがアイリス姉が選んだお方！」

生まれてこの方、ずっと白い目で見られていたヴィニス。ルイシャはそんな彼の初めての理解者になった。当然ヴィニスはルイシャにすっかりと懐き、くっ付いていた。

「ルイシャ兄《にい》は知っているか？　この近くの海には船が沈没する魔の海域があるんだぞ。俺はそこが怪しいと思ってるんだ」

「へえ、そうなんだ。興味深いね」

「だろ!?　だから俺、色々調べてみたんだ見てくれよ！」

　まるで本物の弟のようにルイシャに引っ付きながら嬉《うれ》しそうに話すヴィニスを見て、アイリスは目を丸くして驚いていた。

「あの子があんなに楽しそうにしているのは初めて見ました……驚きです」

「ルイって人たらしなとこあるからね。あのヴィニスって子もまんまとそれに引っかかっちゃったわね」

　アイリスとシャロはルイシャたちから少し離れた所の椅子に座り、休憩していた。既に辺りは暗くなってきてしまったので、今日はもう吸血鬼の邸宅で休み、明日から色々調査することになったのだ。

「でもよアイリス、あいつ変なことばっかり言ってたけど、実際強いんじゃねえのか？」

　通りかかったヴォルフが聞くと、アイリスは真剣な面持ちで答える。

「……正直ヴィニスの本当の強さは私も分からないです。彼が本気で戦うところを見たことがありませんので。でもあの子の持つ魔力は私や他の仲間と比べても抜きん出て高い。昔は私とそう変わらなかったのですが、二年会わない間に随分成長したようです」

「へえ、そりゃ頼もしくていいじゃないか」

「そうですね……ですが……」

神妙な面持ちになるアイリスに、シャロとヴォルフは身構える。何か不安なところでもあるのか、と。しかしアイリスの口から出た言葉は意外なものだった。

「ルイシャ様を独り占めするのは従兄弟だろうと許せません……！」

その言葉を聞いた二人は盛大にズッコケるのだった。

◇　◇　◇

翌朝。

たっぷりと休息を取ったルイシャたちは朝早く邸宅を出て、港町ラシスコを散策していた。

「ここもすごい人だね。商国ほどじゃないけど活気があるなあ」

「ここは観光地だからだよルイシャ兄《にい》。特に暑いこの時期は新鮮な海産物がたくさん漁《あさ》れるのでそれ目当ての人もたくさんいるんだぜ」

「へえ、ヴィニスは物知りだね」

「へへ、それほどでもないぜ」

仲良さそうに話すルイシャとヴィニス。その様子を見たアイリスは強い違和感を覚え、ヴィニスに聞く。

「ヴィニス、いつもの口調はどこに行ったのですか？　今日は随分普通に話すじゃないですか」

「ルイシャ兄に言われて気づいたのさ。俺たちが扱う『闇の言語』は選ばれし者の前でのみ使うべきだと……！　常人が聞きすぎれば闇に飲み込まれる恐れがあるからな。一般人に危害が及ぶのは俺も心苦しい、ゆえに抑えると決めたのさ」

後半は元に戻っていたが、どうやら彼はなるべく厨二言語を使わないようルイシャに丸め込まれたらしい。たった一日でこれほどまでにお利口になるものなのか、とアイリスは驚愕《きょうがく》する。

「すみませんルイシャ様、お手を煩わせてしまって……」

「いいよこれくらい。僕も弟が出来たみたいで楽しいし」

今までも彼を慕う男性はいたが、ヴォルフにしてもジャッカルの面々にしても歳下《としした》ではなかった。なのでヴィニスはルイシャにとって初めて出来た本当の弟分だった。

「それでヴィニス、勇者の遺産の方の調査はいったいどうなっているのですか？　ルイシャ様に引っ付きたい気持ちはようく分かりますが、そろそろ自分の仕事をして頂けますか」

「ひ、ひゃい……」

アイリスの放つ『圧』に押し負け、ヴィニスは一旦ルイシャのもとから離れる。

彼もまだ十四歳、姉的存在であるアイリスには頭が上がらなかった。

「えー、じゃあある程度話は行ってると思うけど、頭から説明するぜ。ここラシスコには古くから伝わる伝説がある。それが『海賊王キャプテン・バットの財宝伝説』だ」

その名前はルイシャも聞いたことがあった。

キャプテン・バット。およそ百年前に活動していたその海賊は、今も語り継がれるほどの有名人だ。勇者オーガほどではないがその武勇伝は歌や劇にもなっている。

そんな彼がよく使っていた港が、ここラシスコなのだ。

「キャプテン・バットは生前『勇者の宝』を手に入れたと言っていたらしいんだが。勇者の宝はおろか、彼が持っていたはずの大量の財宝もまだ見つかってないらしい」

「そういえばキャプテン・バットってどこで亡くなったの？　戦いで死んだって話は聞いたことないけど」

ルイシャが質問すると、ヴィニスは申し訳なさそうに答える。

「実はそれも分かってないんだ。ここラシスコに滞在した記録を最後に彼の消息はプツリと消えた。アイリス姉から聞いたかもしれないけど、キャプテン・バットは『宝島を見つけた、そこに行く』と言い残してそれ以降姿が確認されてないらしい。宝島が無かった説や宝島で幸せに暮らした説などがあるが、なんせ百年も前の話。断定出来る証拠は見つからなかった」

「そうなんだ……」

ヴィニスの話を聞き、ルイシャは少し憂鬱になった。

なんせ今回は手がかりが少なすぎる。直近の情報が百年前では探しようがない。

魔族や竜族であれば百年以上生きることも容易だが、ラシスコはヒト族の街。当時生きていた人などもういないだろう。

いったいどうするべきか。ルイシャが思考を巡らしたその瞬間、近くで女性の悲鳴が上がる。

「なんだ!?」

「大将！　あっちの方からだぜ！」

そうヴォルフが指差したのは船が停泊している波止場の方だった。

何が起きているかは分からない。でも放っとくことなど出来ないルイシャは、一旦考えるのをやめて悲鳴がした方角へ走る。


ラシスコの船着場には様々な種類の船が停泊している。

荷物を運ぶ貨物船。魚を獲《と》る漁船。観光用の遊覧船。形も大きさもまちまちなその船の中に、一際凶悪なフォルムの船が存在していた。

戦闘用の砲台がいくつも備え付けられており、帆には、大きな髑髏《どくろ》が描かれている。こんな特徴の船は一種類しかない。

海の荒くれ者、海賊の船『海賊船』だけだ。

「ガハハハッ！　おめえら、金目の物を根こそぎ奪え！」

ドスの利いた声で部下に命令を出すのは、身長二メートルはある巨体の男性だった。右目には眼帯をしており体の至る所に大きな傷があることから歴戦の戦士であることが窺《うかが》える。

「男は殺してかまわねえ！　若え女と子どもは船に積み込め！　抵抗するなら痛めつけて無理やり従わせろ！」

彼の命令通り、手下の海賊たちは港にある金目の物を強奪し、女子供を拉致していく。

海賊たちはみな手にサーベルやフリントロック式の銃を持っており、武装していない商人たちになす術《すべ》はない。何人かは抵抗しようとするが、無情にもその場で切り捨てられてしまう。

「こ、子どもだけはやめてくれ！」

「うるせえ！」

身なりのいい商人が娘を守ろうとするが、抵抗虚《むな》しく蹴り飛ばされ五歳に満たない娘は攫《さら》われてしまう。まだ幼いのに海賊に攫われてしまうなんて、この世に神はいないのかと商人は絶望する。すると、

「大丈夫ですか？」

「へ？」

年端も行かぬ少年がそう声をかけてくる。

なんでこんな所に来ているんだ、逃げた方がいい。そう言うのが普通だろう。

しかしその少年から言葉に出来ない頼もしさを感じた商人は、自分の直感に従い少年に頼み込む。

「か、海賊に大事な娘を攫われたんだ！　頼む、助けてくれ!!」

少年は泣きそうな顔で頼み込む商人の肩を優しくポンと叩《たた》くと、その少年ルイシャは力強く言い放つ。

「任せてください。いくよみんな！」

そう叫ぶと後ろにいた仲間たちが頷《うなず》き、海賊たちのもとへ駆け出す。

まっさきに飛び出しのはシャロだった。彼女は後ろを走るアイリスに話しかける。

「ねえアイリス。どっちが多く倒せるか勝負しない？」

「悪趣味な勝負ですが……いいでしょう。では勝った方が今夜ルイシャ様と同じ部屋で寝られるというのはどうでしょう？」

「へえ、随分な自信じゃない。その勝負、買《けんか》ったわ！」

一気に地面を駆け抜け、海賊のもとにたどり着くシャロ。突然のことに呆気《あっけ》に取られる海賊の顔面めがけ、彼女はハイキックを放つ。

「ぶ……！」

蹴り抜かれた男は吹き飛び、海に落下する。日々修業し成長しているシャロは体術も入学当初とは比べ物にならないほど成長していた。

「私の前でこれ以上悪事は働かせないわ！　覚悟なさい！」

次々と海賊たちを倒していくシャロ。

そんな彼女を少し離れたところでアイリスは見ていた。

「やりますねシャロ。ですが私だって」

シャロの活躍を見て火がついたアイリスは、全身に魔力を張り巡らせる。

「血流操術、紅潮する肉体《レッドヒート》！」

技を発動したアイリスの全身が高熱を帯びる。

吸血鬼《ヴァンパイア》には『血』を操る特殊な能力が備わっている。これはその能力を使ったものだ。全身を駆け巡る血液の流れを高速化させることで体温の上昇と運動能力を向上させているのだ。普通の人間ではそんなことをすれば血管が破裂してしまうが、頑丈な肉体を持つ吸血鬼であれば耐え切ることは可能だ。

「――――せいっ！」

「がばっ!?」

強化されたアイリスの前蹴りを腹部に食らった海賊は勢いよく吹き飛び、海賊船に叩きつけられ意識を失う。

彼女の人並外れた力に海賊たちはざわめく。

「なんだあいつ！　化物か……!?」

「『愛』の為《ため》、あなた方には消えていただきます」

アイリスは攻撃の手を緩めず、近くにいた海賊の首根っこを摑《つか》むと離れた所にいる別の海賊に投げつける。ぶつかった海賊たちは弾《はじ》け飛び、次々と戦闘不能になっていく。その様子はさながら人間ボーリングのようだ。

次々と海賊たちを蹴散らす二人を見て、ヴォルフは呆《あき》れながら呟《つぶや》く。

「あーあー二人とも張り切って。怖いったらないぜ」

そう言いながらも逃げようとしている海賊をヴォルフは仕留めるのだった。

◇　◇　◇

シャロとアイリスが続々と海賊たちを倒している中、ルイシャは海賊たちのリーダーらしき人物と対峙《たいじ》していた。

「てめえ……ガキのくせに邪魔しやがって！　俺は泣く子も黙る海賊〝人喰《ひとく》い〟エドワード・ドレイクだぞ！　それを分かって手を出してんだろうなァ!?」

醜く出っ張った腹を揺らしながら、ドレイクは声を荒げる。

その恐ろしい声に周りの商人たちは震え上がるがルイシャは落ち着いていた。

「今すぐこんな行為はやめてください。さもなくば……」

「なんだァ？　言ってみろよ」

「あなたを倒す！」

「やってみなクソガキッ！」

ドレイクは手にした銃をルイシャにむけ、躊躇《ちゆうちよ》なく引き金を引く。

ルイシャは姿勢を低くして銃弾を避《よ》けると、強く地面を蹴って駆け出す。

「竜王剣！」

黄金に輝く剣を出したルイシャはドレイクに斬りかかるが、その一撃をドレイクはサーベルで受け止めてみせた。

「うおぉ!? なんだこのガキ!?」

ルイシャの人並外れた力と速度にドレイクは驚くが、同時にルイシャも驚いていた。

（この人、強い！ 将紋《しようもん》クラスの強さはあるぞ……！）

両者は心の中でお互いの危険度を引き上げると、何度も剣をぶつけ合う。

「いい動きするじゃねえか！ どうだガキ、うちの海賊団に入らねえか!?」

「申し訳ありませんが遠慮しますよ……っと！」

ドレイクの隙を突き、ルイシャは彼のだらしない腹を蹴飛ばす。不意をつかれたドレイクは吹き飛び地面を転がる。

「痛……ってえなクソが！ てめえらボケっとしてねえであいつを蜂の巣にしやがれ！」

船長の命令を受け、手下の海賊たちは一斉にルイシャに銃口を向ける。ルイシャはそれを回避しようとするが、自分の後ろにまだ民間人がいることに気づき動きが止まってしまう。

「しまっ……！」

回避すれば民間人に当たってしまう、どうすればいいんだとルイシャは思考を巡らす。

そんな窮地を救ったのは意外な人物だった。

「海を荒らす愚か者どもよ、我が邪眼の前にひれ伏せ！　『縛』の邪眼〝CHAIN〟!!」

現れたのは厨二《ちゆうに》病吸血鬼ヴィニスだった。彼は右眼《みぎめ》に付けた眼帯を外し、その下に隠されていた瞳で海賊たちを『視《み》る』。

すると突然海賊たちの動きが止まってしまう。

「な、体が動か……ない……!?」

まるで見えない鎖で体を縛られている感覚。後は引き金を引くだけだというのにそれすら出来なくなっていた。

「ヴィニス、いったい何したの!?」

「何って……これは俺の『邪眼』の力ですよルイシャ兄。我が邪眼の前では何人たりとも動くことは許されぬ。漆黒の闇に飲まれるがいい……ってことでトドメはお願いします」

「……つっこみ所が渋滞してるけど……今はいいか。ありがとう、後は任せて！」

ツッコミを諦めたルイシャは動きが止まった海賊たちに視線を移す。今が好機、ルイシャは右手に魔力を溜《た》め、一気に解き放つ。

「上位広域雷撃《ハイ・ラジサンダー》ッ!!」

ルイシャの手から放たれた巨大な雷が海賊たちに直撃する。避けるどころか防御することすら出来なかった海賊たちは口から煙を出しその場に崩れ落ちていく。

「ふう、こっちはなんとかなったね。後は……」

と後ろを見てみると、既にそちらでもシャロとアイリスが全ての海賊を倒していた。

二人はやれ私の方が倒しただのいや私の方が多いだの言い争っている。いったいなんでそんなに競っているんだろうとルイシャは首を傾《かし》げる。

「ルイシャ兄、船が！」

「へ？」

ヴィニスに言われ船着場を見てみると海賊船が動き出し、港から離れ始めていた。見れば倒れている海賊たちの中に船長がいない。どうやらルイシャの魔法を耐えきり逃げたみたいだ。その耐久力の高さにルイシャは驚く。

「どうするルイシャ兄、船に乗り込むか？」

「うん、あいつらを放ってはおけないよ」

そう言ってルイシャが飛び出そうとした瞬間、港に停泊している一隻の船から火が上がる。

ごうごうと音を立てて燃えていく大型の船。見ればその船には人が乗っている。

「ルイ！　あの船に捕まっている人が乗っているみたい！」

「えっ!?」

ルイシャは驚き、ドレイクを睨《にら》みつける。

遠ざかっていく船の上から港を見るドレイク。その表情には笑みが浮かんでいた。

「ガハハハハッ！　奴隷どもを見捨てられるなら追ってきな！」

「ぐっ……卑怯《ひきょう》だぞ！」

「俺は海賊だぜ小僧？　非道外道なんでもござれってんだ。じゃあな、せいぜい救助活動頑張ってくれや！」

そう言葉を残して海賊船は去っていく。

ルイシャは追いたい気持ちをグッと堪《こら》えると、火の上がる船に向き直る。

「みんな！　急いで救出しよう。全員助けるんだ！」

仲間たちはルイシャの言葉に頷くと、一斉に火の上がる船の中に入っていくのだった。

◇　◇　◇

海賊たちを撃退した日の夜。

ルイシャたちは大きな屋敷に招待されていた。

「さあ！　遠慮せずに食べてください！　シェフが腕によりをかけて作りました！」

そう言ったのは恰幅《かっぷく》の良い男性。

歳《とし》は四十代前半くらいだろうか。首や指には高そうな宝石が付いたアクセサリーをつけており、裕福な人物だということが一目で分かる。

「いいんですかフォードさん？　こんなにいいものをご馳走《ちそう》になっちゃって」

「もちろんですとも！　君たちが助けてくれなければ被害額はこんなものじゃ済みませんでしたからね」

ルイシャが申し訳なさそうに聞くと、その男性『スタン・L《リー》・フォード』は笑顔で答える。

彼は港で海賊に襲われ娘を攫《さら》われかけていた商人だ。自分と娘を助けてくれたルイシャたちに感激した彼は、ルイシャたちを屋敷に招きご馳走を振る舞っているのだ。

「すっげえ料理だ。どれも見たことねえぜ」

感心したようにヴォルフが言う。

テーブルの上には王城で出された食事にも劣らない料理の数々が並んでいる。

本物のルビーのように赤く輝く甲殻を持った『ルビーロブスター』の刺身や、万年亀の甲羅揚げ、珍味スカイフィッシュの姿揚げなど港町独自の料理が様々並んでいる。

ルイシャの仲間たちが満足そうに舌鼓を打つ中、ルイシャはその中にあるひとつのスープに目を奪われる。

「これ、すごいいい匂いですね」

「ほう、お目が高いですね。それは飛竜の尻尾を煮込んで作られた『ワイバーンのテールスープ』です。内陸では飛竜の肉は焼いて食べることが多いですが、ラシスコではスープに使われることが多いのです。美味《おい》しいから食べてみてください」

「はい、いただきます」

黄金色に輝くそのスープを口に含んだ瞬間、物凄《ものすご》い旨味《うまみ》の暴力がルイシャの口の中を凌《りょう》辱《じょく》する。飛竜の尻尾部分は他の部位と比べて硬いが、その分旨味が含まれている。それが溶け出したスープの旨味は他の料理とは一線を画す。肉のガツンとした旨味とキツめに利かせた香辛料のダブルパンチを受け、ルイシャは驚く。

「――――ぶはっ！　す、凄いですねこのスープ」

「そうでしょう。おかわりは沢山あるから遠慮しないでたくさん食べてくださいね」

ルイシャたちと商人フォードはしばらく楽しい食事の時間を楽しんだ。

そんな中ルイシャは気になっていたあることを質問する。

「海賊ってこの街によく来るんですか？　街の人たちはあまり海賊に慣れてない様子でしたが」

普段から海賊が来ているにしては対策が取れていないとルイシャは感じていた。

フォードはその質問に深刻そうな表情で答える。

「百年前の大海賊時代とは違い、今は海賊の襲来なんてほとんど無かったんですけどね。ドレイクがこの海域に来たことでこれから海賊が増えるかもしれません。ふうむ、警備を増やした方がいいか……」

「そのドレイクって人は有名な海賊なんですか？」

「はい。〝人喰いドレイク〟は船乗りの間では有名な海賊です。商船を主に狙い、金目の物を根こそぎ盗んでいく大悪党です。奴隷業にも手を出していて、女子供を集中的に狙っているそうです。国が絡んでいる商船を避けているので、中々国を味方にして追い詰めることも出来ない……狡猾《こうかつ》で厄介な相手ですよ」

「なるほど……」

国を味方に出来ない以上、商人たちだけで対処しなければならない。しかし全ての商船に凄腕の戦士を乗せていたら破産してしまう。おまけにドレイクは神出鬼没なので中々捕まえることは出来なかった。

「とはいえ今回奴《やつ》はこっぴどくやられた上に部下もたくさん捕まった。しばらく港を襲ったりはしないでしょう。君たちのおかげだ。何か力になって欲しいことがあったら遠慮なく言ってください」

「でしたら、船を一隻お借り出来ますか？」

そう口を出したのは吸血鬼《ヴァンパイア》のヴィニスだった。

フォードは彼のお願いに意外そうに尋ねる。

「船？　行きたいところでもあるのですか？」

「はい」

そう言ってヴィニスは地図を取り出しある地点を指す。

そこは港町ラシスコから南東のある海域。そこを指したのを見たフォードは、突然顔が曇る。

「そ、そこは！」

「ここは死海地点『シップ・グレイブヤード』。海賊王が最後に向かったとも言われているこの海域に行く船が欲しい」

ヴィニスは真面目な顔でそう言い放つ。

死海地点『シップ・グレイブヤード』。

その名前を聞いた商人フォードは途端に深刻そうな顔になる。それほどまでにその名は良くないものなのかとルイシャは警戒する。

「ヴィニス、その死海地点っていうのはなんなの？」

「……それは私の口から説明しましょう」

ヴィニスがそれに答えるより早く、フォードが口を開く。

「先ほど赤髪の少年が指した地点一帯を船乗りはそう呼んでいるんです。『シップ・グレイブヤード』……その名の通りそこの海域は船の墓場なのです」

フォードは高そうな赤ワインをグイッと飲み干す。

とてもこの話は素面《しらふ》で話せるような内容ではなかった。

「この海域を通る船は『魔物に呑《の》まれる』と言われてます。事実ここを通過し行方不明になった船は百隻以上あると言われていて、海賊すらあの付近を通ろうとはしません」

「そんな場所があるんですね……」

「このシップ・グレイブヤードの伝説は勇者オーガが現れる前からずっと続いています。

最近では近くを通るくらいなら大丈夫と言う者もいますが……私は少しも近づきたくありません」

そう言ってフォードは口をつむぐ。どうやらもうこれ以上説明することはないようだ。

ルイシャはヴィニスの方を向き、更に詳しく尋ねる。

「海賊王キャプテン・バットはその海域に最後に行ったの？」

「ええ。集めた情報によるとラシスコを出て南東に向かって出発したらしい。あの付近に島はない。おそらくシップ・グレイブヤードに向かったのだと俺は思う」

「そっか……」

手がかりがそこにしか無い以上、行くしかない。

ルイシャは真剣な表情でフォードに向かい直る。

「フォードさん、無茶を承知でお願いします。船を貸して頂けないでしょうか？　もちろんお金も払いますし、人まで借りたりはしません」

「……君たちがなぜあそこに行こうとしてるかは知らないし詮索するつもりもありません。本来であればあの忌々しい場所に近づこうとする人と関わりたくありませんが……海に生きる者は受けた恩を必ず返します。いいでしょう、流石《さすが》に中までは入れませんが近くまでは責任持って連れて行きましょう」

「い、いいんですか!?」

「はい。二言はありません」

少し酔っ払いながらも、フォードはしっかりとした口調で肯定する。

渡りに船。まさかここまで協力して貰《もら》えると思わなかったルイシャたちは立ち上がり喜ぶ。

「明日準備をして、明後日《あさって》の朝には出発出来るでしょう。明日は航海に備えてゆっくりしてください」

「分かりました、ありがとうございます！」

無事海の移動手段を確保したルイシャは、喜ぶ。

謎の海域『シップ・グレイブヤード』。そこではどんな冒険が待っているのだろうと、ルイシャは不安半分、期待半分でその時を待つのだった。

◇　◇　◇

その日の夜。

フォードの計らいでルイシャたちは彼の屋敷に泊まらせて貰っていた。

一人に一部屋、ちゃんとした客室を用意してもらったのでそれぞれが自由な時間を過ごしていた。

ただ一つ、ルイシャの部屋を除いて。

「ルイシャ様も飲まれますか？　このお酒、なかなか美味しいですよ」

「うん、じゃあ少しだけ貰おうかな……」

アイリスに勧められるまま、ルイシャはグラスに赤い葡萄酒《ぶどうしゅ》を注いでもらう。

お酒は嫌いではないがあまり強くはないので少しだけ。一口で飲める分だけを貰って口に含む。

「本当だ。美味しいね」

「ふふ、よかったです」

現在ルイシャの部屋にいるのはルイシャとアイリスの二人のみ。

二人は小さなテーブルに向かい合うように座っていた。部屋の灯《あか》りは卓上のランタンのみ。良い雰囲気だ。

いつもなら来るであろうシャロが部屋に来ないことに疑問を持ったルイシャは、アイリスにそのことを尋ねてみたが「私が勝ったので」としか言われなかった。何のことだろうかと考えてみたが結局分からなかった。

「こうして二人でゆっくりと過ごすのも久しぶりだね」

「そうですね。いつもは他に誰かがいて騒がしいですからね。それも嫌いというわけではありませんが……こうしてゆったりとした時間を過ごせるのもまた、いいものです」

そう言って薄く笑みをたたえる彼女は妖艶で、美しくて。

ルイシャは思わず目を奪われてしまう。

「どうかされましたか？」

「い、いや。なんでもないよ」

「そうですか」

不思議そうに首を傾《かし》げるアイリス。

ルイシャが黙ってしまったことで、部屋に沈黙が訪れる。

なんだかそわそわする不思議な空気が流れる。

そんな中ルイシャは、あることを彼女に伝えることを決心する。

「ねえアイリス。こんな風にいつもと違う場所で二人きりになれることなんて、そうはないから伝えておきたいことがあるんだ」

「は、はい。なんでしょうか……？」

困惑するアイリス。

そんな彼女をよそに、ルイシャは席を立って移動し、大きなベッドに腰掛ける。

「隣に来てもらって良いかな？」

「わ、わかりました」

アイリスはおずおずとルイシャの隣に腰掛ける。

困惑してはいるが、ちゃんと体をぴったりと付けるように座っている。抜け目がない。

「………」

ルイシャは緊張した様子でしばらく喋《しゃべ》らなかった。

沈黙が部屋を支配し、もどかしい時間が続くがアイリスは急《せ》かすことなくルイシャが喋り始めるのを静かに待ち続けた。彼ならちゃんと、自分から話し出してくれると信じていたから。

そして数分間頭の中で言葉を整理したルイシャは、ぽつりぽつりと喋り始める。

「僕は……不安だった。確かに師匠のおかげで強くはなったけど、僕は所詮一人の人間に過ぎない。それなのに勇者の封印を解くなんて荷が重すぎる」

それは滅多に話さない彼の弱音だった。

ずっと胸の内に抱え、話さなかった彼の本心。アイリスはその意外な言葉に驚く。

「無限牢獄《ろうごく》から出て、すぐにシャロやヴォルフ、クラスのみんなに会って友達になれて本当に運が良かった。そのおかげで僕は何とかその重責に耐えることが出来た。でも……それでも不安が完全に消えたわけじゃなかった。ふとした時に凄い不安感に襲われて、眠れない夜もあったんだ」

無限牢獄で長い時間を過ごしたとはいえ、ルイシャはまだ十五歳の少年だ。

長い時を生きれば精神が育つようにも思えるが、精神の成熟とは脳の老化と共に行われる。短命種族が十年で思慮深くなるように、長命種族が百年生きても幼く未熟なままであるように。

その大きな使命は少年にとって重く、苦しいものであった。

「学園に通うのは楽しかった。でも楽しければ楽しいほど焦りもあったんだ。『本当にこんなことしてていいのか』ってね。ヒト族の寿命は短いしね」

「ルイシャ様……」

　まさかルイシャがそこまで追い詰められていたとは知らず、アイリスは心を痛め悲愴《ひそう》な顔になる。せめて少しでもその痛みを肩代わり出来るようその手を優しく握る。

　ルイシャはその手を握り返し、言葉を続ける。

「でもそんな時、僕はアイリスに出会えた」

「私に……？」

　急に自分の名前が出てきたことにアイリスは驚き目を丸くする。

　いったい今の話のどこに自分が関係するのだろうか、と。

「ふふ、その様子じゃ気づいてないみたいだけど、僕はアイリスに救われていたんだ。それまでは『自分がしっかりしなきゃ、僕が全員守らなきゃ……』なんて考えてたけど、アイリスはずっとそんな僕を近くで支え続けてくれた。僕が自分でやるって言ったこともアイリスは無理やり『私がお世話します』って言ってくれたよね。アイリスに会って、僕はこっちで初めて誰かに甘えることが出来たんだ」

「そんな、私はただしたいことをしただけで、感謝されるようなことでは……」

　謙遜するアイリスのことをじっと見つめながら、ルイシャは言う。

「でも、僕は救われた」

　それは嘘偽《うそいつわ》りのない彼の本音だった。

　まだ幼い彼にとって『甘える』ということは大きな意味を持つ。

温かい料理を作ってくれる。朝起こしてくれる。褒めてくれる。抱きしめてくれる。ひとつひとつは大きな行動ではないが、その積み重ねは確かに彼のことを支えてくれていた。

「……恥ずかしくて言葉に出来なかったけど、アイリスにはずっと感謝してるんだ。いや……この言い方もダメだね。もっと、素直に、素直に言うよ」

ルイシャは数秒黙り、そして遂《つい》にそれを言う。

「好きだよアイリス。ずっと一緒にいて欲しい」

ルイシャの素直な思いを聞いたアイリスは目を見開き硬直する。

そしてその数秒後、右眼《みぎめ》からつつ、と一筋の涙がこぼれ落ちる。

「え、アイリス!?　大丈夫!?」

「……すみません、大丈夫です。まさかそんなことを言っていただけると思わなくて……」

アイリスは目元を手で覆い肩を震わせる。

いろんな感情が胸の中で渦巻いて一つの言葉に言い表すのが難しい。それでもひとつ、確かな感情があった。

「嬉《うれ》しいです……とても。私もルイシャ様が好きです。大好き。これからもずっとお側《そば》で支えさせて頂けますか？」

震える声で言う彼女をぎゅっと強く抱きしめ、ルイシャは答える。

「当たり前だよ。ずっと、ずっと一緒だ。テス姉たちを助けた後もずっと一緒にいようね」

そう言ってルイシャは抱きしめる腕の力を緩め、お互いの顔を見つめ合う。

まるでルビーのように赤く、透き通った綺麗《きれい》な瞳。その美しい瞳に吸い寄せられ、ルイシャの顔は彼女に近づいていく。

「あ……」

かぼそく漏れたアイリスの声が優しく塞がれる。

何分、いや何十分そうしていただろうか。言葉ひとつ交わさずお互いの気持ちを伝え合った二人はゆっくりと顔を離し、恥ずかしそうに顔を赤らめ、笑う。

「……なんか恥ずかしいね」

「ふふ、そうですね。初めてしたわけでもないですのに」

そう言ってアイリスはごろんとベッドの上に横になる。

胸元を開き、呼吸を荒くさせ、頰を紅潮させながら目でルイシャのことをジッと見つめる。

「アイリス……」

ごくり、と生唾を飲み込むルイシャ。無言で彼女に覆い被《かぶ》さるように四《よ》つん這《ば》いになる。

動悸《どうき》が速くなり、呼吸が荒くなる。すぐにでも欲望の赴くまま行動したいが、それをグッと我慢する。

アイリスは横になりながら、そんなルイシャの頰を細い指で優しくなぞる。

指は頰から首、首から胸元とどんどん下の方に進み、ルイシャの劣情を強く煽《あお》り立てる。

これ以上我慢出来ないといった感じの表情になるルイシャを見て、アイリスは「くす」と笑う。

「ルイシャ様もそんな顔をなさるのですね」

「……ごめん、つい」

「いいのですよ、我慢しなくても。それよりちゃんと教えてくださいね。私が誰のものなのかを」

その言葉でルイシャの理性の糸は完全に切れる。

「……アイリス！」

ルイシャは勢いよくアイリスの体に覆いかぶさると、彼女の白い肌に舌を這《は》わす。

時折強く肌を吸い、自分のモノだという証《あかし》を付けながら、ルイシャはアイリスの体を味わい尽くす。

「ん……♡　ルイシャさま……♡」

強く吸う度、アイリスの体がびくっと跳ねる。

しかしルイシャはそれだけで満足せず、彼女の躰《からだ》を優しくなで回す。まるで芸術品を触るかのように優しく触られ、アイリスはもどかしさを感じる。

それを察したのか、ルイシャは少し意地悪そうな表情を浮かべながら彼女に尋ねる。

「どうしたの？」

「……あの、もっと強くしても……」

「それじゃ分からないよ。どうしてほしいのかちゃんと言って」

言いながらルイシャはアイリスの躰を優しくなで続ける。

やがて我慢出来なくなったアイリスは羞恥に顔を赤く染めながら、口を開く。

「もっと強く触ってください……壊れるくらい愛してください……♡」

アイリスの言葉を聞いたルイシャは嬉しそうに「分かった」と言うと、彼女の体を強く攻め立てる。急に訪れた強い刺激にアイリスの体は強く跳ね、足先がピンと伸びる。

「〜〜〜！♡」

声を押し殺しながら快楽に耐えるアイリス。

しかしルイシャはそれでも攻める手を休めず、彼女を抱き寄せ激しく唇を奪う。

「んちゅ、んむ……ん♡　ルイシャさま……はげし……ん♡」

「ほらアイリス、もっと舌を出して。そう……」

貪り合うようにキスを重ねる二人。

そうしてアイリスがキスに意識を持っていかれている間に、ルイシャは彼女の足を開き、不意に体を重ね合わせる。

「――――っ!!♡♡♡」

アイリスの下腹部に走る甘く鋭い刺激。

彼女は声にならない声を上げるが、それもルイシャは唇で塞ぐ。

行き場のなくなった快楽が体の中で暴れ回り、アイリスは為《な》す術《すべ》もなくガクガクと体を痙攣《けいれん》させる。許容量を遥《はる》かに超える快楽に、彼女の体は力を失い、その目には♡が浮かぶ。

「大丈夫？」

「は、はひ……」

「ならよかった。よいしょっと」

ルイシャはぐったりしているアイリスの体を起こし、自分と向かい合わせになる形で座らせる。その衝撃でアイリスの下腹部に再び甘い刺激が走り、彼女は「ん♡」と小さく声を漏らす。

いつも優しく愛してくれるルイシャ。そんな彼もアイリスは大好きだが、今日のように少し乱暴に求められるのもまた自分が必要とされているみたいで大好きであった。

「アイリス。舌を出して」

「はい、仰せのままに……♡」

向かい合い、抱き合いながら二人は舌を絡ませ合う。

激しく、そして甘い二人の情事は夜が更けるまで続いたのであった。

◇　◇　◇

「ん、んん……」

深い眠りから目覚めたルイシャは、大きく伸びをする。

「なんだかいつもより深く眠れた気がするな……」

そう小さく呟《つぶや》き目を開けると、そこには小さく寝息をたてながら隣で眠るアイリスの姿があった。

一緒のベッドで眠ることはあるが、普段であれば彼女の方が先に起きているので、こうやって無防備に寝ている姿を見るのは新鮮だ。ルイシャはベッドから出ず、静かにその寝顔を見ていた。

「……寝てるだけなのに絵になるなぁ」

吸血鬼《ヴァンパイア》はエルフと同じく美男美女の多い種族だ。

その中でもアイリスは特に抜きん出た美貌の持ち主であり、同族から想《おも》いを寄せられることも多かった。しかし恋愛に興味が薄かったアイリスは今まで告白されてもその悉《ことごと》くを断っていたのだ。

それほどの美貌を持つ彼女が、自分に想いを寄せてくれていることをルイシャは嬉しく、そして誇らしく思っていた。

「えいえい」

アイリスの白く透き通った頬を触り、優しくつまむ。

そしてぐにぐにとつまんで離してを繰り返す。なんの意味もない戯れ。それはルイシャなりの『甘え』だった。

「……はにをひへるんでふか《なにをしてるんですか》」

流石《さすが》にそんなことをしていればアイリスも目が覚める。

口をぐにぐにされながら彼女は目を開け小さく抗議する。

「ごめんごめん。ちょっとイタズラしたくなっちゃって」

「珍しいですね、イタズラなんて。でもイタズラをするんでしたら……」

アイリスはいいながら布団の中でルイシャの手を握り、自分のもとへ寄せる。

「もっと気持ちいいイタズラをしてもいいんですよ……♡」

まだ朝だというのにルイシャは脳内で理性の糸が千切れそうになる音を聞く。

しかし疲れが抜け切っていないであろうアイリスに負担をかけるのはよくないと、ルイシャはグッと堪《こら》え、彼女の体に手を回し胸元に顔を埋《うず》めるだけにとどめる。

「じゃあ……少しだけこうさせて」

まるで子が親に甘えるようにルイシャはアイリスに身を預ける。

顔に当たる柔らかい感触と、鼻腔《びこう》をくすぐる甘いいい匂い。ルイシャは本当に子供の頃にでも戻った気持ちになり、凄《すご》くリラックスする。

アイリスもそれを察し、彼の頭を優しくなでる。

とても優しく、あたたかい時間が流れる。

今だけはやるべき使命も、果たすべき運命《さだめ》も忘れ、甘い時間に二人は浸る。

しばらくそうした後……アイリスは頭をなでながらルイシャに言う。

「ルイシャ様」

「ん……なに？」

「シャロも……大丈夫ですよ」

「……どういうこと？」

意味が分からず聞き返す。

いったいなぜ今彼女の名前が出て来たのだろう。

「あの子も、ルイシャ様の全てを受け止める覚悟があります。あなたが甘えようと、駄々をこねようと決して失望したりはしませんよ」

「………」

ルイシャはアイリスの言葉に押し黙る。

彼女はどこまでお見通しなのだろうか。と、驚いていた。

確かにルイシャはシャロには特に弱みを見せぬよう気を張っていた。それは彼女の前では強い自分でいたいというささやかな虚栄心。アイリスはそれを見抜いた。

そしてその上で自分を曝《さら》け出しても大丈夫だと、そう言ったのだ。

「もう充分あの子はルイシャ様のことを格好いいと思ってますよ。格好つけられるのは嬉しいですが、ずっと続けられると寂しいものです。どうかあの子にも素のあなたで接してあげてください」

「うん……」

そう答えながらもルイシャは自信があまりなかった。

自分を曝け出すのは難しいことだ。それを拒絶された時の痛みはあまりにも大きいから。

「大丈夫ですよ、何があっても私は味方ですから……」

ルイシャはたっぷりと甘やかされながら、彼女の胸の中で小さく頷《うなず》くのだった。

◇　◇　◇

「っしゃあ！　遊ぶぞーっ!!」

「おー！」

「母なる海に還《かえ》るのもまた一興。今は一度この安寧に身を委ねるとするか……」

水着姿のヴォルフが叫びながら海に突っ込み、続いてルイシャとヴィニスも海に飛び込む。

王都近くにも海はあるが、ここの浜辺ほど綺麗ではないのであまり遊んだことはなかった。ヴィニスも同年代の友人はいなかったのでハメを外して遊ぶという経験はなかった。

なので三人とも初めての海での遊びを存分に楽しむ。

「はしゃいじゃって、ルイも子どもね」

二人の様子を見たシャロはそう言って肩をすくめながらパラソルをビーチにさす。

ルイシャたち五人はビーチに遊びに来ていた。しかも商人フォードの好意で他に人のいないプライベートビーチだ。

死海地点へ向け、航海するのは明日。今日は休む……という話だったのだが、みんなまだ遊びたい盛りの子どもで。ジッとなんてしていられなかった。

それは呆《あき》れた風にしているシャロも同じで、

「シャロも遊びたそうじゃないですか。いいんですよ一緒にはしゃいで来て」

「……考えとくわ」

ウズウズする体を抑え、シャロは我慢する。

彼女も本当はアクティブな人間なので広く大きな海を見て体が疼《うず》いていた。

「よし、こんなもんかしらね」

パラソルとシートを設置し、荷物をそこに置いたシャロは、アイリスと共にルイシャたちのもとに駆け寄る。

「ちょっとルイ！　こっち来なさい！」

「へ？　う、うん」

どうしたんだろうと、ルイシャは一人でシャロとアイリスのもとに駆け寄る。

すると二人は突然服を脱ぎだす。

「わ！　急にどうしたの!?」

突然の奇行に驚くルイシャ。

一瞬裸になるのかと思ったが、彼女たちの服の下から現れたのは水着だった。

「ふふ、びっくりした？」

シャロはピンク色のかわいらしい水着だった。

鍛えられた体は引き締まっていながらも胸とお尻は大きく主張しており、男性を惹《ひ》きつける見た目をしていた。

「ちょっと……恥ずかしいですね」

一方アイリスは黒いセクシーな水着を着用していた。

恥ずかしいと言いながらもその水着の表面積は少なく、かなり際どい。シャロ以上に大きな胸を腕で隠そうとするが、全く隠しきれていなかった。

もう少し布面積が多いものを買おうとしていたが、こっちの方がルイも喜ぶと押され、こっちを買ってしまったのだ。

普段は見ることの出来ない、二人の水着姿。

ルイシャはその姿に見惚《みと》れてしまい、二人の体をジッと凝視してしまう。

「……ちょっと見過ぎじゃない？　えっち」

「あ！　ご、ごめん！」

恥ずかしそうに顔を赤らめるシャロ。慌ててルイシャは謝るがシャロは頬を膨らませたままだった。

「……他に言うことはないの？」

「え、えーと……すごい、似合ってるよ」

「ふーん、他には？」

「と、とってもかわいいよ！」

「そーお？」

褒められていくうちにシャロはどんどん機嫌が良くなっていく。

今度はそれを見たアイリスが頬を膨らませ、「えい」とルイシャの右腕に抱きつき、その豊満な胸の谷間でルイシャの腕を挟む。

「私は褒めてくださらないのですか……？」

「も、もちろんアイリスも似合ってるよ！」

ルイシャは言葉を並べ立ててアイリスのご機嫌を取る。

二人のその様子を見たシャロは不思議そうに首を傾《かし》げる。

「なーんかあの二人、前より仲良くなった気がするのよね。気のせいかしら」

前まで二人の間にあったぎこちなさが消えているのをシャロは敏感に感じ取っていた。

「ま、いっか。それよりいつまでも二人の世界にはさせないわよ！」

深くは考えず、シャロは空いているルイシャの左腕に飛びつく。

「うわ！　ちょっと動けないって！」

「うっさいわね！　黙って受けとめなさい！」

「ちょっとシャロ！　危ないですよ！」

強い日差しを浴びながら楽しそうにはしゃぐ三人。

そんな三人の様子を遠巻きに見ながらヴォルフは呟く。

「まったく、今日も平和だぜ」

「……あれがいつも通りなのかヴォルフ？」

とてつもないイチャつき具合を目の当たりにしたヴィニスは、慣れ切った様子のヴォルフに問いかける。

「まあな。お前も早く慣れといた方がいいぞ」

「そうなのか……それにしてもあのアイリス姉があそこまで誰かに入れ込むなんて。さすがだぜルイシャ兄……」

ヴィニスの中のアイリス像は、誰にも媚《こ》びない孤高の存在だった。

そんな姉があんなにも幸せそうにしているのは、嬉《うれ》しくもあり寂しくもあった。

「寂しいが……俺は安心したぜ。幸せになってく……ん？」

ヴィニスは突然右足首をぎゅっと握られる。

近くにいるのはヴォルフのみ。いったいどうして急に……と自分の足を見てみると、なんと白い触手のような物が自分の足に巻きついていた。

「………なんだこりゃあ！」

次の瞬間、海の中から巨大な生き物が姿を現す。

一言で形容するなら巨大なイカ。十本以上の足を持つ十メートル以上の大きさの規格外のイカだった。

「うおおっ!?　何するんだ貴様冥府の闇に叩《たた》きおとこら揺らすな気持ち悪おろろ」

巨大イカに足を持ち上げられ、吊《つ》るされたヴィニスはその体勢のまま振り回され、気持ち悪くなる。

イカはヴィニスで遊びながら大きな目で辺りを見渡すと、その視線をシャロとアイリスの所で止める。

「げ」

「嫌な予感がしますね……」

『ブモモモッ!!』

気持ち悪い雄叫《おたけ》びがビーチに響く。

そして何十本もの白い触手が二人めがけて放たれる。

ラシスコ沖に生息する超大型のイカ。その名も『帝王イカ』。

海の化物として恐れられるそのモンスターは、普段は沖にいて地上近くには来ないのだが、こうして稀《まれ》に砂浜に現れることがある。

その理由は彼らが好む、ある物にあった。

『ぶももも!』

物凄い速さで襲いかかってくる何本もの帝王イカの触手。

シャロとアイリスはその場から跳び、回避するが触手たちはすぐさま追尾ししつこく彼女たちを付け狙う。

「もう！　なんだっての……よ！」

剣を持っていないシャロは襲いくる触手を蹴っ飛ばす。しかし柔らかくて表面がぬるぬるしたそれは蹴ってもたいしたダメージを与えることは出来なかった。

たいした反撃が出来ないと見た触手たちは一斉にシャロの肢体に絡みついていく。

「なによこれ！　この！　この！」

必死に抵抗するが、余計に絡みつくだけで触手は一向に離れない。

徐々に触手の表面を覆っていたぬるぬるした粘液もシャロに絡みつき、彼女の肌をテカテカのぬるぬるにしていってしまう。

「いやあ……気持ち悪い……」

剣がなくとも魔法という手が残っているのだが、その粘液のあまりの気持ち悪さにシャロは冷静な思考を失ってしまっていた。なんとか粘液を手で落とそうとはするものの、触手が体に絡み付いているので満足に体を動かすことが出来ずにいた。

すぐそばにいたアイリスはシャロを救おうとするが、その隙を突かれて彼女も触手に絡め取られてしまう。

「しまっ……！」

シャロ同様彼女も一瞬で全身を縛り上げられ、全身を粘液で覆われる。持ち前の身体能力で抜け出そうとするが、力を入れた瞬間、縛り上げる力が強さを増してしまう。

「ん……っ！　卑劣な真似《まね》を……！」

アイリスは縛られながら自分の体力が落ちていることに気づく。

帝王イカは粘液の力で捕らえた相手の魔力を奪い取ることが出来るのだ。

これがわざわざ陸に上がり人間を襲う理由。上質な魔力を吸い取り、帝王イカは上機嫌そうに『ブモ♪』と鳴く。

力を得たことで帝王イカは更に縛り上げる力を増していく。

「ちょ、どこ触って……！」

触手はどんどん伸び、彼女たちの肢体を舐《な》め回すように這《は》いずり回る。

足から腰、腰から胸、胸から首。若く瑞々《みずみず》しい肌を蹂躙《じゅうりん》しながら這いずり回る。その刺激の強さに二人とも体がビクビクと震えてしまう。

「ん……！」

「だめ……！」

そして遂《つい》に触手が触れてはならないところに達し……そうになったところで、ルイシャがキレた。

「お前、なにをやってるんだ」

普段の彼からは想像出来ないドスの利いた声。

呆気《あっけ》に取られて反応に遅れたルイシャ。気づけば大事な二人が辱められてしまった。その怒りは凄《すさ》まじく、彼の心の奥底に眠る黒い感情を起こしてしまい、口調すら変わってしまう。

「その汚らわしいモノを……離せ！」

右手を手刀の形にし、触手に思い切り叩きつける。

するとシャロたちに巻きついていた触手の根元がズパン！　と切れ落ちる。

触手だけでなくその下の大地を抉《えぐ》るほどの一撃。もちろん帝王イカも驚いたが、その一撃を放ったルイシャもその威力に驚いていた。

「……ん？」

魔力も気も込めていない力任せの一撃にしては、威力が高すぎる。ただの手刀が本物の剣と同等以上の力が出るとは思わなかった。

「これは……そうか、これが『怒り』の力か……」

剣王クロムとの戦いに勝利したルイシャの肉体は前よりもだいぶ成長した。

しかし優しい性格が災いし、普段はその引き出しを開け切れていなかったが、激しく怒ったことで抑えていた力が解放されていた。

「これを制御出来たらもっと強くなる。今は身を任せよう……！」

解放した力を抑えぬよう、意図的に怒りを溜《た》める。そして湧き出た力をうまく制御しながら攻撃に転じる！

「おらァ！」

ルイシャは帝王イカの足を摑《つか》むと、力任せに引っ張る。

すると帝王イカの巨体が持ち上がり、宙に浮いてしまう。

『ぶも!?』

「地面に……落ちろ！」

ルイシャは持ち上げたそれを思い切り砂浜に叩きつける。

イカに柔軟な体を持っていようと流石《さすが》に応えたようでイカは苦しそうに呻《うめ》く。

『ぶも……！』

器用に顔を触手で叩き目を覚ますと、こちらに向かってくるルイシャ目掛けて黒い液体、イカ墨を吐きかける。

帝王イカ特有の強酸性のイカ墨。当たれば骨まで溶ける猛毒だ。

ルイシャはそのイカ墨を思い切り殴りつける。

「ふん！」

怒りにより筋力が跳ね上がった彼の拳は、その衝撃波でイカ墨を霧散させてしまう。

まさかの対処に驚く帝王イカを余所《よそ》に、ルイシャはイカの頭上にジャンプしその脳天めがけ思い切り拳を叩きつける。

「気功術、攻式一ノ型……隕鉄拳《いんてつけん》・剛ッ！」

怒りの力で存分に強化されたその一撃は、砂浜に巨大な陥没穴《クレーター》を作り出し、帝王イカを見るも無惨なぺったんこな姿に変えてしまうのだった。

◇　◇　◇

帝王イカ騒動から少しして。

ルイシャたちはビーチでBBQを楽しんでいた。

「はふ、はふ、もぐ……ごくん。うん、中々悪くない味ね」

シャロは串に刺された白い物体……帝王イカのゲソ焼きを食べると満足そうに笑みを浮かべる。

彼女はせっせとイカを焼いているヴォルフに視線を向けると、彼に労《ねぎら》いの言葉をかける。

「いい焼き加減だったわよ！」

「おうよ！　まだまだあるからどんどん食ってくれよな！」

ヴォルフは器用にナイフでイカの身を切り、商人フォードから借り受けた網でイカの身を焼いていく。

帝王イカは巨大なのでルイシャたちだけではとても食べきれない。なのでその身のほとんどをフォードに譲り、自分たちの食べる分だけの量と調味料、そして調理器具を貰《もら》ったのだった。

「ヴォルフ、焼くの代わろうか？　食べてないいんじゃない？」

「いえ大丈夫ですよ大将。焼きながら時々食べてるんで」

「そう？　悪いから手伝うよ」

そう言ってルイシャはぐいと無理やり彼の隣に陣取り、手伝う。

「このタレを塗ればいいの？」

「ちょ、分かりましたって大将、ちゃんとお願いしますから無理やりやんないでくだせえ」

「ふふん、最初からそうやって素直に言えばいいんだよ」

「……大将も随分図太く成長したよな、頼りになるぜ全く」

呆《あき》れたように、そしてどこか嬉しそうにヴォルフはルイシャと仲良く並んで作業する。

そして手を動かしながらヴォルフはルイシャに話しかける。

「なあ大将、このイカを倒した時のあれってどうやったんだ？」

「あれ？」

「ああ、なんかいつもより力が強くなってなかったか？　あとなんかおっかなかった」

「おっかなかったって……そんな風に見えてたんだ」

ヴォルフの歯《は》に衣着《きぬき》せぬ言い方にルイシャは少しへこむ。

それを見たヴォルフは慌てて訂正する。

「おっと別に悪いって言ってるわけじゃないんだぜ？　ただ珍しいって思っただけで」

「うん……大丈夫。僕も慣れないことをやったって自覚はあるから」

「ならいいんだけどよ」

しばしの無言。

串に刺してタレを塗って焼く。そんな単純作業をしばらく繰り返した後ルイシャは口を開く。

「……誰の心にも暴力的な衝動みたいなものはあると思うんだ。普段表に出してない人でも、いや表に出してないほどその衝動は強いと思う」

「それは大将みたいに……ってか？」

「はは、先に言われちゃったね」

ルイシャは恥ずかしそうに頬を掻《か》く。

「僕は人を傷つけるのは嫌いだけど、体を鍛えるのは好きだし、力比べをするのも嫌いじゃない。これって矛盾してるように見えるけど、僕からしたらどれも正しい気持ちなんだよね」

「んー、難しい話はよく分かんねえが……まあ何となく分かるぜ。どんな下衆《げす》野郎にもいいところの一つくらいあるもんだ」

「はは、そうだね。だから僕の中に暴力的な衝動があるのも、まあおかしなことじゃないんだと思う。今まではこの気持ちを意識したことは無かったんだけど、多分無意識的に抑え込んでたんだと思う」

怒りのままに動けば事態を悪化させてしまう。

今までの戦いでも強い怒りを感じる場面は何度かあったが、それに身を任せることはなかった。

「でもさっき試しに怒りに身を任せてみたらさ、結構強くなったんだよね。これが多分火事場の馬鹿力ってやつなんだろうね」

「確かにあんなでけえイカを魔法も気も使わずぶん投げるんだもんな。ヒト族の筋力《それ》は軽く超えてたぜ。でも……大丈夫なのか？　怒りに身を任せてたら何か危なそうだけどよ」

「もちろん今後は身を任せたりはしないよ。ただ怒りもコントロールして自分の力にしようと思ってる。そうすれば僕はもっと強くなれると思うんだ」

そう語るルイシャの目は真剣そのものだった。

その強さへの探究心、貪欲さはヴォルフが畏れを抱くほど強く、そして深かった。

「……頑張んのもいいけどよ、あんま無茶しねえでくれよ。心配なんだ、俺だけじゃなく他の奴《やつ》らも同じ気持ちだ」

「……うん、気をつけるよ」

ルイシャはそう言って笑って見せたが、ヴォルフの心のざわつきが収まることはなかった。

◇　◇　◇

ビーチで束《つか》の間《ま》の休息を過ごした翌日。

ルイシャたちは予定通り死海地点『シップ・グレイブヤード』の調査をするために、港に停泊している商人フォードの船に向かった。

そしてそこに停泊してあるその姿を見て、ルイシャたちは驚き口をあんぐりと開けた。

「紹介しよう、これぞ我が愛船『セノ・テティス号』だ。立派だろう」

フォードが用意した船は他の停泊している船たちとは一線を画す大きさの巨大なガレオ

ン船だった。全長五十メートル超、幅十メートル。砲門からは五十ほどの大砲が顔を出している。

紛《まが》うことなき最大規模の大型船だ。

「なにもこんな立派な船を用意しなくても……」

「いや、それは違いますよルイシャ君。これから私たちが行くのはあの忌まわしき呪われた海域。小さな船では心許《こころもと》ありません。その点この船は頑丈だし、速度も申し分ない。今回の航海にはこの船が適任なのですよ」

「そ、そうなんですか」

彼の熱意に押され、ルイシャは閉口する。

フォードも実は過去に船乗りとして様々な海域を旅した経験がある。未知の海域に興味がないわけではなかった。

とはいえ今や彼は多数の従業員を抱える一流の商人、無茶は控えていたのだが……今回死海地点に行くことになり、彼の船乗りとしての血が久しぶりに目覚めてしまったのだ。

「さ、乗ってください。中も凄《すご》いですよ！」

「わ！　ちょ、入りますって！　押さないで危な」

ぐいぐいと無理やり引っ張られ、ルイシャはセノ・テティス号に足を踏み入れるのだった。

◇　◇　◇

「んー！　気持ちいい！」

海を裂いて突き進むセノ・テティス号。その甲板に立ちながらルイシャは気持ちよさそうに声を出す。

天気は快晴。絶好の航海日和だ。

「確かに気持ちいいけど……速度はやっぱり魔空艇より遅いわね。あっちで調査した方が良かったんじゃない？」

綺麗《きれい》な桃色の髪を風になびかせながらシャロは言う。

ルイシャたちの乗っているセノ・テティス号はこのサイズの船にしてはかなりの速度が出る。それは風の魔石を使い自ら風を起こしそれを帆で受けているからなのだが、それでもやはり速度に限界はある。

調子のいい時で時速四十キロほど。魔空艇の半分にも満たない。

「確かに速度だけなら魔空艇の方がいいんだけどね。空の女帝《ブルーエンプレス》はその場に長時間停止するのが難しいし、なにより墜落したらお終《しま》いだから……」

魔空『艇』とはあるが、船と同じように海上を進む機能は魔空艇には備わっていない。ゆっくり着水したとしてもすぐに浸水し海の底に沈んでしまうだろう。

「空には凶暴な飛竜も多く飛んでいるし、海の中から襲ってくる魔獣もたくさんいる。全速力で飛んでいるなら襲われることもないけど、ゆっくり飛んでいたら危険だと思う」

「ふうん、そういうことだったのね」

空の女帝は速度特化の小型魔空艇。戦争に使う軍用魔空艇なら厚い装甲があるが、空の女帝の装甲は最低限で耐久力はかなり低い。

もし沖に出て墜落でもしてしまったら、全員を連れて陸地に戻るのは困難だ。

「船底には魔獣に襲われにくい仕掛けがあるから下手に空を飛ぶより安全だしね。時間はかかっちゃうけどこっちの方がいいと思う」

それに何より、魔空艇は替えがきかない。

もし壊れでもしたら王国の技術では直せないので帝国に持っていかなくてはいけない。

しかし帝国は王国と対立関係にある、おいそれとは行くことは出来ない。

「ま、確かに時間はかかるけど船旅ってのも悪くないかもしれないわね。私、船に乗るの初めてだし」

「そうなんだ。それはちょっと意外かも」

田舎の村出身のルイシャは当然船に乗った経験などない。

しかしシャロは小さい頃から色んな所に行っているので、経験済みと勝手に思い込んでいた。

(……ていうかそもそもシャロがどこ出身か知らないじゃん)

ルイシャは話していてそう気づく。

彼女が魔法学園に入るため故郷を出たことは知っていたが、一体それがどこなのかは聞いたことがなかったのだ。

「あの、気を悪くさせちゃったら悪いんだけど……シャロってどこ出身なの？　今まで聞いたことがなくて……ごめん」

「あら？　言ってなかったかしら？　ていうか別に謝んなくてもいいわよ、私が言ってなかっただけだし」

シャロは謝るルイシャの顔を上げさせると、今までしてこなかった身の上話を始める。

「私の故郷は聖樹セフィリティアのお膝元、『聖都イ・エデン』よ」

「聖都って……あの世界樹があるっていう街だよね？　そんな凄い場所から来たんだ……！」

王都から西に五百キロほど進んだ場所には大陸一巨大な世界樹、別名『聖樹セフィリティア』が存在する。その樹《き》の根元に存在する聖なる街がシャロの出身地『聖都イ・エデン』なのだ。

「別に聖なる街って言っても私からしたらただの田舎だけどね。自然は豊かだし平和だけどそれだけ。退屈だったわ」

「へえ……でも僕も行ってみたいな。有名な世界樹を一回見てみたいや」

「なら休み中に行きましょうよ。きっとマ……お母さんも喜ぶわ」

「それいいね！　楽しみだなあ」

まだ見ぬ地を想像し、ルイシャは楽しそうに笑う。

そんな彼に向かってシャロは少し頬を赤らめながら尋ねる。

「もちろんお母さんにも挨拶してくれるのよね？　えっと、その……恋人として」

最後の言葉はぼそぼそと小さな声で呟《つぶや》く。

聞こえるか聞こえないか微妙な声量、しかしルイシャはその言葉を聞き逃さなかった。

「もちろんだよ」

シャロの手を取り、真剣なトーンで喋《しゃべ》る。

顔から火が出るほど恥ずかしいけど、これを濁すのは良くないとルイシャは思った。

「ちゃんと……ちゃんと、話すから。頼りないかもしれない、けど、頑張るから」

ルイシャのその言葉にシャロは驚いたように目を丸くし、そして優しく微笑《ほほえ》む。

「……バカね。あんたが頼りなかった時なんて一度もないわよ」

そう言ってルイシャの隣に寄り添うように立つ。

波に揺れる甲板の上。二人は長い間隣り合って流れ行く景色を見続けた。

風で冷える体を、お互いの熱で温め合いながら。

◇　◇　◇

航海二日目。

船の上ではやることもないので各々が自由に過ごしていた。

アイリスは船室で読書。ヴィニスは甲板で決めポーズの練習。ルイシャとシャロとヴォルフは釣りを主にやっていた。

「あー、全然釣れねえ」

気怠《けだる》げに言いながらヴォルフは竿《さお》を引く。

数分前につけた餌は、綺麗な状態で針に残っていた。餌を取られたならまだしも、そもそも全く食いつかないのでヴォルフはすっかり釣りに飽きてしまっていた。

「昨日はまだ何匹か釣れたんだけどなあ。今日はさっぱりだぜ」

「そうだね、僕も全然引っかからないや」

ルイシャはそう言って海を覗《のぞ》く。

眼下に広がるは深く透明な海。ルイシャは自慢の目で奥の方まで見渡してみる。

「うーん、そもそも魚が全然いないね。釣れないわけだよ」

「へえ、海に魚がいないなんてことあんのね」

シャロがそうぼやくと、三人のもとに商人のフォードがやってくる。

「ここに来たのは久しぶりですけど、やっぱり今も魚はいませんか」

「フォードさん、ここは昔からそうなんですか？」

「ええ、ここはもう死海地点の側《そば》。人だけでなく魚すらも、好んでここには近づきません」

船のデッキの手すりに腰をかけ、フォードは語る。

「ルイシャ君。君は『三厄災』について知っているかな？」

「ええと……名前だけなら。確か大昔に暴れた三体の凶悪な魔物のことですよね？」

「その通り。よく知っているね」

はるか昔に暴れた凶悪にして最強の三体の魔物。それらの魔物の力は天災に喩《たと》えられ『三厄災』と呼ばれた。

その存在は都市部では忘れられて久しいが、地方によってはおとぎ話として今も語り継がれている。

「三厄災の一つ、『海厄ク・ルウ』の名は今でもラシスコに残っていて、子どもに恐れられています。私も子どもの時親に言われたものです、『遅くまで起きてるとク・ルウに海に引きずり込まれるぞ』……とね」

「海厄ク・ルウ……」

初めて口にするその名前をルイシャは頭の中で反芻《はんすう》する。

名前を聞いただけでぶるりと悪寒に包まれる。こんな気持ちは初めてだった。

「長いことク・ルウはこの海域で暴れていました。しかし三百年前、伝説の勇者オーガが現れ討ち倒してくれたと聞きます。本当かは定かじゃありませんが、ありがたいことです」

「勇者オーガがここに……！」

その話を聞き、この海域に勇者の遺産があるという情報に信憑性《しんぴょうせい》が増す。

勇者オーガ、海厄ク・ルウ、死海地点、そして……海賊王キャプテン・バット。これらの情報はきっと繋《つな》がっている。そしてその道をたどった先に探している遺産があるのだとルイシャは確信する。

「それで、その後はどうなったんですか？」

「無事それ以降ク・ルウの姿が見られることは無くなったのですが、その代わりここら一帯の海域で奇妙なことが起きるようになりました。コンパスが狂ったり、針路がいつの間にかズレていたり。そのせいで沈没したり、神隠しにあう船が多く現れました。船乗りたちは『これはク・ルウの呪いだ』と恐れ、ここら一帯の海域を『死海地点』と名づけ、通ることを避けるようになりました」

「なるほど……。興味深い話をありがとうございます」

ルイシャは新しく得た大量の情報を脳にしっかりと刻み込み、礼を言う。

こういった地方にのみ残された話というのは王都でも手に入らない。ここで聞くことが出来たのは幸運だった。

「ところで死海地点にはいつ頃到着するんですか？　今日着くって話でしたけど」

「ああ、そうでした。もう死海地点の目の前なのです。それを伝えに来たんでした」

「ええっ!?」

フォードのうっかりにルイシャたち三人は盛大にズッコケる。

「はは、すみませんね。正確にはここから先、一時間ほど進んだところが死海地点です。とは言ってもそこになにかがあるわけではありませんけどね」

「うーん……確かに」

甲板から船の進行方向を見渡すが、海が広がるばかりで何も変なところは見つからない。本当にここが？　とルイシャたちは訝《いぶか》しむ。

「申し訳ありませんが、船はここで停《と》めさせてもらいます。ここから観察するか、更に先に行くなら小舟を使ってください。手を貸せるのはそこまでです」

「充分です、ありがとうございます。まずはここから確認します」

そう言ってルイシャは前方を凝視する……が、やはり何も分からなかった。

ヴォルフも鼻をひくつかせるが海の匂いしかしない。

「変な魔力も特に感じないね……ん？」

ルイシャは横にいたシャロを見て声を出す。

「シャロ、どうかしたの？」

シャロは死海地点の方を見ながら、ボーッとしていた。

ルイシャの声で正気に戻った彼女は、感じた違和感を話す。

「……よく分かんないけど、なにか変な気配？　みたいなのを感じるの。この感じ……前にダンジョンに入った時とよく似ているわ」

「ダンジョンって、あの勇者の遺品があったところ？」

ルイシャの言葉に、シャロは首を縦に振る。

話に出てきたダンジョンには勇者の封印がされていた。五つの花弁の家紋で封をされたそのダンジョンは、勇者の血を引くシャロでないと封印を解くことが出来なかった。

「もしかしてここもそうなの……？」

自分が感じていないだけでまた封印があるのかもしれない。そう思ったルイシャは、魔眼を発動する。

魔力を視《み》ることが出来る瞳、魔眼。

それが映し出した光景は驚くべきものだった。

「うっそ……」

ルイシャの眼《め》に映ったのは、ダンジョンを塞いでいたあの結界と同じ紋様が描かれた結界。

いや、ただの結界じゃない。

正面の海域一帯を覆い尽くすほどの巨大な結界がそこにはあった。

形は大きな布……カーテンによく似ている。ゆらゆらと揺らめくその結界の色は桃色。

そしてそこには大きく勇者の家紋が刻まれていた。

あまりにも桁違いの規模の結界にルイシャは面食らってしまう。

（こんなにも巨大な結界を何百年も維持していた……!?　いったいどうやって!?　いったいなんのために!?）

その規格外の大きさの結界を見たルイシャは立ち竦《すく》む。

これほどの規模の結界を作ってまで封じなくてはいけない物がある。それは一体どんな物なのだろうか、と。

「ルイ、大丈夫？」

「え、あ……うん。大丈夫、ありがとう」

シャロの言葉でルイシャは冷静さを取り戻す。

こんなとこで立ち止まってちゃ駄目だと彼は気を取り直す。すると彼らのもとに席を外していたアイリスがやって来る。

「結界……それも見たことないサイズの大きさですね」

アイリスの言葉にルイシャはハッとする。

「そっか、アイリスも魔眼を持ってたんだったね。僕と同じでアレが見えるんだ」

「はい。ルイシャ様の持つ魔王の瞳《サタンズ・アイ》に比べたら能力は落ちますが、あのサイズの結界であれば、しっかりと捕捉出来ます」

そう言ってアイリスはシャロの方をちらと見て、ドヤ顔をかます。自分の方が彼に寄り添えるとでも言いたげに。

「……あんた本当にいい度胸してるわね……！」

「ふふ、何のことでしょうか？」

そんな女同士の戦いがすぐ後ろで行われていることなど知らず、ルイシャは結界の観察を続ける。

しっかりと目を凝らし、それを眺めたルイシャはあることに気づく。

「ねえアイリス、あの結界、なんだか壊れかけてない？」

「本当ですか？　どれ……」

アイリスも目を凝らし、結界を注視する。

すると結界の所々が欠け、穴が空いていることが見て取れた。更に数カ所ヒビが入っている所も発見した。今すぐ壊れるというわけでは無さそうだが、長くは持たなそうだ。

「これだけ大規模の結界、維持するのは大変なはずです。もしこれが勇者オーガの作った結界なのであれば、このような事態を想定出来たはずですが……不思議ですね。誰か結界の修繕をする者を用意しなかったのでしょうか？」

そう言ってアイリスは再びシャロのことをちらと見る。

魔眼を持たず、目の前の結界を見ることが出来ないシャロだが、ここまで話を聞けば今どんな状況なのかは察しがつく。

目の前に自分には見えない結界があることと、自分がイジられていることに。

「ちょっと！　言っとくけど私はなにも知らないからね！　こんな所にご先祖さまの結界があるなんて私が一番びっくりよ！」

「……はあ、やはりそうでしたか。頼りになりませんね」

「むきー！　あんただけはしばくー！」

「ちょ、落ち着いてよシャロ！　アイリスもそれくらいにして！」

ヒートアップしそうなシャロを宥《なだ》めたルイシャは、今後の方針をみんなで考える。

「あの結界は多分シャロがいればなんとかなると思う。ダンジョンの時もそうだったしね」

ダンジョンを封じていた結界はシャロが触れただけで封印が解けた。

あの時と同じであれば今回も結界を突破するのは容易だろう。

「でもその先になにがあるか分かんないんだよね……。結界のせいで中がどうなってるか分からないし」

海に張り巡らされた結界には認識阻害の効果があり、その奥は魔王の瞳の力をもってしても見通すことは出来なかった。

「この大きな船で近づくことは出来ないから、近づくには小舟に乗り換えるしかないんだけど……僕は一旦引くべきだと思う。陸ならまだいいけどここは海の上。慎重に動いた方がいいと思う」

彼らは海で行動するのに慣れていない。当然船を操る技術も素人だ。

それに加えて謎の結界と来れば、それに考えなしに突っ込むのは無茶を通り越して無謀だ。ルイシャの提案にシャロたちも頷《うなず》く。

「ありがとう。じゃあ早速ラシスコに戻って作戦を練り直さないとね。大きな船と海に慣れた人、それと結界に関する情報も手に入れないと。……中々大変そうだね」

不安げに言うルイシャ。

するとそんな彼を鼓舞するように仲間たちが声をかけてくる。

「ラシスコにはまだ吸血鬼が残っています。彼らの力を借りればなんとかなるとは思います。流石《さすが》にすぐにというわけにはいかないでしょうが」

「じゃあそっちはアイリスの仲間に任せて俺らは結界の情報探しか。骨が折れそうだが、まあやるしかねえか。足を使った調査は任せてくれ大将」

「ラシスコに何か文献が残ってればいいけどね。最悪私が実家に戻って勇者の資料を漁《あさ》るわ。ま、そんな物見たことないから期待は出来ないと思うけど……なにもしないよりマシでしょ」

「みんな……！」

自発的に動いてくれる頼もしい仲間の姿を見て、ルイシャは感極まり目頭が熱くなる。

自分は一人じゃないのだと強く感じた。

その感情のままに抱きつこうとした瞬間、爆発音と共に船が大きく揺れた。

「な、なんだ!?」

慌てる一同。

見れば船の左側面から黒い煙が上がっている。どうやら緊急事態のようだ。

「右舷より船影！　敵襲《どうぞく》です！」

船員の声が船上に響き渡る。

その声に従い、右舷の方向を見てみると、三隻の船が接近してきていた。

目を凝らしたルイシャは、その内の一隻に見覚えのある顔を見つけた。

「あいつ……僕たちを追っていたのか!?」

三隻の船を取りまとめる人物は、遠くのルイシャと目が合い、笑みを浮かべる。

「ガハハハハッ！　前回は不覚を取ったが、今度は海の上。こっちのホームタウンだ。この前みたいにはいかないぜぇ……！」

そう言って悪名高き海賊〝人喰《ひとく》いドレイク〟は手にしたサーベルの刃に舌を這《は》わせる。

彼が指揮する三隻の海賊船は、瞬く間にルイシャたちの乗るセノ・テティス号を囲む。

そして船に搭載された多数の大砲をルイシャたちに向ける。

「港ではしてやられたが、海の上ではそうはいかんぞ小僧！　観念して投降するんだなァ！」

ドレイクはそう言って下卑た笑みを浮かべる。

彼の登場にルイシャは驚く。

「まさかこんな所まで追ってくるなんて！　危険ですのでフォードさんたちはなるべく安全な所に避難しててください、奴《やつ》らの狙いは僕のはずですから」

「わ、わかりました。気をつけてくださいね」

船内にフォードと乗組員を避難させたルイシャはドレイクに話しかける。

「いったいなにが目的ですか！」

「そんなの決まってんだろ！　復讐《ふくしゅう》だよ復讐！　海賊は舐《な》められたら終《しま》いなんだよ！　必ずお前らを見るも無惨に殺し、その全てを奪い蹂躙《じゅうりん》してやる！」

「……なんて奴だ」

ドレイクから感じる悪意の強さにルイシャは寒気を覚える。

あいつは本気だ。本気で僕を殺すつもりだ。そして宣言通り船も仲間も全て奪って悪逆非道の限りを尽くすんだろう。

そんなことは絶対に許さない。そう心のなかで思ったルイシャは、仲間たちに声をかける。

「三人とも、船を守るのを任せてもいい？」

ルイシャの言葉にシャロたちは任せろと頷く。

「あんな奴、とっととぶっ飛ばしてきて！」

「うん！」

ルイシャは船を仲間たちに任せると、ドレイクの乗っている船めがけてジャンプする。

甲板の床にヒビを入れるほどの力で跳躍したルイシャは百メートル以上離れたドレイクの船に無事着陸し、ドレイクと向き合う。

ドレイクの部下たちはその派手な登場方法に驚きざわめくが、ドレイク本人に驚いた様子はなかった。彼は自分を倒してのけたルイシャの実力を評価していた。

「ようこそ我が愛船『クルードドル・スクアーロ号』へ。歓迎するぜガキ」

「長居する気はありません。二度と僕たちに近づかないのであればなにもする気はありませんが……どうしますか？」

「くく、そんなの決まってんだろうが」

ドレイクは手に持った幅広のサーベルを振りかざし、大声で叫ぶ。

「てめえら！　こいつを八つ裂きにしろ！」

「「「「ヨイサホー!!」」」」

海賊たちは船長の命に従い、ルイシャに襲いかかる。

全員が手にサーベルを持ち、息の合った動きで攻撃してくる。しかし、

「そこを退《ど》けっ！」

近づいてきた海賊の一人を殴り飛ばすと、その周りにいた海賊もろとも吹き飛び、海に落下する。海に落ちなかった者もいたが床に激しく体を打ちつけ戦闘不能になる。

なんと今の一撃だけで十人もの海賊が戦闘不能になってしまう。それを見たドレイクは
「ひゅう♪」と口笛を鳴らす。

「想像以上の強さだなガキ。だがその元気どこまで持つかな？」

船内からずらずらと子分たちが出て来て手に持ったサーベルの切っ先をルイシャに向ける。

しかしルイシャは一切取り乱していなかった。

「数を揃《そろ》えれば勝てるとでも？」

「思っちゃねえさ。おい、どんどん撃て！」

　ドレイクが指示を出すと、クルードル・スクアーロ号の船体側面に付けられた大砲から砲弾が発射され、シャロたちの乗るセノ・テティス号を襲う。

「しま……っ！」

　ルイシャは急ぎ砲弾を魔法で止めようとするが、ドレイクが間に立ちそれを邪魔する。

「おっと！　お前の相手は俺様だ」

「ドレイク……！」

　ルイシャは憎々しげにドレイクを睨《にら》みつける。

　一方ドレイクは楽しげに笑みを浮かべる。

「お前のせいで捕まえた奴隷まで失って商売上がったりだ。その落とし前はつけてもらうぜ」

　そう言いながらドレイクはルイシャが乗っていた船を指差す。

「まずは女だ。お前と一緒にいた女、上玉だったなあ……ありゃあいい。気が強えのも最高だ。まずはあいつらをお前の前でブチ犯す。そんでボロ雑巾になるまで遊んだ後、変態貴族にでも売りさばいてやるよ」

「貴様……っ！」

　ドレイクの話を聞き、怒りに頭が染まったルイシャは、ドレイクに接近し彼のでっぱった腹を蹴り飛ばす。しかしドレイクは後退こそしたものの吹き飛ぶことなくその場に踏みとどまる。

「痛っ……てえな小僧！」

「く、踏み込みが浅かったか！」

船の上という不安定な足場では、攻撃力が大幅に下がってしまう。船に乗ったことのないルイシャなら尚更《なおさら》だ。

しかし生活のほとんどを海の上で過ごすドレイクは、むしろ海の上の方が戦闘力は高い。波の揺れをものともしないどころか、むしろその揺れを活《い》かして陸より素早く動くことが出来た。

「お前は船が海の藻屑《もくず》となるのをここで見てなァ！」

「ぐ……！」

放たれた砲弾は弧を描いてセノ・テティス号に迫る。

無情にも着弾する……かと思われたがその寸前で船に残っていたシャロが反応する。

「桜花護盾《イージス・リーフ》！」

空中に桜の花弁の形をした巨大な盾が現れ、砲弾から船を守る。

続けて何発も砲弾が放たれるが、シャロはそれら全てを防ぎ切って見せた。

「ひひ、どんなもんよ！」

シャロは右腕に嵌《は》めた腕輪をなでながら得意げに言う。

勇者の遺品『庇護者の腕輪《イージスリング》』。

大きな桃色の宝玉が埋め込まれたこの腕輪には強い『護《まも》りの力』があり、シャロはその力で盾を生み出したのだ。

勇者の力を持つものにしか扱えない代わりに、その効果は強力。少ない魔力で堅牢《けんろう》な盾を生み出すことが出来る。

「ルイー！　こっちは気にせずやっちゃいなさい！」

「ふふ、心強いね」

後顧の憂いが無くなったルイシャは再びドレイクに向きあう。

奥の手である大砲が無力化されたドレイクは見るからに焦っていた。

「や、やっぱり仲直りしないか？」

「黙れ！　お前だけはここで止める！」

ルイシャは拳を握りしめ、高速でドレイクに接近すると腹部めがけて正拳を放つ。

「気功術攻式一ノ型、隕鉄拳《いんてつけん》！」

「――――っがァ!?」

メリリ、とルイシャの鋼の拳が腹部にめり込み、ドレイクは苦悶《くもん》の表情を浮かべる。

ルイシャはそのまま拳を振り抜いて吹き飛ばし、ドレイクは甲板の上をゴロゴロ転がる。

「……がはっ！　き、効いたぜ……」

「まだ動けるのか……しぶといね」

次こそ決める。

そう思って拳を構え直した瞬間、ドレイクの船の一部が大きな音を立てて爆発する。

セノ・テティス号が撃たれた時と同じ音。ルイシャはシャロたちが反撃したのかと思ったが、セノ・テティス号がいる方向とは逆の方向が爆発した。

つまり……他に船がいる。

「敵襲ーっ！　左舷に船影！　あの船は……シ、シンドバットだ！」

海賊の一人がそう叫ぶと、海賊たちはみな一様に驚き騒ぎ出す。

船長のドレイクですら「マジかよ畜生！」と悪態をついている。

「いったいなにが起きてるんだ……？」

ルイシャは砲撃があった方角を見る。

大海原を切り裂きながら、とてつもない速さで近づいて来るのは海賊旗を掲げた海賊船だった。

その船首に立つのはまばゆい橙色《だいだいいろ》の長髪が特徴的な女性。

彼女は不敵な笑みを見せると船員たちに声をかける。

「さあて、楽しい戦い《パーティー》の始まりだ……！　突っ込め野郎ども！」

「「「「ヨイサホーッ！」」」」

謎の海賊船はものすごい勢いでドレイクの船に接近すると、その船首をドレイクの船の側面に激突させる。

「なっ……！」

メキメキメキッ！　と木が軋《きし》み砕ける音とともに船体が激しく揺れる。

ルイシャは竜王剣を出し、床板に突き刺すことでなんとかその場にとどまるが、何人かの海賊たちはその揺れに耐えきれず海へ投げ出される。

阿鼻叫喚《あびきょうかん》となった船上に、一人の女性が降り立つ。

年は二十手前くらいだろうか。背が高く、スタイルの良いとても美しい女性だった。細い足と腰に不釣り合いな大きい胸とお尻。それを強調するかのような露出の多い服を着ている。

彼女は挑発的な笑みを浮かべながらドレイクを見て、口を開く。

「久しぶりだねドレイク。あんたまだこんな下らないことやってんの？」

「黙れシンドバット！　誰もが貴様みたいに綺麗《きれい》に生きられるわけじゃねえ。泥水をすすることでしか生きることの出来ねえ奴もいるんだよ」

「詭弁《きべん》だね。あんたほどの実力があれば地道に生きる道もあったろうに」

「うるせえ！　俺の人生は俺の物だ！　てめえにとやかく言われる筋合いはねえ！」

「そりゃそうだね。でも堅気に手え出そうっていうならあたしも黙っちゃられない。海賊が堅気に手を出す時代は終わったんだよ」

シンドバットは腰からサーベルを抜き放ち、宣言する。

「誇りを失った海賊はただの犯罪者だ。野郎ども！　やっちまいな！」

それを合図にシンドバットの船から海賊が大量に乗り込んできてドレイクの船の海賊と

戦闘を開始する。あっという間に船の上は海賊たちで溢《あふ》れかえる。

「……ひとまず助かった、のかな？」

今がチャンスかとルイシャは目立たぬようそそくさと移動し、シャロたちのもとに帰ろうとするが、一人の海賊がそれを阻止しようとする。

「逃げられると思うなよ！」

ルイシャに後ろから斬りかかってくる海賊。その男はドレイクの手の者ではなく、シンドバットの部下だった。

なんとか身を反らし、その一撃を回避するルイシャ。シンドバットの陣営とは敵対していないので戦闘したくなかったのだが、問答無用で襲いかかってきたのでルイシャは仕方なくその海賊に手刀を放つ。

「ごめんなさい、えいっ！」

「がぺ!?」

首に強い衝撃を受けた海賊は昏倒《こんとう》し、崩れ落ちる。

ルイシャはその海賊を運び安全そうなところに置き、今度こそ立ち去ろうとするのだが……。

「あんた、ウチの船員に何してんだい？」

ルイシャの前に一人の人物が立ちはだかる。

右手にサーベル、左手にフリントロック式の銃を持ったその人物は、後から来た海賊たちの首領、シンドバットだった。

「……貴女《あなた》の仲間に手を出したことは謝ります。でも僕は敵じゃないんです」

「ふん、汚いドレイクの部下がつきそうな嘘《うそ》だね。落とし前、つけてもらうよ」

そう言うやシンドバットは問答無用で斬りかかってくる。

「やっぱこうなるのか！」

ルイシャは竜王剣で彼女の一撃を受け止める。が、

（重《お》っ……も！）

その想定以上の攻撃の重さにルイシャの体は浮き、数メートル先まで飛んでしまう。

なんとか姿勢を整え船に着地し、海に落ちるのは避けたものの、剣を握っていた腕がじんじん痺《しび》れる。シンドバットと呼ばれた女性は見た目こそスレンダーだが、その力はとてつもなく強かった。

「はっは！　あたしの攻撃を受けてピンピンしてるとは大したもんだ！　ドレイクの所に置いておくには惜しい男だね！」

「だから僕は仲間じゃないんですってば！」

ルイシャは大声でそう主張するが、シンドバットは聞く耳を持たず何度も斬りかかってくる。その一撃の重さを知っているルイシャは全力でその攻撃を捌《さば》く。

（この人、強い！）

シンドバットは船の上という不安定な足場を意にも介さず華麗なステップを踏み、高速

の剣閃《けんせん》でルイシャをめった斬りにした。常人では視認すら不可能な攻撃の数々、しかしルイシャはそれらを的確に見切り、時に避《よ》け、時に受け流し、そして弾《はじ》いて見せた。

「すげえ……」

その規格外の戦いを目にした海賊たちは感嘆し、思わずその戦いに見入ってしまう。

「ていうか船長楽しそうじゃない？」

「強敵と戦えるのも久しぶりだからな、俺たちじゃ相手にならないし」

「つーかあの少年誰よ、本当にドレイクの仲間なのか？」

多くの人が手に汗握り観戦する中、当のシンドバットは剣を振りながらルイシャに話しかけていた。

「一目見た時からやりそうな奴《やつ》がいるとは思っていたけど、まさかここまでとはね！　どうだい？　ドレイクのとこなんて抜けてあたしの海賊団に入らないかい？」

「申し訳ありませんが僕は海賊にはなりませんよ……っと！」

申し出を断りながらルイシャは鋭い突きを放つ。シンドバットはそれを後方に宙返りしながら回避すると、器用に船の手すりの上に着地する。その見事な身のこなしにルイシャは感心する。

「……あなたこそ何者ですか？　その強さ、只者《ただもの》じゃないですよね」

「あたしを知らないとは本当に海賊かい？　まあこっちの海じゃそんなに活躍してないし知らない奴もいるか」

シンドバットは少し残念そうに呟《つぶや》く。

「いいよ、楽しませてくれたお礼に名乗ってあげようじゃないか！」

シンドバットは手すりから降りると、甲板を力強く踏みつけ、サーベルを掲げ名乗りを上げる。

「我が名はシンドバット！　七つの海を越え、そのことごとくを制した七海の覇者なり！　海を荒らす誇りなき海賊たちよ、我が誇りの刃が叩《たた》き斬ってくれる！」

そう叫ぶと彼女の部下たちが一斉に手を叩き指笛を鳴らし囃《はや》し立てる。

まるで祭りのような雰囲気だ。今は本当に戦いの最中なのかとルイシャは困惑する。

「どうだ、これでいいかい？」

「……混乱して余計分からなくなりました」

「ふうん、そうかい。ならこれを見せた方が良かったかい？」

そう言って彼女は服の胸元をめくり、その下に光り輝く紋章をルイシャに見せつける。

「それは……！」

「言っただろ？　七海の覇者だって」

そこに輝くのは古代語で『七海王』と書かれた紋章。

彼女は剣王クロムに続いて、ルイシャが地上で出会う二人目の『王』であった。

「なるほど、どうりで強いはずです」

彼女の胸元に光る王紋《おうもん》を見たルイシャは驚いたように言う。

「あんたも中々だよ少年。もしかしてあんたも持ってるんじゃないの？　王紋《これ》を」

「さあ、どうでしょうか？」

「ふふ、焦《じ》らすじゃないの。女との遊び方は知っているみたいだね」

睨《にら》み合い、牽制《けんせい》する両者。

二人は出方を窺《うかが》いながら、頭の中で何回も斬り結ぶ。達人の戦いとは斬り合う前から始まっているのだ。

剣を構え唾を飲む。

しかしその膠着《こうちゃく》状態を破ったのは、ルイシャでもシンドバットでもなかった。

「どっちも……殺せっ！」

ドレイクの号令で二人めがけ銃弾の雨が降り注ぐ。反応した二人はその場から跳んで回避する。

回避したシンドバットはドレイクを睨みつけると、苛立《いらだ》たしげに大きな声を上げる。

「ちょっとドレイク！　自分の仲間ごと撃つとは本当に下衆《げす》野郎だね！」

「うっせえシンドバット！　そもそもそのガキは仲間なんかじゃねえ！」

「…………え？」

シンドバットは素っ頓狂な声を出すと、ルイシャの方に顔を向ける。

「そうなの？」

「ええと、まあ、はい」

ここに来て自分の勘違いに気がついたシンドバットは頭を抱え「はあ、やってしまった……」と反省する。

彼女はしばらくうんうん唸《うな》った後、ルイシャに頭を下げる。

「ごめんなさい」

「は、はは……良かったです誤解が解けて」

その見事な謝りっぷりにルイシャは許すしかなかった。

「それより早くあいつらを倒しましょう。僕の仲間が乗っている船が狙われてるんです」

「なるほど、ようやく状況が飲み込めたよ。ここはお詫《わ》びも兼ねてあたしがどうにかしてあげようじゃないか」

「へ?」

シンドバットは天高くサーベルをかざす。

ルイシャがきょとんとする中、シンドバットの仲間の海賊たちがざわつき出す。

「逃げろ! 船長がアレをやるぞ!」

「嘘だろおい、またかよ!」

「ひぃーっ!」

そのただならぬ様子にルイシャは身構える。

一方シンドバットはそんなことは意に介さず、思い切り地面にサーベルを振り下ろした。

「いくよ! 竜骨断ち!」

次の瞬間、ドレイクの船が横に真っ二つに割れた。どんな荒波にも耐え、無茶な航海も乗り越えてきた船が一瞬にして真っ二つに斬り裂かれてしまった。

当然船は真ん中から折れ、ゆっくりと沈み出す。ドレイクの部下たちは必死に船にしがみつくがやがて耐えきれず海に続々と落下していく。

「てめえシンドバット！　俺様の船に何てことしやがる！」

マストに摑《つか》まりながら、ドレイクが叫ぶ。かなり怒っている様子だがシンドバットは涼しい顔でそれを聞き流す。

「ふん、あんたこれぐらいしないと諦めないだろ？　これに懲りたらもう下らない悪事はやめるんだね」

「小娘風情が……！　絶対ふくしゅ――」

「うるさい」

シンドバットがマストを銃で撃つと、粉々に砕ける。

当然それにぶら下がっていたドレイクは海に落ちていってしまう。

「覚えてやがれー！」

そう言い残し、ボチャンと海の中に消えていく。

残ったシンドバットはルイシャに「ついてきな」と言い、沈みゆく船から自分の愛船へと案内する。まだ少し警戒しながらもルイシャはその船へ足を踏み入れる。

「お、お邪魔します……」

船に上がり込むルイシャを、シンドバットの部下たちがジッと見てくる。

それらは好奇の眼差《まなざ》しであり、敵意は感じなかった。

「少年、さっきは悪かったね。でももう安心しな。船長であるドレイクが倒れた今、他の奴らは撤退するだろう。奴に人望はないからね」

見れば他の船たちは砲撃を止め、撤退し始めていた。ルイシャはホッと胸を撫《な》で下ろす。

「さて少年、君の名前は？」

「あ、僕はルイシャ＝バーディと言います。えーと、シンドバットさん」

「そうかルイシャか、いい名前だ。よろしく」

そう言って彼女はルイシャと握手を交わす。

指は細いが、握るその手は力強さを感じた。

「あたしはシンドバット。仲のいい奴らからはシンディって呼ばれてる。よろしく頼むよ」

燃えるような橙《だいだいいろ》色の髪をなびかせ、シンドバット改めシンディはそう言うのだった。

◇　◇　◇

「あたしは七つの海を制覇した女海賊シンドバット！　気軽にシンディって呼んでくれ」

「……ルイ。こいつ一体なんなの？」

「はは……」

　謎の女海賊、シンディと出会ったルイシャは、一旦もといた船、セノ・テティス号に戻った。

　そしてシャロたちにシンディのことを紹介したのだが、突然現れた謎の海賊にみんな戸惑っていた。

　おまけに超スタイルのいい美人なのでシャロとアイリスは余計苛立っていた。これ以上のライバル出現は避けなければならない。

　そんな彼女たちの不穏な空気を察したのか、ルイシャは彼女を紹介する。

「この人……シンディさんは僕を助けてくれたんだ、信用出来る人だと思う、たぶん」

「何だいルイシャ、あたしに『さん』づけなんかしちゃって。呼び捨てで呼んでくれていいんだよ？」

「いやでもまだ会ったばかりですし」

「あたしたちはあんなに汗を流して激しくぶつかり合った仲じゃないか、水臭いねえ」

　その言葉を聞いたシャロとアイリスの瞳から光が消える。

　生命の危機を感じたルイシャは背中から汗が噴き出す。

　や、やばい。このままじゃヤられる！　そう思った彼は慌てて弁明する。

「け、剣でぶつかり合ったんですよね！　いやああれは激闘だったなあ！」

「ふふ、そんなに必死に否定しなくてもいいのに」

そう言ってシンディはくすくすと楽しそうに笑う。

「そんなに睨んでも盗《と》ったりしないわ。あたしはいい海賊だからね」

「……良い海賊なんてものがいるのかは知らないけど、ひとまず信じてあげるわ」

「ふふ、ありがと」

女性陣の間に流れる一触即発の空気にルイシャは胃をキリキリ痛める。

そんな中、シンディは「さて」と仕切り直し発言する。

「じゃあ教えて貰《もら》ってもいいかしら」

「へ？　なにをですか？」

「決まってるだろう？　あんたたちみたいな子どもが何でこんな所にいるかを、よ」

「…………！」

ルイシャは言葉に詰まる。

ここは船が滅多に寄りつかない『船の墓場《シップグレイブヤード》』。こんな所に船がいるだけでも不自然なのに、しかも船に乗っているのは子どもばかり。傍《はた》から見たら明らかにおかしい。

いったいどう言い訳したものかとルイシャが悩んでいると、ある人物が声を上げる。

「その質問には私が答えよう」

そう言ってルイシャたちのもとに歩いてきたのはこの船の持ち主である商人のフォードだった。

「あんたは……」

「お初にお目にかかる、シンドバット殿。七海の覇者と名高い貴方様《あなたさま》にお会い出来るとは光栄です。私の名前はスタン・L《リー》・フォードと申します。しがない商人をしております、どうぞお見知り置きを」

そう言ってフォードはシンディに頭を下げる。

そして頭を下げながらルイシャのことを見ると、任せろとばかりにウインクして見せた。

「へえ、あんたがフォード海運の代表か。やり手だと聞いてるよ」

「シンドバット殿に知っていただけているとは光栄です。私も会社を大きくした甲斐《かい》があるというものです」

着飾った言葉の下に刃を隠し、二人はお互いの胆《はら》の内を探り合う。

「で？　結局死海地点《ここ》には何の用で来たんだい？　まさか観光ってわけじゃないよね？」

「新しい航路の下見ですよ。死海地点の側《そば》を安全に通ることが出来るようになれば、かなりの利益になります。そのための下見というわけです。彼らはその護衛として雇いました。確かに彼らは若いですがその実力はシンドバット殿も見られたのではないですか？」

「ふーん……まあ筋は通ってるね」

フォードの巧みな話術にシンドバットは追撃を止める。

事実この船はルイシャたちの活躍でドレイクの攻撃に耐えることが出来た。並の護衛ではあっという間に船を乗っ取られていただろう。それほどまでにドレイクたちの腕は高かった。

「ご理解いただけましたか、シンドバット殿。ドレイクたちから救っていただいたお礼は後日必ずいたしますので、今日は一旦お別れしてもよろしいでしょうか？　みな先の一件で疲れてますので」

「……ふん、そこまで言うならいいよ。今日は帰るとしよう」

シンディの言葉にフォードは胸を撫で下ろす。毅然《きぜん》とした態度で接してはいたが、相手は歴戦の海賊シンドバット。そばに立っているだけで足がすくみそうになっていた。

「さて、じゃあ一旦お別れということだけど……」

つかつかとルイシャに近寄るシンディ。彼女はルイシャまであと二歩くらいの距離で立ち止まると、海の上に張られた巨大な結界を指差す。

「あの結界の向こうになにがあるかは知ってるのかい？」

「いえ、それはまだ僕たちはなにも知らな……あっ」

この時ルイシャは自分が重大なミスを犯したことに気がついた。

恐る恐るシンディの顔を見ると、彼女は悪魔的な笑みを浮かべてルイシャを見ていた。

「へえ、やっぱり見えているんだ」

海に張られた結界は秘匿されており、普通の人間には見えない。

普通の人から見たらシンディの指差した先には広がる海原しかなかったのだが、一度結界を認識したルイシャには海原ではなく大きな結界を指差したように見えてしまったのだ。

シンディはルイシャが結界を知っているかもしれないと思い、カマをかけたのだ。

「何で貴女《あなた》も結界のことを……いったい何が目的なんですか!?」

「ふふ、海賊の目的なんてひとつしかないだろ?」

シンディはそう前置き、自分たちの目的を話す。

「お宝だよお宝。あたしたちは特大級のお宝を狙っているのさ。あの伝説の大海賊キャプテン・バットの秘宝をね!」

「な……っ!?」

シンディも海賊王の宝を狙っている。それは考えうる限り最悪の事実だった。

今ルイシャの取れる選択肢は二つ。

ひとつは戦うこと。

この場で彼女たちと戦い勝利し、また策を練り直す。

シンディは確かに強敵だが、ルイシャは自分が勝てないほどではないと思っていた。奥の手を隠している可能性は高いが、ルイシャも奥の手『魔竜モード』を隠している。

しかし……こっちには戦える人が少ない。ルイシャと仲間四人しか戦える人がいないのに対し、相手は全員海賊であり、全員がある程度戦える。フォードとその部下の船員を庇《かば》いながら戦うのはあまりにも分が悪い。

だとするともう一つの手、『話し合い』で解決するしかなくなる。

落とし所を見つけ、手を組むか見逃してもらうか。いずれにしろ難航しそうだ。

「……僕はあなたたちと戦いたくありません。戦わずこの場を収めていただけないでしょうか?」

「いいよ別に」

「そうですよね、難し……って、いいんですか!?」

シンディの思わぬ反応にルイシャはオーバーなリアクションを取る。

それを見た彼女は面白そうにけたけたと笑う。

「ちょっと、あたしたちをドレイクたちみたいな野蛮な奴《やつ》らと一緒にしないでおくれよ。確かにルイシャと戦うのは楽しそうだけど、そんなのいつでも出来る。だけどあんたらと手を組めるのは今このタイミングしかない」

「まさか貴女から手を組むという案が出てくるとは意外でした。シンディさんたちもまだお宝にたどり着けてない、ということですか?」

「まあね。ただあと少しというところまでは来ている。あたしたちだけでも正直大丈夫とは思ってるけど……保険は多いに越したことはない。それにあたしの船乗りとしての勘が言ってるんだ。あんたたちは必要な『鍵』だってね」

そう言ってシンディはニヤリと笑みを浮かべる。

その全てを見透かしていそうな瞳に、ルイシャは少したじろぐ。

「あんたらにとっても悪い話じゃないだろう、なんせあたしはこのお宝を十年以上追っている。誰よりも詳しいと言っていいだろう。そんなあたしと手を組めるんだ、これ以上美《お》味《い》しい話があるかい?」

「……確かに美味しい話ですね。しかしそんなに簡単に僕らを信用していいんですか？　出会ったばかりの僕たちを」

「もちろん条件はあるさ。あんたらの目的が知りたい、子どもが海賊王の宝を追うなんて普通じゃない。夏休みの課題にしちゃスケールが大き過ぎるからね」

確かにシンディの疑問はもっともだ。

手を組むのであれば相手の目的を知るのはもっとも重要である。

「言っとくけどあたしの勘は鋭い。適当な嘘《うそ》は通用しない」

達人は相手の息づかいや所作から心の動きを読み取ってしまう。彼女の言葉がでまかせでないことをルイシャは理解していた。

ルイシャはシャロに目配せをする。彼の意図に気づいたシャロは「任せる」と首を縦に振った。それを見たルイシャは覚悟を決める。

「僕らは海賊王が持っていたとされる『勇者の遺産』を追ってここまで来ました。それ以外のお宝に興味はありません」

「勇者の遺産……？　なんでそんな物を？」

ルイシャに緊張が走る。

流石《さすが》に全てを話すわけにはいかない。しかし嘘をついてもバレてしまう。

言葉を選び、最小限の被害で最良の結果を得られる道を必死に探す。

「あそこにいる彼女、シャロは勇者オーガの子孫です。彼女が勇者の遺産を集めるのは変な話じゃないでしょう?」

「へえ、勇者オーガの……」

シンディは興味深そうにシャロのことをじろじろと見る。

居心地は悪いが、シャロは黙って視線を受け入れる。

「なるほど、確かに道理は通ってるし嘘をついてる気配もない。まあ全部話してくれてるわけじゃあなさそうだけどね」

「……それは貴女も同じじゃないですか?」

「おや、鋭いね」

シンディはルイシャの言葉に嬉《うれ》しそうに笑う。

ルイシャの勘も彼女に負けないくらい冴《さ》え渡っていた。

なのでシンディが何かを隠していることには気がついていた。分かった上で泳がせ、交渉材料にしたのだ。

「……分かった、これ以上深く探るのはやめようじゃないか、お互いにね。そしてその上で再び協力を申し出る。あたしたちで海賊王のお宝を探そうじゃないか。もしお宝を手に入れた暁にはあんたたちに勇者の遺産を渡す。その代わりそれ以外のお宝はあたしたちが貰う。それでどうだい?」

シンディが差し出した手をルイシャはジッと見る。

これに本当に乗っていいだろうか。彼女たちは悪い人には見えないけど海賊だ。

そんな人たちを本当に信じていいのだろうか？　もし海の上で裏切られたら陸に戻ることは難しいだろう。

だが、これを逃したらゴールから遠ざかる気がした。

これは勘だ。勘でしかない。

ルイシャはこの直感を信じることにした。

「分かりました、よろしくお願いいたします」

「そうこなくちゃ、頼りにしてるよ」

固く握手する二人。

海賊たちは指笛を吹き、新たな仲間を歓迎する。

「っつーわけでこいつらは貰ってくよ、フォードの旦那」

「ああ、彼らが決めたことなら止めはしない。だが彼らは私の恩人でもある、くれぐれも手荒な真似《まね》はしないでもらいたい」

「分かってるって、任せておくれよ」

言いながらシンディはルイシャたちを自分の船に招き入れる。

ルイシャは船に飛び移ろうとするが、その時あることに気づく。

「あれ？　そういえばヴィニスは？」

アイリスの従兄弟《いとこ》の吸血鬼《ヴァンパイア》である彼が甲板に姿が見えなかった。

「そういや戦ってる時もいませんでしたね。あんなにうるさかったってのにどうしたんでしょうか？」

「心配だね、捜してくるよ」

アイリスにそう言ってルイシャは彼を捜し始める。

船内に入り、部屋を開け彼の姿を捜すが、中々見つからなかった。

「どこに行ったんだ……？」

いくつもの部屋を回ったあと、ルイシャは共同トイレの中も捜す。流石にここにはいないだろう……と思っていたのだが、なんと彼はトイレの手を洗う場所に突っ伏して倒れていた。

「ヴィニス！　どうしたの!?」

駆け寄るルイシャ。彼の顔色は明らかに悪い、船酔いという線も考えたが、彼の額に浮かぶ汗の量からそれ以上に重症な何かだろうと推測する。

「……え、が……」

「なに？　どうしたの!?」

「声が、聞こえる……」

「へ!?　どういうこと!?」

この期に及んで厨二《ちゆうに》発言かと思われたが、彼の顔は明らかに真剣なそれだった。

ルイシャは茶化さず言葉を待つ。

「声が聞こえる、呼んでいるんだ俺を！　お前はいったい……っ！」

時を同じくして、海上。

船の残骸にへばりつく海賊ドレイクも頭を抱えていた。

「────あァ！　頭が痛え！」

生き残った船員たちが船長を心配するが、その声はドレイクには届かなかった。

彼に聞こえる声は深淵《しんえん》より届く、耳障りな声のみ。

「分かったよ！　行きゃあいいんだろ！　てめえの所に！」

選ばれし者たちは集う。

呪われた約束の地へと。

第二話 ―◆― 少年と七海の王と底に眠るもの

「それじゃあ新たな仲間の加入を祝って！　乾杯！」

「「「「「かんぱーい！」」」」」

船長の号令に応えた船員たちが一斉に酒を飲み干す。そして各自食事をとりながら談笑を始める。一気にルイシャたちのいる食堂は騒がしくなり、その活気にルイシャたちは圧倒される。

ここは七海王シンドバットの船『グロウブルー号』の中にある食堂。

シンディと手を組むことになった彼らは船に招かれ、歓迎を受けていた。

商人フォードとは別れ、港町ラシスコに戻ってもらった。この先の旅は一般人には過酷なものになるからだ。

「どうだ？　楽しんでるか？」

ちびちびと食事を楽しんでいると、船長のシンディがルイシャたちのいるテーブルにやって来て腰を下ろす。

彼女はへそと胸元が出ている露出の激しい服を着ており、ルイシャは視線のやり場に困る。もし変な所を見たら横で目を光らせる女性二人に何を言われるか分からない。

「楽しんでますよシンディさん。どれも美味しいです」

「ルイシャ、呼び捨てでいいって言っただろ？　短期間とはいえ、あたしたちは命を預け合う仲間なんだ。距離があるといざって時に頼ることが出来ない、だからあたしたちはこうやって宴《うたげ》を頻繁に開いて仲を深めるんだ。まあ単に酒が好きってとこもあるけどな」

彼女の言葉には説得力があった。

海では一回のミスが命取りになる。ゆえに彼女たちは何よりも信頼関係を大事にしていた。

「……分かったよシンディ。これでいい？」

「ああ、上等だ」

そう言ってニッと笑ったシンディはルイシャたち一行を見渡す。

「倒れたあの子……ヴィニスとか言ったか。あの子はまだ寝てるのかい？」

「うん。だいぶ落ち着いたからもう大丈夫だとは思うけどね。一応まだ安静にしてもらってるんだ」

「そうかい。海に魅入られてなけりゃいいんだけどね……」

そう言ってシンディは心配そうな表情を見せる。

そんな彼女の放った聞き覚えのない言葉にルイシャは反応する。

「海に魅入られる、っていうのはどういうことですか？」

「死海地点《ここ》に近づいた人の中には、たまに不思議な症状に襲われてしまう人が出ると聞いたことがある。海の底から呼ばれる、不思議な声が聞こえる、頭が割れるように痛む……ってな感じの症状がね」

「確かにヴィニスも『声が聞こえる』と言ってた。いったい何が原因なんだ……？」

ただの船酔いからなる幻聴と頭痛ならいいのだが、ヴィニスの様子は明らかに普通ではなかった。何かしらの超常的な影響を受けていると考えるのが普通だ。

「だとしたらあの『結界』が原因なのかな」

「それが一番考えられるね。結界に近づけないよう、辺りに催眠効果のある魔法を発しているのかもしれない。まあいずれにしろ乗り込めば分かる話だ」

そう言ってシンディは拳と手の平をぶつけ、パシッと音を鳴らす。

その姿には頼もしさを感じる。若い歳《とし》で一つの海賊団を束ねうるカリスマ性が彼女にはあった。

「ま、今悩んでも解決はしない。パーっと飲んで明日から頑張ろうじゃないか」

そう言ってシンディはルイシャのグラスに手に持った瓶の中身を注ぐ。

まるで血のような真っ赤なお酒を注がれルイシャはギョッとする。

「何これ、葡萄酒《ぶどうしゅ》？」

「飲めば分かるさ、乾杯！」

シンディは無理やりルイシャにそのお酒を飲ませる。シャロたちは「まずい！」と止めようとするが時すでに遅し、ルイシャはそのお酒をグイッと飲み干してしまった。

「あ、あわわ」

「ん？　どうしたんだお前たち」

シャロたちのただならぬ反応にシンディは首を傾《かし》げる。

そんな彼女にヴォルフは慌てた様子で言う。

「大将はお酒に弱いんだ！　あんた強い酒飲ませてねえだろうな!?」

「おやそれは悪いことをした。あたしが飲ませたのは『竜酒』、竜すら火を吹く一品さ」

「な、なんてことを！」

ぎゃあぎゃあと騒ぐ中、ルイシャはゆっくりと動き出し、グラスを机に置いた。

そして据わった目で一同を見渡す。

「……ん？　意識ははっきりしてそうだけど」

「大将は酔っ払うと裏の顔が出ちまうんだ！　通称『裏ルイシャ』。前に一度寮で酔い潰れた時は裏山を吹き飛ばしたんだ！」

それはヴォルフのトラウマだった。

普段は優しいルイシャの凶暴な姿は友人たちを恐怖の底に落としたのだ。その事件以降、彼の友人たちはお酒の席ではルイシャの動向から目を離さないように気を張っている。

「クソ！　しばらくこの状態になってないから油断し――――」

「うるさいヴォルフ、少し黙れ」

「ひ」

見れば尊敬する人が自分のことを恐ろしい目つきで睨《にら》んでいた。

その様にヴォルフはすっかり萎縮し席に座る。

「ごめんなさい」

「あら、しゅんとしちゃった」

その変わりようを見てシンディはけらけらと笑う。深刻そうな彼らと違い、面白いおもちゃを見つけたくらいの気持ちなのだろう。

誰にでも裏の顔はあるものだが、ルイシャのそれは少し特殊だった。

彼には魔族と竜族の血が流れている。そのどちらも強く凶暴な力を秘めており、ルイシャは普段その力を抑え込んでおり、戦いの時だけその力を借りている。

つまりタガが外れた時、その抑え込んでいる暴力性が解放されてしまうのだ。

「んん？」

ルイシャ（裏モード）は自分から少し離れたところに座っているシャロとアイリスに目を向ける。その睨みつけるような視線に二人は少しドキッとする。こんなに強く見られたことは今まで無かったからだ。

「なんでそんな所にいるの。隣に来いよ」

思いやりのないぶっきらぼうな物言い。

しかしそれすら二人にとっては嬉《うれ》しいギャップになってしまった。

「しょ、しょうがないわね……」

「すぐにそちらに参ります！」

二人はルイシャを挟むように両隣に座ると、体を密着させる。

「それでいいんだよ」

満足したようにルイシャは二人の肩に手を回しその手で二人の胸を鷲掴《わしづか》みにする。

「ちょ、どこ触って……」

シャロは抗議するが、ルイシャは一切意に介さないどころか、先端を強くつまむ。いきなりそのようなことをされたシャロは「んっ♡」と体を震わせる。

「どうした？」

「あんた……覚えてなさい」

シャロは恥ずかしそうにしながらも抵抗することを諦め、ルイシャの行動を黙って受け入れる。

乱雑に足を組み、女性を両脇に侍《はべ》らすその姿はまるで悪党の親玉だ。

そんな彼の姿に他の船員たちも注目し始める。いったい何が起きてるんだ、と。

「騒がしいな。俺が俺の女をどうしようが俺の勝手だろうが」

暴走モードのルイシャはキレ気味にそう言うと立ち上がり、船員たちに普段では絶対に言わないセリフを言い放つ。

「気に入らねえんだったらかかってきな。まとめて相手してやるよ！」

酒を飲み暴走状態のルイシャは海賊たちを挑発する。

これが普通の酒場であれば周りの人たちは避けるかもしれないが、ここにいる者たちは海の荒くれ者、海賊。こんな楽しそうなイベント、放っておくわけがない。

「面白え！　俺が相手してやるぜ小僧！」

そう前に出て来たのは巨漢の男だった。身長は二メートルを超えており筋肉ムキムキ、見るからに強そうだ。

「やっちまえー！」

「子どもに負けんじゃねえぞー！」

囃《はや》し立てる海賊たち。すっかりお祭り気分といった感じだ。

船長であり彼らを諌《いさ》める役であるはずのシンディも酒を片手に楽しそうにしている。どうやら止める気はないようだ。

「小僧。お前は見た目と違って強いってのは知ってる。だが海で鍛えたこの肉体、そう簡単には突破出来ねえぞ」

「うるせえ、ごちゃごちゃ言ってないでさっさとかかってこい」

ルイシャは悪そうな笑みを浮かべながら指をくいくいと動かし挑発する。

普段の穏やかな彼からは想像つかない仕草だ。

「面白え遊んでやるよ！」

巨漢の海賊はその太い腕を豪快に振り回しルイシャを殴りつける。

男の攻撃はルイシャに命中し、バシィィッ！　という大きな破裂音が船内に響き渡る。

これは勝負あったか!?　とギャラリーの海賊たちは沸き立つ。しかし、

「なんだ？　この程度か？」

その一撃をルイシャは右の手の平で軽々と受け止めてしまっていた。

大柄の海賊は急いで拳を引き戻そうとするが、ルイシャはその拳を摑《つか》んでしまっているためそれは敵《かな》わない。

まるで万力で固定されているかのように動かない感覚、その凄《すさ》まじい握力に海賊は驚愕《きょうがく》する。

「なんて力してやがる……っ！」

「どうした、怪力が自慢じゃなかったのか？」

「こんにゃろう、舐《な》めやがって！」

動かせない右腕は諦め、男は左腕で拳を作り殴りにかかる。

それを見たルイシャは摑んだ右拳を外側に回して関節を極《き》める。

「いでぇ！」

肩と肘に走る鋭い痛み。

男は耐え切れず大きな声をあげる。その隙をルイシャは見逃さなかった。

「隙だらけだ！」

ルイシャは摑んだ拳を離すと、一気に男に接近し隙だらけの腹に前蹴りを放つ。

気功術でもないただの蹴り。しかし鍛え上げられた肉体から放つその蹴りは常人からしたら必殺技に等しい。泥酔したルイシャは容赦が無くなっているので、その威力は更に高い。

「ふびらっ!?」

まるで腹に大砲の一撃を食らったかのような感覚。男は為《な》す術《すべ》なく変な声を出しながら吹き飛んだ。

彼はそのまま船の壁を突き破り船外に放り出され……海に落ちていった。

「ははは！　よく飛んだな！」

面白そうに高笑いするルイシャ。それを見てヴォルフは頭を抱える。

「ああ、だから大将に酒は飲ませちゃ駄目なんだ……」

「くく、面白いね、あんたのとこの大将さんは」

楽しそうに笑いながらシンディは酒を呷《あお》る。

既にルイシャの所だけでなくあちこちで乱闘が始まっているというのに彼女は落ち着いた様子だった。そのことにヴォルフは疑問を抱く。

「あんた船長なのに止めなくていいのか？　机も椅子もめちゃくちゃ壊れてるけど」

「別にかまわないさ。そんなの買い足せばいいだけだからね。大事なのは『今』を楽しむこと。死と隣り合わせの毎日だからこそあたしたちは今を楽しむことを何より大事にする。後で後悔することが分かっていても、今の楽しみを捨てる理由にはならないのさ」

「はあ……そりゃなんというか、豪快な生き方だな。嫌いじゃねえかもしれねえ」

今まで聞いたことのない生き方に触れ、ヴォルフは感銘を受ける。

村や町などの安定を好むコミュニティではあまり生まれない、刹那的な生き方。意外と自分には合っているかもしれないな、と口には出さないが思った。

「あんたもやりたいなら海賊団《うち》に来るかい？　若い手はいくらあっても困らないからね、歓迎するよ」

「……光栄な申し出だが断らせてもらうぜ。少し前なら受けたかもしれねえが、俺は今いる所が気に入っているんでね」

「そうかい、そりゃ残念だ」

残念と口にしつつもどこか上機嫌そうに言ったシンディは「よっ」と言って腰を上げる。

そしてルイシャをあの状態にした『竜酒』の瓶を二本持つ。

「さて、船員共《バカ》も十分楽しんだことだし、そろそろお開きにするかい」

そう言って彼女はルイシャのもとに近づいていく。

時折椅子や机や船員が飛んでくるが、シンディはそれらを華麗にかわして進む。

「おらぁ！　次はどいつが俺の相手らあ!?」

既に何十人もの船員を相手しているルイシャの目は興奮してギラついていた。酔いがかなり回っているようで、呂律《ろれつ》が回らず目も回り始めている。

そんな彼のもとにたどり着いたシンディは口を開く。

「ずいぶん楽しそうじゃないか。次はあたしの相手をしてくれないかい？」

「誰かと思えばシンディじゃねえか。いいぜ、楽しくなりそうだ……！」

そう言って低く構えるルイシャ。

さっきまでとは本気度が違う。酔っていても相手の力量はキチンと見抜けているようだ。

「戦闘《そっち》も魅力的だけど、あたしとあんたが全力でヤリあえば船がダメになっちまうよ。ここは一つ、これで勝負をつけないか？」

そう言って彼女が掲げたのは『竜酒』の入った大きな瓶。彼女は酒による勝負を持ちかけたのだ。

「酒、か……」

「どうした？　女と酒勝負するのは怖いかい？」

「そ、そんなわけないだろ！　上等だ！」

その言葉にシンディはニィ、と笑みを浮かべる。

挑発すれば乗るとは思っていたが、ここまで簡単にいくとは思わなかった。

「じゃあまずはあたしから……」

そう前置くと、彼女は『竜酒』の瓶に口をつけ直《じか》に飲み始める。

するとみるみる内に瓶の中身は彼女の胃の中に収まっていく。それを見ていた船員たちは悲鳴にも似た声をあげる。

「うわ……」

「出た、船長の竜酒一気飲み……」

「竜酒の度数って五十を軽く超えてたよな、人じゃねえって……」

「竜と飲み勝負しても勝てるだろあれ」

酒には強い海賊たちだが、流石《さすが》に強いと言っても限度がある。シンディの強さは明らかに人並外れていた。

「ごくごく……ぷはぁ。くぅー、いいね竜酒は。これくらい強い酒じゃないと頭にガツンと来ないんだよねえ」

瓶の中身を全て飲み干したにもかかわらず、ケロッとした表情で彼女は言う。

そして彼女は空になった瓶を捨て、満タンに入った方の瓶をルイシャに差し出す。その瓶の大きさはいわゆる一升瓶のサイズを超えており、内容量は二リットルを超える。

「ほら、飲《や》りな」

「あ、ああ」

躊躇《ちゅうちょ》しながらもルイシャはそれを受け取る。

その顔からはさっきまでの威勢は消えている。

「や、やってやるぜ……！」

覚悟を決めたルイシャはシンディと同じように瓶に直接口をつけると、一気に飲み……わずか三秒でバタンと倒れた。二口分くらいしか飲めなかったが、既に酒の回っているルイシャにはそれが限界だった。

「きゅう」

かわいらしい声を出しながら目を回すルイシャ。

彼が大人しくなったことで周りの海賊たちも次第に静かになっていく。

「ほら！　そろそろお開きだよ！　片付けてとっとと寝な！」

シンディがそう大きな声を出すと、それに従い船員たちは後片付けを始める。

その顔に不満そうな様子はない。どうやら彼女はちゃんと慕われているようだ。

「シャロとアイリスもボケっとしてないでそこの飲んだくれボーイを部屋に運びな！」

「「ひゃ、ひゃいっ!!」」

急に指名され、二人はビクッとして立ち上がる。

そして急いでルイシャのもとへ駆け寄ると、二人で彼の両腕を肩に回し立たせる。

「ほら、大きめの部屋を取ったから三人で使いな」

そう言ってシンディはシャロに部屋の鍵を投げ渡す。

「あ、ありがと。助かるわ」

「いいよこれくらい。それよりあまり大きな声を出すんじゃないよ？　波の音がある程度消してくれるとはいえ、三人して大きな声を出されたら船員たちに聞こえちゃうからね」

一瞬何のことを言われてるのか分からずポカンとするシャロだが、少ししてその言葉の意味に気がつく。

「な……っ！　余計なお世話よ！」

「くく、そういうことにしておいてあげるよ」

赤くなって怒鳴るシャロを見て、シンディは楽しげに笑うのだった。

◇　◇　◇

「ちょっと、大丈夫？」

ルイシャを部屋に運んだシャロは、彼をベッドに寝かせ尋ねる。

しかしルイシャは「きゅう……」と、まだ意識を取り戻さない。そんな彼を見て、同じく部屋にやってきたアイリスは心配そうに言う。

「どうしましょうか？」

「そうね……二人で見ててもしょうがないし、交代で介抱しましょうか。まずは私が見てるから、アイリスは休んでていいわよ」

「……かしこまりました。それでは一時間後にまた来ます」

アイリスはそう言って部屋を去っていく。

シャロはルイシャが寝ているベッドに腰掛けると、寝息を立てているルイシャの顔を見る。

「全く、好き勝手したと思ったら気持ちよさそうに寝ちゃって。起きたら覚えてなさい」

そう言って微笑《ほほえ》むシャロ。彼女はルイシャから視線を外すと、窓から見える海を眺める。

そうしていると突然、彼女はガバっと後ろから抱きつかれる。

「えっ!?」

驚き振り返るシャロ。

そこにはまだ酔っている様子のルイシャがいた。

「シャロ……俺の寝込みを襲いに来たのか？」

「な、馬鹿なこと言ってんじゃ……んっ♡」

ルイシャは後ろからシャロを抱きしめながら、彼女の豊満な胸をもみしだく。

そして彼女の首筋に何度もキスをし、舌を這《は》わせて彼女を攻め立てる。

「ちょ、やめ……」

シャロは身を捩《よじ》って抜け出そうとするが、体に走る快感のせいで力が入らない。数分もするとされるがままになり、ルイシャの攻めをただ耐えることしか出来なくなっていた。

「ん♡　んんっ♡　だめ……いいっ！♡」

必死に手足をバタつかせるが、ルイシャの拘束は激しく、シャロは抜け出すことが出来ない。その状況で四十分間執拗《しつよう》に攻められ続けたシャロは手足をだらんと垂らしながら「んん……おぉっ♡」と声を漏らすことしか出来なかった。

「……さて、これくらいでいいか」

シャロが抵抗する力を完全に失ったことを確認したルイシャは、シャロを解放する。

立つ力もなくなった彼女は、ぺたりと床にしゃがみこむ。

ルイシャは彼女の目の前でベッドに腰かけると、ズボンを脱いでシャロに言う。

「続きをしてほしかったら、分かってるよな？」

「……ほんと最悪」

シャロはそう言うと大きく口を開き、ルイシャに奉仕を始める。疼《うず》いた体を鎮めてもらうにはそうするしか選択肢はなかった。

「んむっ、ちゅ、ほんと……無駄におっきいんだから……♡」

悪態をつきながらも、シャロは献身的に奉仕を続ける。

「いいぞシャロ。いい子だ」

満足したルイシャは彼女の頭をなでながら、奉仕をやめさせる。

解放されたシャロは「あんた、出しすぎ……」と悪態をつく。

「ほら、こっちに来い。お望み通りたっぷり満足させてやるよ」

「……本当に覚えておきなさいよ。百万倍にしてやり返すから」

「くく、それは楽しみだ」

シャロはベッドにあおむけに横になると、両手を頭の後ろに回し両足を開く。ルイシャはそんな彼女の上に覆いかぶさる。

「満足させなかったら……承知しないから」

「ああ、それだけは保証するよ」

その後二人は交代にやってきたアイリスとともに、夜遅くまでお互いの肉体を求めあったのだった。

◇　◇　◇

「んん……ここは……？」


　ガンガンと痛む頭をさすりながら、ルイシャは目覚める。

　体を起こし辺りを見渡すとそこは広めの船室であった。窓の外からは水平線が見える。

「そうだ、シンディの船に乗ることになって……それで……どうしたんだっけ？」

　混濁する記憶を整理していると、ベッドに置いた手が何やらむにょりとしたやわらかい物に触れる。

　何をつかんだんだろうと左手に目を移すと、なんと左隣にはアイリスが寝ておりその胸をわしづかみしてしまっていた。

「うわ！　ご、ごめん！」

　思わず謝ってしまうルイシャだったが、アイリスはそれに気づかずぐっすりと寝ていた。

　別に胸を触ってもアイリスは怒らず、むしろ喜びそうなものだが……寝ている時にそれをやることにルイシャは勝手に罪悪感を覚えた。

「なんでアイリスが……？　いや、段々思い出してきたぞ……」

　ここでルイシャは自分が竜酒を飲み、派手に暴れ散らかしたことを思い出す。

　そしてシンディに強い酒を飲まされたルイシャはアイリスとシャロにこの部屋に運ばれ、介抱されたのだった。

「こうやって寝ているアイリスを見る機会って中々ないけど……やっぱり凄《すご》い美人だよね

……」

アイリスと共に寝ることは多々あるが、そうした場合いつも彼女が先に起きて朝ご飯の準備などをしているため、明るい場所でその寝顔を見ることは出来なかった。

透き通るような白い肌、長いまつげ、金糸のような煌《きら》めくブロンド。ルイシャは村を出てから色んな人と出会ったが彼女ほどの美貌の持ち主に出会うことはなかった。

「……今でも実感わかないね。こんな綺麗《きれい》な人と深い仲になれるなんて」

ルイシャは一人そう呟《つぶや》くと、彼女の頭を数回なでてその頬にキスをする。彼からこのようなことをするのは珍しいので、起きていれば喜びそうなものだが、残念ながらアイリスが起きることはなかった。

「シャロもこうやって静かだと可憐《かれん》だよね」

ルイシャは次に自分の右側に寝ているシャロに目を移す。

起きている時は強気な目をしている彼女だが、寝ている時は大人しくとてもかわいかった。ルイシャは彼女の桃色の髪をひとなですると、彼女の頬にもキスをしようとする。

しかしその瞬間、シャロの目がぱちりと開かれる。

「「…………」」

至近距離でかち合う二人の視線。

静まり返る部屋の中で、ルイシャは絞り出すように声を出す。

「お、おはよ……」

　言いながらするすると後退するルイシャ。

　しかしシャロは彼のことをつかんで止めると、いじわるそうな笑みを浮かべながら挑発的に言う。

「アイリスにはしてあげて、私にはしてくれないの？」

「う、起きてたんだ……」

「悪かったわね。起きてる時は可憐じゃなくて」

　そう言うやシャロは目を閉じ、赤く艶やかな唇をつんと突き出す。

　キスをねだられ、ルイシャは恥ずかしそうにしながらもシャロと唇を重ねる。

「ん……」

　漏れる吐息を吸い込むように、何度もルイシャは重ね合わせる。

　最初こそ優しくしていたルイシャだったが、徐々に熱が入りシャロの上に覆い被《かぶ》さり激しく唇を重ね始める。

「ん、あっ……」

　静かな部屋に漏れるような声と水音が小さく反響する。

　じっくりとお互いの思いを確かめるように唇を重ね合った二人は、惜しむかのようにゆっくりとお互いの顔を離す。

　シャロは自分の下腹部に当たる感触に気がつくと、意地悪そうな笑みを浮かべる。

「……ちょっと朝から盛り過ぎじゃない？　私だから許すけど普通の娘《こ》だったら嫌がるわ

よ？」

「ご、ごめん」

たしなめるように言うシャロだがその顔はどこか嬉《うれ》しげだ。

ルイシャもそれに気づいてはいるが指摘するような無粋な真似《まね》はしない。

「……ところでまだする気なの？　昨日の夜あんなに激しかったのに」

「昨日の……夜？」

不思議な顔をして首を傾《かし》げるルイシャ。

それを見たシャロは「ああ、なるほどね」と一人納得したような表情をする。

「あんた覚えてないんでしょ」

「いや、お酒を飲んで暴れたところまでは思い出してるんだ。でも、その先は……」

脳をフル回転させ、ルイシャは記憶を掘り起こす。

しかしどんなに頑張ってもこの部屋に入ったところまでしか思い出せず、その先は記憶に靄《もや》がかかってしまった。

「ぐう、思い出せない……！」

「それは残念ね。あんなに求められたのは初めてってくらい激しかったのに。酔っ払ってるせいかいつもより遠慮がなかったわ」

そう楽しげに語るシャロを見て、ルイシャは言葉にしにくい不快感を覚えた。

相手は自分なのにまるで寝取られたような感覚。しかしそんなことを口に出すのは恥ずかしい、ルイシャは何も言わずシャロのきめ細かな肌に指を滑らせる。

「ちょっと何して……って、あんた、もしかして……」

口を開かず黙って行為に及ぼうとしている彼を見て、シャロは全てを察する。

「あんた自分に嫉妬してんの？　ふふ、かわいいとこあんじゃない」

シャロはにやにやと笑いながら布団の中で足を絡ませる。

そして自分の上にあるルイシャの胸元に甘く爪を突き立てながら言う。

「そんなに嫉妬してるなら忘れさせてみれば？」

「……言われなくてもそのつもりだよ」

結局ルイシャたちが身支度を終え、甲板に姿を現したのは、それから三時間ほど後のことだった。

◇　◇　◇

「おや、随分遅いお目覚めだね」

太陽が高く上がってから姿を見せたルイシャに、女海賊シンディはにやにやと笑いながら声をかける。

「昨日はお楽しみだったみたいだねえ。仲がいいのは素晴らしいことだ」

シンディだけでなく、他の海賊たちも同じような顔をしている。ルイシャは恥ずかしく

て顔を赤くしながら答える。

「す、すみません……」

「いいよ別に。元気なのはいいことだからね」

彼女はそう言うと、「さて」と真面目な表情になり話を切り替える。

途端に周りの海賊たちもお喋《しゃべ》りを止め、仕事モードになる。

（統率が取れてる、まるで軍隊だ。ドレイクたちとは大違いだね）

海賊と聞くとならず者の集まりのようなイメージだが、シンディたちは世界中の海を乗り越えてきた海のスペシャリストたち。ただの略奪者であるドレイクの海賊団とはまるで違った。

「頼もしい協力者も増えたことだし、今日、あの結界の中に突っ込もうと思う。中は何があるか分からないけど、大変な戦いになる可能性は高いと思う。それが分かってて突っ込む奴《やつ》は……馬鹿だ。だからこの冒険から降りたい奴がいるなら言ってくれ、止めはしない。あたしはそれを非難しないし、非難させない」

シンディは仲間たちを見回し、言う。

訪れる静寂。

シンディの部下は百人を超えるが、彼らの中に冒険から逃げるものは一人としていなかった。

「……そうか、どうやらあたしの海賊団には馬鹿しかいないみたいだな。だけどあたしはそんな馬鹿が大好きだ！　そんなに死にたいなら付いてきな馬鹿野郎ども！」

船長の啖呵《たんか》に、部下たちは「うおおおおおおおっ!!」と歓声を上げて応える。

その士気、熱量の高さにルイシャは圧倒される。

「シンディのカリスマ性は凄いね、なんかこっちまで奮い立たされるよ」

「大将も負けてないと思うぜ？　俺や他の二人だって大将の人柄と器に惚《ほ》れ込んでこんなとこまで付いてきたんだ。自信持っていいと思うぜ？」

「そ、そう？　そうだと嬉しいな」

ヴォルフの言葉にルイシャは恥ずかしそうに、そして嬉しそうにはにかむのだった。

◇　◇　◇

それから少しして、海賊船グロウブルー号はゆっくりと結界に近づき始めていた。

船の先頭には船長のシンディ、そして副船長であるマック・エヴァンスとルイシャたち一行がいた。

「さて、もうすぐ結界に到着する。お願い出来るかい？」

「……ええ」

シンディの言葉に反応したシャロは、一人船首まで歩く。

大丈夫、手を前に出すだけ。そう分かってはいるが彼女の手は震えてしまう。

勇者の足跡を追うことは彼女にとって大きな意味を持つ。いくら覚悟していても、その時になると心に不安が押し寄せてくる。

「大丈夫？　僕も行こうか？」

彼女の不安を察知したルイシャは彼女に駆け寄りそう言うが、シャロは首を横に振る。

「ありがとうルイ。でも大丈夫、これはきっと私一人でやらなくちゃいけないことだから」

「……そっか、分かった。頑張ってね」

二人は少しだけ手を握り、離れる。

触れた時間はほんの僅かだが、それだけで彼女の震えは止まっていた。

「それじゃ、やるわね」

船首に立った彼女は右手を前に出す。

彼女の目に結界は見えていない。しかし、確かにそこに何かがあるのを感じた。

自分の血に連なる何か。

長年秘匿されていたそれが、彼女の指先に触れる。

「――――っ！」

痛みはない。触れた感触もない。

しかし今までそこにあったなにかが消えたことをシャロは感じ取った。

「出来た……の？」

「うん、確かに結界は消えたよ」

近づいてきたルイシャが告げる。

彼の左眼《ひだりめ》に宿っている『魔眼』は確かにその瞬間を捉えていた。

シャロが触った瞬間、役目を終えゆっくりと消えていく結界の姿を。

「お疲れ、少し休む？」

「いえ……大丈夫。忙しいのはこれから、でしょ？」

シャロの言葉にルイシャはそうだね、と頷《うなず》く。

まだ今回の旅は入り口に立ったばかり、むしろ大変なのはこれからだ。

「よーし、全速前進！　野郎どもとっとと働きな！」

「「「ヨイサホーッ！」」」

シンディの号令に従い、様子を窺《うかが》っていた船員たちは自分の業務に戻る。

ぐんぐんと速度を増すグロウブルー号。結界が隠匿していた海域を切り裂くように進んでいく。

「……しかし参ったね」

念願の結界内に入ることが出来たが、シンディの顔は浮かなかった。

「入れたのはいいけど、なにもないじゃないか。本当に島があるのかね？」

彼女の言う通り、結界の中にはなにもなかった。

なんの変哲もない、平和な海。これを隠す必要があったのだろうかと一行は不安になる。

「……いや、ここに間違いない」

そう声を発したのは吸血鬼《ヴァンパイア》のヴィニスだった。

すっかり体調を取り戻したはずの彼だったが、その顔色はまた悪くなっていた。

「だ、大丈夫!?」

「ああ、心配しなくて大丈夫だルイシャ兄。頭は割れそうに痛くて視界が安定しないけど……それくらいだ」

「いやそれ休んだ方がいいよね!?」

ルイシャはなんとか休ませようとするが、ヴィニスはそれを拒む。

「……確かに『海面』には何もいない。だが、俺を呼ぶそれは確実に近くにいる」

「なんだいそりゃ。空に島でもあるってのかい？」

ヴィニスの意味深な言葉に、シンディが反応し空を見上げる。

雲はいくつか浮いているが、特に変な感じはしない。

「『浮遊都市ムゥ』の伝説は確かに有名だけど、それと海賊王が関係してるとは思わな……」

「違う、そこだ、奴はそこにいる」

「へ？　何を言ってるんだあんた」

ヴィニスの要領を得ない言葉に、シンディは首を傾げる。

それを感じ取ったヴィニスは、痛む頭を押さえながら言葉をまとめる。

「違う、そこっていうのは……ここ、だ」

彼が指差したのは、下。

果てなく広がる海。迷いなく彼はそこを指した。

「底《そこ》だ。この海の底、海底に何かがいる……！」

ヴィニスの言葉に反応し、ルイシャは魔眼で海底を見る。

するとそこには見たこともないほど色濃く、邪悪な魔力が渦巻いていた。

「なにかがいる、強大で邪悪な何かが……！」

勇者の結界を越えた先。

そこで彼らは遂《つい》に今回の旅の目的地にたどり着くのだった。

◇　◇　◇

取り乱したヴィニスを落ち着かせたルイシャたちは、一旦死海地点を離れた。

あのままそこにいても事態が進展するとは思えなかったからだ。

「にしても目的地が海の底とはね。七つの海を渡りきったあたしだけど、流石《さすが》にそこは未経験だね」

普通であれば諦めてしまいそうな目的地。しかし若くして海賊船を率いる女傑、シンディは落ち込むどころか楽しそうに笑みを浮かべた。

甲板に一人立ち、海を眺める彼女にルイシャは尋ねる。

「海の底に行くアテはあるの？　どんなに高速で潜っても息は続かないと思うけど」

「確かにいくらあたしでも無呼吸で泳げるのは二時間が限界。とても行って帰っては来られないだろうね」

「二時間も息が持つのがまず驚きだよ……」

「海に生きる者として当然の技能さ。まあいくら息が続いても海の底までいけば水圧でぺしゃんこだけどね」

「水圧……聞いたことがある。確か海に潜れば潜るほどかかる力のことだよね。そっか、息が続けばいいってことじゃないんだ」

「へえ、陸の人にしては物知りじゃないか。その通り、海の力は人の理解を超えるほど大きい。自分の力を過信し、海の藻屑《もくず》になっちまった馬鹿の話なんざ星の数ほどある」

「それは怖いね……」

ルイシャは目の前に広がる大海原を見ながら、その深さと未知なる部分に恐怖を覚える。

「確かに海の奥は怖く恐ろしいところさ。でも行く方法がないってわけじゃない。色々と調達しなきゃいけないから、時間はかかるけどね」

「そうなんだ、それは良かった。シンディがいてくれて心強いよ」

ルイシャはホッと胸をなで下ろす。

海という分野に関してルイシャたちはあまりに素人過ぎた。普通に航海するのすら大変なのに深海などとてもじゃないが、行けない。

シンディと出会い、敵対することなく行動を共に出来ることはとても幸運なことだった。

「本当に僕たちは運が良かったなあ」

「……海の人に伝わる言葉で『星の導き』って言葉がある」

シンディは神妙な面持ちで突然聞き慣れない単語を口にする。

「星の……導き？」

「ああ。何か大きな物事が起きる時、奇跡としか言えないような出来事が重なることがままある。邪悪な王が生まれたと同時に勇者が現れたりするのがそれだ。それを海の人々は天に感謝を込め『星の導き』と呼んでいるのさ」

「へえ、そうなんだ。なんかロマンチックな話だね。シンディもその話を信じてるの？」

ルイシャがそう聞くと、意外なことにシンディはそれを鼻で笑い一蹴する。

「まさか、運命ってのはいつだって自分で切り拓《ひら》くものさ。少なくともあたしはそうしてきた。これまでも、そしてこれからもね」

そう言い捨て、彼女は話は終わりだとばかりに背を向ける。その背中には強い覚悟と決意が見てとれた。

「これから必要な物資を集めにある島に行く。三日はかかるからゆっくりするんだね」

「……わかった」

ルイシャは去りゆく彼女に、そう返事をするのだった。

◇　◇　◇

最初は楽しい船旅だが、しばらく続けば新鮮さも薄れ、退屈に感じてくる。

暇を持て余した若者たちは、船の上という限られた空間でなるべく有意義な時間を過ごせるよう工夫を凝らしていた。

「七……八……九、十っと！」

ルイシャはそう言うと、逆立ちの体勢で行っていた腕立て伏せを終了する。

しかもそれはただの腕立て伏せじゃない、親指一本で行う上に、重りをつけて行う竜王直伝地獄トレーニングだ。今回は船の上ということで、特に揺れが激しい船首部分で行っている。

「すげえぜ大将！　もう揺れも慣れたって感じだな！」

「そうだね。最初は戸惑ったけど今なら船上での戦いもなんとかなりそうだよ」

船旅中も飽きることなく鍛錬していたルイシャは、船の上という特異な環境にも慣れつつあった。前回海賊のドレイクに襲われた時はまだ慣れておらずうまく動けなかったが、今なら対応出来る自信があった。

「俺はまだ慣れねえんだよなあ。なんかコツとかあったりするんですかい？」

「そうだね。上半身はブレないようにピンとして、下半身は揺れに委ねる感じかな。変にバランスを取ろうとすると、全身がブレちゃうからね」

「なるほど、タメになるぜ。こんな感じか……？」

早速ルイシャの言うとおりにバランスを取ってみるヴォルフ。すると先ほどまでよりも体のブレが急に少なくなる。

「上手《うま》い上手い！　さすがヴォルフ、飲み込みが早いね！」

「へへ、大将の教えが上手いんですよ」

和気藹々《わきあいあい》と鍛錬する二人。

するとそんな二人の前にある人物がやって来る。

「もう二人ともすっかり船に慣れたって感じだね。たいしたものです」

そう言って現れたのは眼鏡をかけた男性だった。年は二十代半ばくらいだろうか、柔和な笑みをたたえており穏やかそうな印象を受ける。

彼の名前はマック・エヴァンス。シンドバット海賊団の副船長を務める人物だ。

「こんにちはマックさん。どうされたんですか？」

「今日は波も穏やかだからね、私も君たちと同じで暇を持て余していたんだ」

「へえ、副船長ってのも意外と暇なんだな」

「こらヴォルフ！　失礼だよ！」

ヴォルフの失礼な物言いを叱るルイシャ。

しかしマックは笑みを崩さず、気にしていない様子だった。

「副船長が暇をしているのは平和な証拠さ。ちゃんと全員が役割をこなせているってことだからね」

マックはそう言うと、懐からリンゴを取り出し左の手の平に載せる。

「そんな暇な私から、同じく暇な君たちに面白いものを見せてあげよう」

「「面白いもの？」」

ルイシャとヴォルフは同時に？マークを浮かべる。

二人に見せるように、マックは空いている右の手の平をリンゴの側面に当てる。そして、

「はっ！」

大きな声を出す。

すると次の瞬間、手の平を当てていたリンゴが木っ端《こっぱ》微塵《みじん》に砕け散る。まるで内部から爆発したかのように砕け散るそれを見て、ルイシャは驚く。

「えっ!?　どういうこと!?」

ルイシャが見る限り、魔力や気を使った感じはしなかった。いったいどんな原理なのだろうか。

目を丸くする二人を見て、マックは楽しげに笑みを浮かべる。

「陸《おか》には陸《おか》の戦い方があるように、海には海の戦い方がある。勉強熱心な君たちには海の人を代表し、友好の証《あかし》としてこの技を教えよう」

マックの言葉に、二人はぶんぶんと大きく首を縦に振って応えた。

「言葉で説明するのは簡単だが、それで理解するのは難しいだろう。ルイシャくん、手を出してみるといい」

「こう、ですか？」

ルイシャはそう言って右の手の平を前に出す。

するとマックは彼の手の平に自分の手の平を重ねる。そして、

「はっ！」

再びそう声を出した瞬間ルイシャの手の平は弾《はじ》き飛ばされる。

今まで体験したことのない未知の衝撃が、ルイシャの腕を駆け巡る。ぷるぷると震える自分の腕を見てルイシャは楽しそうに笑みを浮かべる。

「な、なんだこれ？　衝撃が体の中まで響いてる！　気功術の水振頸《すいしんけい》に似てるけどちょっと違うような……」

「おい！　俺にもやってくれよ！」

ルイシャが衝撃の正体を考えている間、ヴォルフも同じようにマックの攻撃を受ける。

体の硬いヴォルフも同じように振動が中まで響き、その技に驚く。

「なんだこりゃ、不思議な技だぜ。まるで船酔いした時みたいにぐわんぐわん揺れるぜ……」

「お、それは着眼点がいいですね」

感心したようにマックはヴォルフを褒める。

それを聞いたルイシャは更に思考を巡らす。

「船酔い……揺れ……もしかしてこの衝撃の正体は、『波』ですか？」

「……こんなに早く気づかれたら教え甲斐《がい》がないね。その通り、今見せた技は『波打ち』と呼ばれる、波の揺れる力を利用した技だ」

その答えを聞いたヴォルフは「波の力……？」と首を傾《かし》げる。

「船の上に立っている以上、私たちは波の影響を受け続ける。だから体が揺れてしまい、船の上では上手く立つことが出来ない。それを回避するために海で暮らす私たちは下半身で波の衝撃を『流す』」

「大将が言っていた『上半身はぶらさず下半身は揺れに委ねる』ってやつだな」

「そうだ。しかし『波打ち』はその逆なんだ。足で波の衝撃を『受け止める』」

マックはそう言うと足の重心をいつもと逆にかける。当然足には波の負荷が直撃する。

「そして足に溜《た》まった波の力を下半身から上半身、上半身から手の先に移動し……放つ！」

パァン！　という大きな破裂音がマックの手の平から鳴る。

魔力も気も使わないその技術にルイシャとヴォルフは「おぉ……！」と興奮する。

「すごい！　こんな技があるなんて！　これって海の人なら誰でも出来るんですか!?」

「全員ではないが、一流の海の戦士なら習得しています。熟練者になると陸でも波打ちが出来るようになる」

「え？　波のないところで波打ちを？」

「ええ。人体のほとんどは水で出来ている、それを揺らして擬似的に波を作り出すらしい……もちろん私は出来ないので受け売りだけですけどね。この船でそんなことが出来るのは船長くらいのものです」

「シンディは出来るんだ、やっぱりあの人もヤバい人だなあ……」

シンディのヤバさを再確認したルイシャは、教えられたことを反芻《はんすう》しながら練習を開始する。するとヴォルフもそれに倣い、波を意識し練習を始める。

仲良く並んで練習をする二人の姿を見て、マックは目を細め他の人にはわからないくらい小さく笑う。

「懐かしいな。シンディも小さい頃はよくこうして船の上で特訓してたものです」

「へえ。マックさんはシンディとの仲は長いんですね」

「彼女が八歳で海に出た時からの付き合いですからね。もう十一年になりますか。あの時は今以上にお転婆で手を焼いたものです……」

「え、シンディって八歳で海に出たんですか!?」

そうツッコミを入れるルイシャだが、幼いシンディが周囲の反対を押し切って海に出る姿は容易に想像出来た。

とてもじゃないが一つの町で大人しくしていられるようなタイプには見えない。

「船長は初めて海に出たあの日から、ずっとキャプテン・バットを追っていました。七つの海を回ったのもこの冒険のための下準備。仲間を集め、情報を集め、世界樹から切り出した木材で造られたこの船を入手したのもこの時の為《ため》。出会ったばかりの君たちに頼むようなことではありませんが、どうか船長を助けてやってください」

真剣な面持ちで頼み込むマックに、ルイシャたちも真剣な表情で首を縦に振る。

「僕もこの旅にかける気持ちは大きいです。目的が一緒なら僕も全力で手助けしますよ」

力強く言い放つルイシャを見て、マックは満足そうに頷《うなず》く。

「ありがとう、頼りにしています。もし『波打ち』で分からないことがあったら言ってください。私も別に上手いわけではありませんが、出来る限りお手伝いし……」

「あ、出来た」

「え!? もうですか!?」

人の技を真似《まね》することはルイシャの特技だ。

驚き目を剝《む》くマックを余所《よそ》に、戦闘センス抜群のヴォルフもコツを摑《つか》み始める。

船長も大概だが、この子どもたちも常識外れだな……。

マックは心の中でそう呟《つぶや》くのだった。

◇　◇　◇

死海地点の結界を解いてから三日後。

ルイシャたちを乗せた海賊船グロウブルー号は目的地に無事たどり着いた。

「見な！　あれがあたしたちの目的地『隠れ島オアフル』だよ！」

シンディが指差した先に現れたのは、小さな島だった。

しかし小さい割には木造の家屋がたくさん立っており、人も大勢いるように見える。

そしてなにより停泊している船の数が多かった。その船を見たシャロは驚いたように声を上げる。

「あれって全部海賊船!?」

「めっちゃ治安悪そうだな……」

停泊している船の帆には様々なデザインのドクロマークが描かれていた。

それは海の荒くれ者である海賊の証。オアフルの停泊所にはそのマークが描かれた船が何十隻も停泊していた。

「なんでこんなに海賊が集まってるのに取り締まらないんだろ？　すぐにバレそうだけど……」

「それはこの場所が『異界』だからさ」

ルイシャの疑問にシンディが答える。

「異界ってあの異界？　普通の島にしか見えないけど」

「見た目はそうだけど、この島はれっきとした異界さ。その証拠にここには海賊船しかたどり着くことは出来ない」

異界という聞きなれない言葉を知っている前提で話すルイシャとシンディ。

それに痺《しび》れを切らしたヴォルフは口を挟む。

「その『異界』っていうのはなんなんですかい？　何となく不思議空間ってのは分かりますが」

「ああごめん、ヴォルフは知らなかったね。『異界』っていうのは独自の規則《ルール》が追加された空間のこと。不思議空間っていうのもあながち間違いじゃないね」

喋《しゃべ》りながらルイシャは魔王と竜王に出会ったあの空間のことを思い出す。

ルイシャが百年もの間囚《とら》われていた『無限牢獄《ろうごく》』。あれも人工的に作られた『異界』だ。

無限牢獄に追加された規則《ルール》は二つ。

時間の流れの鈍化と老化の停止。それが無限牢獄内にいる限り強制的に適用された。

たとえ最強の存在である魔王と竜王であってもその規則《ルール》から逃れることは出来ない。

それほどまでに異界の規則《ルール》は絶対であり不変のものなのだ。

「異界オアフル島の規則《ルール》は二つ。一つはこの島には海賊船しか来られないこと。たとえ海賊船に偽装していてもこの島にはたどり着けない。搭乗している人間が一人でも海賊に敵意をもっていたらこの島には来ることが出来ないんだ」

「……僕たちは海賊じゃないけど大丈夫なんだ」

「どうやら危害を加える気がないなら大丈夫なようだね。まあもし駄目だったら小舟でそこら辺を漂っててもらうつもりだったから支障はなかったけど」

「いや僕らからしたら支障しかないんだけど？」

ルイシャは強めにツッコミを入れるが、シンディはそれを気にも留めない。

海の戦士は細かいことは気にしないのだ。

「もう一つの規則《ルール》は『海賊同士の戦闘行為を禁ずる』だ。この島は海賊の楽園。唯一戦いを忘れられる場だ。ここで戦闘を行ったものは強制的に島から追い出され二度と中に入ることは出来なくなってしまう。助けに行くのも大変だろうから絶対に喧嘩《けんか》なんてするんじゃないよ」

「はーい」

素直に返事するルイシャ。

しかし逆にその素直すぎる返事を聞いたシンディは不安になる。

「言っとくけどフリじゃないからね？」

「分かってるって。僕は喧嘩っ早くないから安心してよ。ねえヴォルフ？」

「え、あ、ああ！　そうだな大将！」

「……ったく、厄介なのを拾っちまったみたいだねえ」

目が泳ぐヴォルフを見て一抹の不安を覚えるシンディだが、荷物持ちは多い方がいい。

仕方なくルイシャとヴォルフ、そしてヴィニスの三人は連れて行くことにする。

「だがシャロとアイリス、あんたらは船に残ってな。これは船長命令だ」

「ちょ、なんでよ！　私だって行きたいわ！」

「そうです。ルイシャ様の側《そば》を離れることなど出来ません」

抗議する二人だがシンディはそれを却下する。

「あんたらみたいな綺麗所《きれいどころ》を連れてったら無用なトラブルの元だ。いくらここでの戦闘行為が禁じられてるといっても、中にいるのは遵法精神の欠片《かけら》も持ち合わせてないクソ野郎ばかり。どんなトラブルの種になるか分からない、船にいた方が賢明だ」

シンディの言うことは正しかった。

たとえ島内で戦闘出来ない規則《ルール》があっても、例えば薬で眠らせ連れ去るなどいくらでも抜け道はある。当然この島にいる海賊たちはそういった規則《ルール》の穴に詳しい。

いくら彼女たちが強いといっても危険過ぎた。

ルイシャもそのことを理解したので二人に残るよう頼む。

「僕たちは大丈夫だから船をお願い。すぐ帰ってくるから」

そう言われた二人は渋々それを了解し、船に残る。彼女たちも力になりたいだけで迷惑をかけたいわけではない。

「さて、話もまとまったことだし行くとするか。いいかい？　あんたら絶対喧嘩すんじゃないよ！」

「はい！」

「任せろ！」

「血の盟約に従い、その願い聞き入れよう」

元気よく返事をする三人。

果たして本当に守ってくれるのか。シンディは心配そうな顔をする。

「それじゃあ行くとし……ん？」

シンディはなにかに気がつき、声を上げる。

彼女の視線の先には黒いローブに身を包んだ人物が一人おり、その人物がこちらに向かって歩いてきた。

身長は小さく腰は曲がっており、フードの隙間から見える口元には深く刻まれた皺《しわ》が浮かんでいる。どうやら結構なお年寄りのようだ。

老人はシンディの側に来ると口を開く。

「……よく来たなシンディ」

「わざわざお出迎えとは珍しいねエギル爺《じい》。どういう風の吹き回しだい？」

「行くのだろう？　海賊王のもとに。その前に会っておこうと思ってな」

「驚いた。どっからその情報を仕入れたんだい？」

シンディの問いに、エギルと呼ばれた老人は答えなかった。

その不思議なオーラをまとった老人が気になったルイシャは尋ねる。

「シンディ、この人は？」

「エギル爺はオアフルの『管理人』だ。あたしの古い知り合いでもある。もしこの島の禁を破ればエギル爺に島を追い出されるから気をつけるんだよ」

「禁って喧嘩するなってやつだよね。分かってるよ」

そう二人が話していると、エギルはルイシャに視線を移し興味深そうに「ほう」と呟く。

「面白い子を拾ったな。お主一人では海賊王のもとにはたどり着けぬと思ったが……これなら分からないかもしれんな」

「僕が……面白い？　どういうことですか？」

「人には生きる筋道、俗に言う『運命』と呼ばれるものがある。なにがあったかは知らんがお主のそれは本来たどるはずの筋道から大きく外れておる」

エギルの言葉にルイシャはドキッとする。

確かに彼の運命はあの日、無限牢獄に落ちた日から大きく外れた。それのことを言っているのだとしたら、老人の言葉は的中している。もしそうであればただものではない。

「筋道から外れた者には、他者の運命をも変える力が宿る。その力、気をつけて使うことだ」

「……分かりました」

老人の言葉の真意は分からない。

しかしルイシャは胸の内にその言葉を深く刻みつけたのだった。

◇　◇　◇

その後シンディとルイシャたちは島内に入った。シンディ以外の船員はやることがたくさんあるらしく船長とは別行動で船に残ったり買い出しに行ったりしている。

なんでも副船長であるマックがいれば大丈夫らしく、船長であるシンディだけは顔馴染《かおなじ》みの店に行き、そこでしか買えないものを買いに行くらしい。

「それにしてもこの島、本当に海賊しかいないんだね」

島内にはそこそこ人がいるのだが、その全員が海賊だ。

彼らは昼間から酒に溺れ、島のあちこちに泥酔し倒れている者がいた。

そんな光景を見て不思議そうにしているルイシャに、シンディは話しかける。

「変なとこだろ？　見るからに治安は悪そうなのに、喧嘩一つ起きやしない」

「そうだね。でもそれってこの島は『喧嘩が禁止されている』からでしょ？　それが無くなったら大変なことになるんじゃないの？」

「昔ならそうだったかもしれないけど……今はどうだろうね」

シンディはどこか寂しげにそう返事をする。

いつも強気で自信満々な彼女らしくないその態度に、ルイシャは引っかかりを覚える。

「……それってどういう意味？」

「簡単な話さ。今の海賊は腑抜けちまったのさ。百年前……キャプテン・バットが活躍していた時代の海賊たちは尖《とが》っていた。みな自分が最強の海の戦士だって信じて毎日のように戦ってたらしい。だから喧嘩が禁止されているオアフルは、そんな海賊たちにとって唯一休める島だった」

「そうなんだ。でも……ここにいる海賊たちはそんなにギラついてはなさそうだね」

オアフルにいる海賊たちは汚く、人相《ひと》も悪いけど強そうには見えない。

そこらの盗賊とあまり変わらないようにルイシャの目には映った。

「今の海賊は商船を襲って略奪をするようなセコい海賊しかいなくなっちまった。あの頃の強くて畏れ憧れるような海賊はここら辺にはもういない。だからあたしはこの海を出て、外の海に行ったのさ」

「そう……なんだ」

ルイシャはおとぎ話に出てくるような海賊しか知らないが、確かにここにいる海賊たちはそれとは似ても似つかなかった。

事実オアフルにいる海賊たちは捕まらないためだけに島におり、海賊同士の対決などしないものがほとんどだった。

海の賊、という意味ではそれは正しいあり方なのかもしれない。しかし憧れたり、後世に語り継がれるような存在ではなくなっていた。

「さて、つまんない話はこれくらいにしようか。ここが目的地さ、入りな」

「う、うん」

シンディに言われるがまま入ったのは小さな商店のような所だった。

店内には海で使うような道具が所狭しと並んでいる。羅針盤、双眼鏡、薬……他にも何に使うか分からない変な道具まで様々だ。

ルイシャはそれらにも強く興味を惹《ひ》かれたが、一番興味を惹かれたのは店員だった。

「ようアーシャ、儲《もう》かってるかい？」

「客がいないのを見れば分かるでしょシンディ？　あんた儲かってるんだからたくさん金を落としていきなさいよ」

シンディと仲良さそうに話すのは、赤い長髪が特徴的な女性だった。

年は二十代半ばくらいだろうか、非常に優れた容姿をしている彼女だ。しかしその美貌よりも気になるところがあった。

「あの、その体……」

「ん？　どうしたのボク？　人魚に会うのは初めてかしら？」

そう言ってアーシャは自分の下半身。本来足が生えている場所にある大きな尾ひれを動かす。

アーシャのいるカウンターの中に大きな水槽があり、彼女の下半身のみ水の中にあった。上半身のみ外に出し彼女は生活していた。

「すごい、人魚って本当にいたんだ……！」

「ふふ、なんだいシンディ、このかわいい男の子は。いったいどこで捕まえてきたんだい？」

からかうように人魚のアーシャがそう言う。

「そんなんじゃないよ。ルイシャとは協力関係にあるだけさ。まあそれが終わったら仲間に勧誘しようとは思ってるけどね」

「へえ、あんたがそこまで入れ込むとは珍しい。気をつけるんだよボク。あの女はサバサバしてるように見えて、意外としつこいからね。自分が欲しいと思ったものには特に」

「は、はあ……」

「下らないこと言ってないで仕事してくれない？　色々と用意して欲しいんだけど」

そう言ってシンディは何やら文字がびっしりと書かれたメモをアーシャに手渡す。

それを見た彼女は驚いたような表情を浮かべる。

「なんだいこの量は。また遠い海にでも行く気かい？」

「違うよ。とうとう見つけたのさ、アレを」

「……本当かい？　にわかには信じられないけど、あんたはそういう冗談は言わない。わかった、ちょっと待ってな」

アーシャは真剣な顔でそう言うと、店に並ぶ水槽に「あんたら仕事の時間だよ！」と声をかける。

すると水槽の中から大きな蟹《かに》や海老《えび》のような生き物が出てきて、商品をまとめ始める。

人魚である彼女は海の生き物と意思疎通が出来るのだ。

「凄《すご》い光景だ……」

「世界は広えなあ」

店の中をせわしなく動き回る水棲《すいせい》生物を見て、ルイシャたちは圧倒される。

そんな彼らを余所《よそ》にアーシャは真剣な表情でシンディに問いかける。

「しれっと紛れ込んでるけど『人魚の涙』は何に使うつもりだい？　まさか目的地は海の底だなんて言うんじゃないでしょうね？」

「ご名答。いい勘してんじゃないか。海賊に向いてんじゃないの？」

悪びれずにそんなことを言う彼女に、アーシャは「はあ……」とため息をつく。

「あんたが昔からキャプテン・バットを追っているのは知ってる。でも海底はやめときなさい。あそこは死に最も近い場所、とても人間が行ける世界じゃないわ。私みたいな人魚か魚人……後は海底人《マーマン》みたいな生物じゃないと確実に死ぬわ」

「だから人魚の力を借りられる『人魚の涙』を高い金払ってまで買うんじゃないの。心配してくれるのは嬉《うれ》しいけど、ここは友人として力を貸して欲しい」

そう言ってシンディは頭を下げる。

滅多に見せることのない友人の行動を見て、アーシャは彼女の覚悟を知る。

「……はあ。あんたは昔から言い出したら聞かなかったね。わかった、売ってやろうじゃないの。しかし計画書を見せること、それと私が言った物を全部持ってかない限り行くことは許さないわ」

そう言ってアーシャはカリカリと海底に行くのに必要な物を書き出していく。

彼女の書いた書類は五枚にものぼり、その総額は結構なものになった。

「ったく、商売上手だねあんたも。こんなに買ったらうちの海賊団は破産しちまうよ」

「そりゃ良かった。それならもう海賊王のとこなんか行けないね？」

そう軽口を叩《たた》き、二人の女傑はお互いに笑みを浮かべるのだった。

◇　◇　◇

「品物は用意しとく、店の裏手に積んどくから後で船で取りに来な」

店主のアーシャにそう言われたルイシャたちは一旦『歌姫の海宝堂』から出て、オアフルの中心部の方に歩いて移動していた。

「ねえシンディ、次はどこへ行くの？」

「知り合いと会う約束があってね。すぐ終わるから付き合ってほしい」

「うん、分かった」

中心部に近づくにつれ、辺りの治安はどんどん悪くなっていく。

見慣れないルイシャたちの姿を見て海賊たちは様々な視線をぶつけてくる。それは好奇だったり悪意だったり、いずれにしても気分のよいものではなかった。

もし名の通った海賊であるシンディが側《そば》にいなければ何度ちょっかいをかけられたか分からない。

「確かにこんな所にシャロとアイリスを連れて来なくてよかった。男の僕でも気持ち悪いや」

「あそこにいる不埒者《ふらち》……ルイシャ兄に欲情しているな。殺《や》りますか？」

「うへ、気持ちわる……」

ヴィニスが言った方を見てみると、確かに何人かの男たちが下卑た笑みを浮かべながらルイシャを見ていた。その視線を全身に受けたルイシャは背中に鳥肌が立つ。

「あんまり見ない方がいい。気に入られると後が面倒だよ」

「うん、気をつけるよ……」

シンディの忠告にルイシャは大人しく従う。

なるべく周りを見ないよう、正面を見ながら一行は歩を進める。そうしてたどり着いたのはそこそこ大きめな酒場だった。

壁や柱のあちこちにガタがきている少しボロい見た目の店だが、人の出入りは多い。どうやら繁盛しているようだ。

ギイ、と悲鳴を上げながら開くスイングドアを通り中に入ったシンディは、店内を見渡しお目当ての人物を見つけると、その人が座るテーブルのもとに一直線に向かう。

「久しぶりだねケビン。まだ生きてたか」

「んあ？　おお！　シンディじゃないか、もう来ないかと思ってたぜ」

大口を開けてスパゲッティを頬張っていたその男は、シンディの顔を見ると嬉しそうに笑みを浮かべ、座るよう促す。

年は二十代後半くらいだろうか。茶色い中折れ帽がよく似合う、精悍《せいかん》な男だった。

「後ろの子どもたちは誰だ？　船には乗ってなかっただろ？」

「こいつらは新しい仲間さ。ま、一時的なものだけどね」

「そっか。まあお前の仲間なら俺の友人《ダチ》も同じだ。よろしく」

そう言ってケビンと呼ばれたその男は、ルイシャたちに手を差し出す。

ルイシャたちは流されるままその男と握手し、自己紹介を交わす。

「ルイシャにヴォルフに……ヴィニスね。オーケー、覚えた。俺は泣く子も黙る大冒険家『ケビン・クルーソー』だ。よろしくな」

そう自己紹介したケビンは、ニカっと白い歯を光らせる。

するとその名前を聞いたルイシャが「え!?」と驚く。

「ケビンさんってあのケビンさんですか!?」

「お、まさかこんな所でファンに会えるとはな。嬉しいね、サインいる？」

ぶんぶんと首を縦に振るルイシャ。

ケビンは仲間と思しき人物から一冊の本を受け取ると、そこにすらすらとサインを書きルイシャに渡す。

「ありがとうございます！　大切にします！」

嬉しそうにルイシャは本を受け取る。

するとケビンのことを知らないヴォルフが尋ねてくる。

「なあ大将、この人は一体誰なんだ？」

「ケビンさんは有名な冒険家だよ。たくさん本も出してて、どれもとっても面白いんだ。僕は特に『ルクナシア迷宮探検記』が好きかな。迷宮に閉じ込められるお話なんだけど面白いよ」

　早口で捲《まく》し立てるようにルイシャは説明する。

　昔から強いものに憧れがあったルイシャは、冒険記や探検記を好んで読んでいた。好きな作品はいくつもあるが、その中でもケビン・クルーソーの書いたものは上位に入るほど好きだった。

「迷宮探検記が好きとは物好き《マニア》じゃないか。それなら今度出す『ポタリカ地下遺跡探検記』もきっと気にいると思うぜ」

「え！　新刊出るんですか!?　五冊買います！」

　他の者を置いてけぼりにして会話が弾む二人。

　見かねたシンディは「こほん」と咳払《せきばら》いし、注意を集める。

「盛り上がってるところ悪いけど、先に話を済ませていいかいルイシャ？」

「あ、ご、ごめん……」

　つい周りが見えなくなってしまったことを反省し、ルイシャはすごすごと後ろに下がる。

　するとケビンも「悪い悪い」と謝りながらシンディの方に向き直る。

「じゃあ本題に入ろうか。俺と別れた後『死海地点』に行ったんだよな？　なんか手がかりは見つかったのか？」

「まあね。宝はもう見つかったも同然さ。あたしは直《す》ぐにアタックするつもりだよ」

「……へえ、そりゃ凄い」

ニヤリ、とケビンは楽しそうに笑う。

冒険家として世界中を旅するケビンは、当然海賊王の秘宝のことも追いかけたことがある。その過程でシンディの海賊団と出会い、少しの間だが共に旅をしたこともあった。

「ようやくお前の旅の目的、その入り口にたどり着いたってわけだ。めでたいじゃねえか」

「ああ、ようやくだ。絶対に見つけてみせる」

真剣な表情でシンディは断言する。

その横顔を見たルイシャは、一体何が彼女をそこまで駆り立てるのだろうかと少し不思議に思った。

「で、だ。ケビン、あんたも一緒に来る気はないかい？　来てくれると心強いんだけど」

「喜んでついていく……と言いたいところだが、やめておく。こっちも忙しくてな、明日にはここを出て別の場所に向かわないといけない」

そう言ってケビンはテーブルの上にゴトリとある物を置く。

それは光り輝く大きな金貨だった。その表面には美しい蛇の紋様が彫られている。

あまり貴金属には詳しくないルイシャだが、それでも目を奪われてしまうほど、それは美しく輝いていた。

「蛇人族《ラミア》の里『アルゴス』。そこで使われているとされる金貨だ。俺たちは今そこを追っている、この旅が終わるまで寄り道するつもりはない」

「……蛇人族なんて信じてなかったけど、これを見たら本当にいるのかもしれないと思ってしまうね。よく見つけたねこんなもの」

金貨を興味深く眺めたシンディはそれをケビンに返す。

お宝には詳しい彼女は、その金貨が普通のものでないことを一瞬にして見抜いた。

「普通の金と比べて五倍は重い、蛇人族は貴金属を好むと言われているから、特殊な金を採掘したり特殊な加工方法を知っているのかもしれないね。それに裏面の太陽の紋様《デザイン》、これも蛇人族が太陽を信仰しているという言い伝えと合致している。本物である確率はかなり高いだろうね」

「さすが、詳しいな」

「あんたほどじゃないさ」

ケビンは大事そうにその金貨を懐に戻すと席を立つ。すると近くに座っていた彼の仲間と思しき二人の人物、聖職者のような格好をした女性と屈強な肉体を持つ寡黙な男性もそれに続く。

「じゃあそろそろ俺たちは次の冒険に行くとする、達者でなシンディ」

そう言ったケビンは次にルイシャたちに視線を移す。

「こいつは無茶しがちだからフォローしてくれると助かる。よろしくな」

「は……はい！　任せてください！」

「んまあ大将も大概無茶すっけどな」

「ちょ、やめてよヴォルフ！」

わいわいと騒ぐ彼らを見て、満足そうに笑みを浮かべたケビンは酒場を出ていく。

それを見送ったシンディも「さて」と席を立つ。

「用も済んだし船に戻るとしよう。あいつらも色々と準備が済んだ頃合いだろうしね」

その言葉に従い、ルイシャたちも席を立ち、店を出ようとするが……それをよしとしない者たちがいた。

「……待てよシンドバット。冒険家とは話して、海賊《なかま》とは仲良くしてくれねえのか？」

一行の前に立ちはだかったのはニヤニヤと気味の悪い笑みを浮かべる海賊たちだった。

その数はおよそ三十人ほど。どうやらタダで帰してくれそうにはない。

「くく……」

海賊たちはシンディに用があるようでみな彼女に目を向けるが、当の本人は全く動じず冷たい目で見返していた。

「なんだいあんたら揃《そろ》いも揃って。あたしに何か用かい？」

「ああそうだよ。ハッキリ言って俺たちは迷惑してんだよ、てめえの身勝手な行動にな」

海賊たちの中でリーダー格らしき人物はシンディのことを睨《にら》みつけながら言う。

「海賊のくせに海賊を襲いやがって。おかげで俺たちは商売上がったりだ！　おまけに今度は宝探し？　いい加減にしろよ小娘が！」

「ふん、海賊が海賊と戦うのなんて普通じゃないか。それともなんだい？　海賊同士仲良くしましょうって言いたいのかい？　馬鹿馬鹿しい」

「時代が違うんだよ時代が！　格好いい海賊なんざおとぎ話の中にしかいねえ。俺たちは海のならず者、ただの犯罪者なんだよ。もちろんシンドバット、お前もな」

シンディを指差しながら、海賊は言う。

失礼な行動ではあるが、彼の言うことは、あながち間違っていなかった。

海賊王キャプテン・バットの失踪後、ラシスコの海にカリスマ性を持った海賊は生まれなかった。

その結果、今の海賊は互いに戦わず、民間人の船を襲う者しかいなくなってしまった。

隠れ島オアフルは昔こそ互いに鎬《しのぎ》を削っていた海賊たちが唯一戦わない場所だったが、今は仲間同士の馴《な》れ合い場に成り下がってしまった。

不戦の規則《ルール》はほとんど機能せず、ただ外の世界から隠れるための場所としてしか使われていないのだ。

そんな海賊たちにとって、あの頃の海賊のように振る舞うシンディは目の上のたんこぶだった。

「下らない夢なんざ捨てて俺たちと組め、シンドバット。お前の力があれば海賊《おれ》たちの力は盤石になる」

「寝言は寝て言うんだね。あんたらと組むくらいだったら海の藻屑《もくず》となった方が百万倍マシだよ」

呆《あき》れたように言ったシンディは、海賊たちを無視して店から出ようとする。

しかし彼らはその行く手を塞ぐように立つ。

「……あんたらと話すことはない、退《ど》きな」

「おいおいつれねえな。まあそんなに話したくないんだったら別に俺たちは無理強いしないぜ？　その代わりあいつがどうなるか知らねえけどな……」

海賊は親指で店の出入り口を指す。

すると両脇を屈強な男二人に抱えられた人が入ってくる。その人物は傷などはないがぐったりした様子だ。よく見れば顔がほんのりと赤い、アルコールが入っているようだ。

（……あの人は！）

その人物をルイシャは船で見たことがあった。

名前こそ知らないがシンディの船で働いていた人だ。

「お前ら、一線を越えたぞ」

仲間を捕らわれ、怒りの形相を見せるシンディ。

海賊たちの中にはその顔にビビるものもいたが、主犯格は余裕の笑みを浮かべていた。

「おいおい勘違いするなよ。俺たちは『不戦の規則《ルール》』を破っちゃいない。海賊仲間として酒を一杯、奢《おご》っただけさ。ちいっとアルコールが強くてダウンしちまってるみたいだが、命に別状はない」

この島で強い酒を飲んで倒れることは日常茶飯事。

無理やりにでも飲ませようとすれば規則《ルール》に引っかかってしまうかもしれないが、運悪く口車に乗せられ自発的に飲めば規則《ルール》には引っかからない。

規則《ルール》の穴を突き、悪事を働く。

これは彼らの常套手段《じようとうしゆだん》だった。

「……度胸はないくせに悪知恵だけは一丁前だね。そいつに手を出してみな、その瞬間あんたの頭と体はお別れすることになるけどね」

「強がんなよシンドバット。お前が規則《ルール》に違反すれば島を即座に追い出される。そうなったら誰がこの島にいる仲間を守るんだ？」

「ぐっ……外道が」

シンディは歯嚙《はが》みする。

夢に目の前まで迫っているというのに、こんな所でこんな奴《やつ》らに邪魔されるなんて。しかし仲間を見捨てるわけにもいかない。そんなことをすれば目の前の奴らと同じになってしまう。

どうすればこの場を切り抜けられる。シンディは頭をフル回転させるが名案は浮かんでこない。

そんな絶体絶命の状況の中、ある人物が声を上げる。

「あの、その人離してもらってもいいですか？」

そう言ったのはルイシャだった。

彼は捕まったシンディの仲間のもとに近づき、彼を抱える二人の海賊に話しかけた。見知らぬ少年の突然の行動に海賊たちは動揺する。

「なんだガキ!?　お前は関係ないだろ！」

「関係ありますよ。僕はシンディの協力者ですからね」

「だったら何だってんだ？　お前がシンドバットの代わりに俺たちを殴るってのか？」

海賊はルイシャを嘲笑しながら自分の頬をこれみよがしに近づける。

それを見たルイシャは拳を振り上げると……躊躇《ためら》うことなく海賊を思い切り殴りつけ、吹き飛ばしてしまった。

「ぶげっ!?」

きりもみ回転しながら吹き飛んだ海賊の一人は、店の壁をぶち破って外にでると地面を二回ほどバウンドし、その場に倒れる。誰から見ても再起不能だ。

他の海賊たち、そしてシンディもが唖然《あぜん》とする中、ルイシャは言い放つ。

「僕は友達が傷つけられた時、躊躇わないことにしてます。規則《ルール》に守ってもらえると思ったら大間違いだ！」

「な、なんだこいつ……！」

海賊たちはシンディに目が行っており、ルイシャのことなど気にも留めていなかった。

しかし仲間を殴り飛ばされたところを見て認識が変わる。

この少年は只者《ただもの》ではない、と。

「正気かてめえ！　オアフルで喧嘩《けんか》するなんてイカれてんじゃねえのか！」

「別にこの島を追い出されても僕は構いませんよ。それまでにあなたたちは全員倒しますけどね」

表情を崩さず、冷徹に言い放つルイシャに対し、海賊たちは戦慄する。

隠れ島にこもる臆病者である彼らだが、腐っても海賊。危機的な状況にあったことはみな何度かある。

それでも今日この日、彼らは海賊人生で一番自分の身に危険が迫っていると感じた。

「それに……おかしいと思いませんか？　規則《ルール》を破ったのに、まだ僕がその報いを受けてないのが」

「な、そういえば確かに……」

この島の規則《ルール》は破られた瞬間、管理人がやって来るはず。しかしいまだこの場に管理人は現れていない。

「僕は『海賊同士の戦闘行為を禁ずる』というこの島の規則《ルール》を聞いた時、もしかしたら『僕たちには適用されないんじゃないか』と思いました。なんせ僕たちは『海賊じゃない』ですからね。シンディに協力はしてるけど、正式な仲間にはなったわけじゃない」

とはいえ試してみるのはリスキーなので、ルイシャは実行することはなかった。

しかしこのような状況になったら話は別。危険を冒してでも試してみる価値はあった。

そして無事、ルイシャは賭けに勝ったのだ。

「この状況で僕が『自分が海賊だ』と宣言すれば、規則《ルール》は僕にも適用されてあなたたちは僕に手が出せなくなるでしょう。ですがそんな無粋なことはしないので安心してください」

「このガキ……！　馬鹿にしやがって！　海賊舐《な》めんじゃねえぞ！」

サーベルを抜き、ルイシャに飛びかかろうとする海賊。しかしそれより早くヴォルフが駆け出し、その海賊を蹴り飛ばす。

「大将が大丈夫なら俺も大丈夫だよな。ていうかやるなら教えてくれよ、早くぶん殴りたくてうずうずしてたところだぜ」

「……全くだ。俺に命じてくれればこのような下賤《げせん》な者ども、漆黒の炎で焼き尽くしたというのに」

ルイシャに触発され、ヴォルフとヴィニスも海賊たちの前に躍り出る。

「ガキが三人集まったところで何が出来る！　お前ら、やっちまいな！」

海賊たちは一斉に三人に襲いかかり、店内で乱闘が起きる。

「その人を、離せっ！」

「がぱっ!?」

シンディの仲間を捕らえていた海賊を、ルイシャは殴って気絶させる。

解放され倒れるシンディの仲間を、ルイシャは担ぎ救出する。

「そいつを離せ！」

するとすかさずルイシャに海賊たちは襲いかかる。仲間を抱えている状況であれば反撃はしづらいはず。そう考えての行動だが、ルイシャの味方もそれくらいの行動、予測はついていた。

「てめえらの相手は俺たちだ！」

不意をつこうとした海賊たちを、ヴォルフは蹴散らす。

身体能力の優れた獣人の中でもヴォルフはかなり力が強い部類に入る。非力な人間ではとても太刀打ち出来ない。

海賊たちはロクに傷をつけることすら出来ず倒されていく。

「おらおら！　次はどいつだ！」

「我が刃に貫かれたい愚か者からかかってくるといい……！」

予想を遥《はる》かに超えた彼らの力に海賊たちは勢いを失い、尻ごむ。

一方戦いに参加することが出来ないシンディは、少し離れた所からそれを見ていた。

「……ったく、まさかここまでの大馬鹿野郎だったとはね。流石《さすが》のあたしも予想出来なかったよ」

呆れたような、でもどこか嬉《うれ》しそうな顔で彼女は呟《つぶや》く。

するとそんな彼女のもとに、ルイシャが近づいてくる。その背にはシンディの仲間を背負っている、まだ意識のないその船員を一旦安全な所に運びに来たようだ。

「よいしょ……と。シンディ、この人をよろしく。すぐに終わるから少し待っててね」

「ああ、任せな。それと……ありがとう。あたしの仲間を助けてくれて。本当に感謝してる」

被《かぶ》っている帽子を外し、シンディは頭を下げる。

普段は粗暴な印象を受ける彼女だが、その一連の所作には気品と誠意を感じられた。

「いいよ頭なんか下げなくても。さっきは『仲間じゃない』なんて言ったけど、僕はちゃんとみんなのことを仲間だと思っているからね」

「――――ふふっ。わざわざそんなこと言わなくたってあたしだって同じ気持ちだよ」

ルイシャは彼女の言葉に頷《うなず》いて応えると、踵《きびす》を返して喧嘩会場に戻っていくのだった。


「こいつでラスト……っとお！」

「ひい、やめ――――！」

ヴォルフは命乞いをする海賊を容赦せず殴りとばす。

何十人もいた海賊たちだが、ルイシャたちには敵《かな》わずものの数分で全員のされてしまっていた。

「二人ともお疲れ、助かったよ」

「この程度造作もない。我が邪眼を開くまでもなかったな」

「はは、それは頼もしいね」

「大将はよく普通に会話出来るな。まだ俺は慣れねえぜ……」

余裕といった感じで話す三人。そんな彼らのもとにシンディが近づいてくる。

「あんたたち、礼を言うよ。おかげで大事な船員を無事取り返すことが出来た。本当にありがとう」

「そんな、当然のことをしたまでだよ。ねえ二人とも」

ルイシャの問いにヴォルフとヴィニスは笑みを浮かべながら頷く。

仲間のために戦うことを迷惑に思う者は、ここには一人もいなかった。

◇　◇　◇

「おー、やってるやってる」

船に戻った一行が見たのは、船員たちが船に荷物を積み込んでいるところだった。

既に『歌姫の海宝堂』には寄っているらしく、船には結構な荷物が積み込まれていた。

「あ、帰ってきた。ルイー！　あんたらも手伝いなさいー！」

大声でルイシャたちを呼んだのはシャロだ。

彼女も積み込みを手伝っているらしく、船の上で汗をかいている。

「お疲れシャロ。こっちは大丈夫だった？」

「ええ、何にも問題ないわよ。そっちこそ無茶してないでしょうね？」

「え。あ、うん。もちろんなにもなかったよ」

目を泳がし、心当たりがあります感バリバリで誤魔化すルイシャに、シャロは呆《あき》れたように「はあ」とため息をつく。

「まあ無事そうだからいいわ。はい、この荷物大きいから一緒に運ぶわよ、そっち持って」

「わかった。よいしょ……っと」

二人は仲良く荷物を持つと、船内へそれを運んでいく。

その様子をシンディは陸地から見ていた。すると、

「とうとう行くのじゃなシンディ」

「エギル爺《じい》、見送りにまで来てくれたのかい」

いつからいたのだろうか。彼女の後ろにはこの島の管理人、エギルがいた。

黒いローブのせいで表情はよく分からないが、その話し方にはどこか寂しさのようなものを感じる。

「幼き頃から恋焦がれ、旅立ち、追い……成長し、今、なのじゃな」

「ああ。分かるんだよ、今が最良最善の時っていうのがね。あたしは今が一番勢いがある。仲間も今がベストメンバー、これ以上いい奴《やつ》らが集まることは今後ないだろうね」

「お主の勘は当たっておる。この一年は『星が乱れる年』。通常では到底成しえぬことも

叶《かな》うやもしれぬ年じゃ。お主の無謀な夢が叶うとしたら今を置いて他にはない」

「それはいいことを聞いた。エギル爺のお墨付きがあれば心強いよ」

そう言ってシンディはにっと笑う。

しかしそんな彼女とは対照的に、エギルの顔は暗かった。

「……この島の規則《ルール》のせいで迷惑をかけたようじゃな。すまない」

「へ？　ああ、あの根性なし共のことか。別に気にしなくていいよ、ルイシャたちが何とかしてくれたからね」

「いや、これはわしとこの島の落ち度じゃ」

深刻そうに呟くエギルに、シンディも真剣な顔つきになる。

「やめてくれよエギル爺、確かに今回は少し危ない目にあったけど、あたしは何度もこの島に助けられてる。少しくらいこんなことがあっても気にしないって」

「いや。このようなことは最近頻発しておるのだ。時代は変わった……もうこの島を本来の利用法で使う者も少ない。ここいらが『潮時』かもしれんな」

エギルは自嘲気味に笑う。

彼はこの島を封鎖しようとしていた。古き思い出が汚れ切る前に、隠れ島を海から消そうと考えていたのだ。

それを感じ取ったシンディは止めることはせず、ただこう言った。

「まあエギル爺がそうした方がいいと思ったなら止めないけどさ。あたしはまだ決めるには早いと思うよ」

彼女はぴょんと跳び、船に乗る。

そして地上を見下ろしながら言う。

「予感がするんだ、海はまた面白くなる。せっかく特等席から見れるってのに抜けるのはもったいないと思うよ」

そんな根拠はないが自信だけはある彼女の言葉に、エギルは「ふっ」と笑う。

「……もったいない、か。そうじゃな、せめてお主が帰ってくるまでは残して置いてやろう。帰る家がないんじゃ帰り方も分からなくなるからのう」

「ああ、楽しみに待っててくれ。抱えきれないほどのお宝話を持って帰ってきてやるよ」

「くく、それは実に楽しみじゃ」

そう言ってお互い笑みを浮かべ、二人は別れる。

島から離れていくシンディの船。

それを眺めていたエギルは、百年前の光景を思い出しながら一人呟く。

「……よかったなウィリアム。お主の意志はまだこの海に息づいておるよ」

◇　◇　◇

「さて、死海地点に着く前にあんたらに伝えとかなきゃいけないことがある」

オアフルを出て三日後。

あと少しで死海地点に到達するといったところでルイシャたちはシンディに呼び出された。

「これからあたしたちは無謀にも海底を目指すことになる。わかってるな？」

シンディの問いにルイシャたちは頷く。

海底に勇者の遺産があるなら取りに行かなくてはいけない。危険は承知の上だ。

「分かってるならいい。だがもちろん海賊にとっても海底に行くなんざ普通のコトじゃあない。前例はあるけどね」

「あるんだ」

冷静にルイシャがツッコむ。

彼の友人たちも頷きそれに同意する。

「最近はそんなぶっ飛んだ話も聞かなくなったけど、昔の海賊は結構試したバカがいたみたいだよ。沈没船に眠ったお宝っていうのはよく聞く話だろう？」

確かに、とルイシャたちは納得する。

「使うのは主に二つの魔道具。一つは風の魔石を使った魔道具、船に空気の膜を張って水が入ってくるのを防いでくれる。そしてもう一つが重力操作の魔道具、これで船体を重くして海に沈む。質問はあるか？」

「はい。空気の膜を張っても中で息をしてれば空気はどんどん減っていくよね？　それはどうするの？」

ルイシャの質問にシンディはニヤリと笑い、答える。

「いい質問だ。褒美に干し肉をやろう。空気のことなら安心しな、船に積み込んだ植物『オゾンツリー』が解決してくれる」

「オゾンツリー？」

聞きなれないその単語に、ルイシャは干し肉を齧《かじ》りながら頭を捻《ひね》る。

「オゾンツリーは超高所にのみ生えている珍しい植物だ。どんな寒さにも耐えられる強さもその特徴の一つだが、一番の特徴は『驚異的な光合成能力』だ。僅かな光で光合成して空気を生み出してくれる優れものだ。この植物を積んでおくだけで船内の空気問題は一気に解決する」

「そんなものがあるんだ！　でも海底に行ったら太陽の光も届きづらくなっちゃうんじゃないの？」

太陽光がなければ光合成は出来ないはず。ルイシャはそう思ったがそれは杞憂《きゆう》であった。

「安心しな。オゾンツリーはランプの灯《あか》りでも光合成を行ってくれる。光源さえありゃ平気さ」

そう言ってシンディはルイシャたちに何やら緑色の固形物を渡し始める。長方形で大きさは三センチほど。嗅いでみるとほんのり草の匂いがする。

「それはオゾンツリーの葉を使ったガムだ。噛《か》んでいる間水中でも呼吸が出来る。一個で半日は持つだろうから五個ずつ渡しとく。それと」

次にシンディが渡したのは青みがかった透明な石。宝石のようにも見えるそれは雫《しずく》の形をしていて、太陽の光を浴びると綺麗《きれい》に光り輝く。

「それは『人魚の涙』。一粒飲めば三日間水中で生活出来る代物だ。もちろん水圧にも耐えられる。もし深海で海の中に放り出されるようなことになったらすぐにそれを飲みな。だが無駄遣いはするなよ、めちゃくちゃ高いからなそれ」

「わ、わかった。気をつけて使うよ」

ルイシャたちは彼女から貰《もら》ったものを落とさぬよう、しっかりとしまう。これから行くのは深海。彼らにとって未知の世界だ。今貰ったものはそんな世界で頼れる唯一の命綱だ。

「あたしはこの船の船長としてあんたたちを守る義務がある。だから最大限力は尽くすけど……あんたたちも各自自分の身を守って欲しい。深海はあたしですら未知の部分が多い場所、何が起きても不思議じゃないからね」

その言葉にルイシャたちは頷く。それを見てシンディは満足そうに笑う。

「覚悟は出来てるって面《つら》だね。じゃあ向かおうじゃないか。あたしらのお宝を取りに」

天気《はる》は快晴。帆は風を受けて目的地へ進む。

遥か海底、群青と漆黒の海底へと。

第三話 ―◆― 少年と深海と昏がりに潜む者

よく晴れた航海日和。

オアフルから出て二日後の朝、ルイシャたちは再び死海地点へと戻って来ていた。

しん、と静まり返ったその海にルイシャは寒気を覚える。

波もなく風もないその海は一見穏やかに見えるが、不自然なほどに静か過ぎた。まるで自分たち以外の命は何もないのではないかと錯覚するほどに――――。

「この真下でいいんだな？」

「ああ。感じるぞ、この下に黒く大きな『意志』、を」

シンディの問いにヴィニスは答える。

彼は海の底にある何かと繋《つな》がっていると考えられた。シンディはその感覚を信じ、ダウジングのように使っていたのだ。

「よーし、それじゃあ目的地点に着いたことだし早速潜航の準備に入る。野郎ども、所定の位置につきな！」

「「「ヨイサホー！」」」

船長の命に従い船員たちが船の上をドタバタと動き回る。

そんな彼らを見ていてもたってもいられなくなったルイシャはシンディに尋ねる。

「ねえ、僕に出来ることは何かある？」

「そんなもんないよ。せいぜい邪魔にならないよう隅でジッとしてることだね。あんたらには底に着いてからたくさん働いてもらうんだから、しっかり休んどきな」

追い返されてしまったルイシャは仕方無く隅っこに避難する。

待ちぼうけること数分。その時はやって来る。

「全ての帆を畳みました！」

「魔導エンジン、いつでも起動出来ます！」

「魔道具も魔力充塡完了！　いつでも行けますぜ船長！」

全ての準備が完了したことを確認したシンディは、出発の号令をかける。

「行くぞ野郎ども！　目的地は海賊王が眠る場所、深海目指し全速前進！」

ズズズズ、と音を立てながらルイシャたちの乗るグロウブルー号は沈んでいく。普通であれば絶望的な状況だが、船には空気の膜が張っている。中に水が入って来ることはない。

「うわあ、すごい……！」

辺り一面に広がる海中の景色。それを見たルイシャは感動の声をあげる。普通に生きていたら見られない光景だ。

船員たちもその光景に感激し指笛を鳴らすなどしてはしゃぐが、船長であるシンディだけはその光景を険しい目で見ていた。

「おかしい。いくらなんでも魚が少なすぎるね……」

彼女の言う通り、真っ青な世界には魚が一匹も見られなかった。シンディは嫌な予感をビンビンに感じながらも海の底、死の世界へ降りていく。

――その果てに彼女が見たのは、世にも恐ろしい光景だった。

「……船の墓場《シップグレイブヤード》とはよく言ったもんだね。正に言葉の通りじゃないか」

海底一面に広がるのは大量の船の残骸。大きいのから小さいのまで、年代もバラバラの大量の沈没船が海底に敷き詰められていた。

その船の墓場の中に、金色の船を見つけたシンディは身を乗り出しその船を見つめる。

「くすんじゃいるが間違いない……あれはゴールデン・フィッシュ号じゃないか！　ある時期から姿を消したとは聞いてたけど、まさかここに沈んでいるなんてね……」

興奮したように言うシンディ。

その船の名前に聞き覚えのなかったルイシャは、彼女に尋ねる。

「シンディ、その『ゴールデン・フィッシュ号』て有名な海賊船なの？」

「ああ、もちろんさ！　あの船は百年前の大海賊時代に活躍してね。キャプテン・バットの海賊団と何度も戦い、戦友だった大海賊ゴルディオの愛船なんだ」

キャプテン・バットほどではないが、ゴルディオも港町ではよく知られている名前だった。

「なんでゴルディオが死海地点に？……もしかしたらキャプテン・バットを捜してここまで来た？　無い話ではなさそうだね……」

シンディは思考の海に潜りながら、船の墓場を見る。

その墓場には他にも有名な海賊団の船が多数あった。船体は傷ついていたが、その船首につけられた象徴《シンボル》や海賊旗はまだ形を保っていた。

シンディはそれらの船が『今すぐにでももう一度航海に出られるぞ』と言っているような気迫を感じた。

「悪いね。あたしじゃあんたらを海には戻してやれないんだ」

シンディは悲しげな表情を浮かべ、せめてこれくらいはと手を合わせ祈る。

そうして数分間船の墓場を眺めていると、突如船に大きな声が響く。

「船長！　二時の方向になにか見えます！」

部下の声を聞き、シンディたちはそちらに目を移す。

沈没船たちの中心部。ぽっかりと空いたスペースに部下が言ったものは存在した。

「シンディ、あれって！」

「ああルイシャ。とうとう見つけたんだよあたしたちは」

ニイ、と笑いながらシンディは目的地を見る。

海底に沈み、百年以上もの間姿をくらましていたその『島』を。

◇　◇　◇

シンディたちの乗っている船は全速力で沈んでいき、その島を目指す。

近づくごとにその島の形ははっきりと見えてくる。

「なんだあの島……水中なのに木が生えてる……？」

「それだけじゃない、空気もある。はは、一体どうなってるんだい」

楽しげに笑うシンディ。

海底に沈むその島は、ルイシャたちが乗っている船と同じように空気の膜のような物が張ってあった。

一体誰が何の為《ため》に。そう考えていると、再び大きな声が船内に響き渡る。

「て、敵襲！　敵襲です船長！」

「なんだって!?　海の中でなにに襲われるってんだい!?」

「わかりません！　とにかく下を見てください！」

「下？」

言われるがまま船の下を覗《のぞ》いてみると、なんと沈没船の中からヌッとタコの足のようなものが生えていた。

しかもただのタコの足ではない。その大きさがケタ違いなのだ。

船を簡単に巻き取ることの出来る規格外の大きさのタコ足が何十本、何百本と海底から生え、船めがけて伸びてきていた。

「……こりゃマズいね」

最悪の状況だと理解したシンディは素早く指示を出す。

「魔導エンジン最大出力！　足を振り切って島に突っ込むよ！」

風がない海中ではいつものように帆で進むことは出来ない。その代わりに船には魔導エンジンと呼ばれる魔力を推進力に出来る物が積まれていた。

最大出力で使えば船体にもかなりの負荷がかかるが、気にしている余裕はない。

「しっかり摑《つか》まってな！」

「わわ!?」

海中を物凄《ものすご》いスピードで進むグロウブルー号。

副船長マック・エヴァンスは巧みな操舵《そうだ》技術でタコ足の攻撃を避《よ》け続ける。しかし、

「クソ！　こんなのいつまでも持たないぞ！」

魔導エンジンの出力は高く、そのせいで船には大きな負荷がかかっていた。無茶をしすぎれば船が真ん中から真っ二つに折れてしまう。そうなれば船員はみんなまとめて海に放り出される。

人魚の涙を飲めば水圧で死ぬことはないが、逃げる間もなくタコ足に捕まってしまうだろう。

「やはり突っ込むしかないか……！」

マックは船長の指示通り謎の海底島めがけて舵《かじ》を切る。しかしそれを読んでいたようにタコ足が立ち塞がる。

「しまっ……」

急いで舵を切ろうとするが間に合わない。最悪の事態を想定するマックだが、それを許さんと走る二つの人影があった。

「僕が右をやります！　シンディは左を！」

「はっ、あたしに命令するとはいい度胸だ。面白い、乗った！」

ルイシャとシンディは同時に剣を抜き放ち眼前に迫るタコ足に斬りかかる。

「くらえ、次元斬！」

「そこを退《ど》きな、波濤《はとう》斬り！」

二人の強烈無比な斬撃は巨大なタコ足を両断する。

船員たちが興奮して歓声を上げる中、船は更に深く、奥に進んでいく。

ルイシャは一旦仲間のもとに戻りみんなの無事を確認しようとする。

「見事だったぜ大将！」

「ありがとうヴォルフ、みんなも無事そうで良かったよ」

ヴォルフ、シャロ、そしてアイリスの無事を確認し喜ぶルイシャだったが、そこで彼はヴィニスがいないことに気がつく。

「あれ？　ヴィニスは？」

「ん？　さっきまでそこにいたけどなあ」

辺りを見渡したルイシャはふらふらと船の外側に歩くヴィニスを見つける。

「ちょっとヴィニス！　危ないよ！」

「え、ああ……ルイシャ兄か。でも俺、行かないと」

「なにしてんの！　危ないってば！」

船の外に行こうとしてしまう彼をルイシャは引き止める。しかしその力は強くずるずると引きずられてしまう。

「この……止まってってば！」

ルイシャは思わずヴィニスを力の限り投げて床に叩《たた》きつけてしまう。

「ぶっ！」という声と共に床に顔をめり込ますヴィニスは、頬をさすりながら起き上がる。

「ちょっと何して……ん？　俺は何をやってたんだ？」

「よかった。正気に戻った」

ホッとしたのも束《つか》の間《ま》、今度は船体がズン、と大きく揺れる。

「船底被弾！　穴が空いてます！」

「そんなもん気合いで塞げ！」

「そんな無茶なぁ!?」

シンディと船員の声が遠くに聞こえる。絶体絶命の状況だとルイシャは感じた。

「とにかくヴィニス、意識をしっかり持って。君なら大丈夫だよ」

「わ、わかった」

もうヴィニスは大丈夫だろうと思ったルイシャはシャロたちのもとへ戻ろうとする。

彼女たちは揺れる船から落ちないよう、手すりをつかんで必死に耐えていた。

「シャロ！　アイリス！　大丈夫!?」

「ルイ！　こっちはだいじょ――」

ルイシャの呼びかけに二人が返答しようとしたその瞬間、無数のタコ足が船体に着弾する。

「わ、あ――――!?」

回転する船体。右に左に揺さぶられ視界が何回転もする。ルイシャは咄嗟《とっさ》にしゃがみ床板に指を突き刺して体を固定するが、その衝撃に床板が耐えきれず砕けてしまう。

「しま……！」

支える物を失ったルイシャは船から弾《はじ》き飛ばされそうになる。

「うわあああああ!?」

ルイシャだけじゃない、仲間も、海賊たちも、みんな我慢の限界だった。このままではマズい、みんな海に放り出されると感じた副船長のマックは操舵輪についている緊急用ブーストボタンを押す。

「みんなは死なせんっ！」

急激にスピードを上げる船。マックの機転により急激に速度を増したグロウブルー号は、タコ足の隙間をかいくぐり高速で海中を突き進む。

しかし足は何本かくっついたまま、船は長く持ちそうにはなかった。

「全員人魚の涙を飲め！　すぐにだ！」

無事に切り抜けることが不可能だと判断したシンディは、船員たちに命令を下す。

どんな非常事態でも船長の命令だけは絶対と心に決めている船員たちは、すぐさま船長の命令を聞き入れ、水色に輝くそれをごくりと飲み込む。

ルイシャたちもそれに倣い持っていた涙を飲み込んだ。

それを確認したシンディは船の柵に乗っかると、船体にくっついているタコ足を見る。

これがついている限り逃げ切るのは不可能。しかし急に外したら船体はバランスを崩してしまうだろう。

「だけどそれを怖がっている暇はない、か。いっちょやるとするかね」

シンディはサーベルを抜き、タコ足めがけて振り下ろす。

「いつまで触ってやがる！　このタコ助が！」

衝撃波が飛び、タコ足がスパッと切り落とされる。

その瞬間、船体は大きくバランスを崩し、海底の方へ全力で沈んでいく。

「マック！　頼んだよ！」

「分かってますよ！」

極限状態の中、マックは必死に操舵して船の針路を操る。

そしてみなが船から放り出される前に、島の周りを囲む空気の膜に入ることに成功する。

しかし中に入った瞬間、その衝撃で船員たちは空中に放り出されてしまう。

「みん、な――」

ルイシャは手を伸ばすが、仲間たちには届かない。

回転する視界の中、一行は散り散りになり、島に投げ出されるのだった。

◇　◇　◇

「うーん……ここは？」

ガンガン痛む頭をさすりながら、ルイシャは目を覚ます。

彼が目覚めたところは砂浜だった。辺りはほの暗い、どうやら夜のようだ。

なんでこんなところにいるんだっけ？　と彼は記憶をさかのぼる。

「えっと確か海中に入ってそれで……タコ足に襲われて……どうなったんだっけ」

強い衝撃を受けたせいかうまく頭が回らない。

それでも必死に思い出そうと頑張る。

「あ、そうだ。海底の島に入ったんだ。あれ？　でもここ普通の島だけど……」

そう呟《つぶや》きながらルイシャは夜空を見上げる。

そこには星一つない漆黒の夜空が広がっていた。

「……へ？　星がない？　なんで？」

空をじーっと凝視するルイシャ。

しばらくして彼は気がつく。目の前に広がるそれは空ではなく、海なのだと。どこまでも真っ黒な海。深海。ここは紛《まが》うことなき目的地なのだと、彼は理解した。

「ここはあの島なんだ！　外と変わらなすぎて気がつかなかった……！」

少し暗いことを除けば、この島は地上とほとんど変わりがなかった。もしなにも知らない状況でここに連れてこられてたら、とてもここが海中だとは気がつかなかっただろう。

「とても興味深いけど、今はみんなを捜さなきゃ。えっと……そうだ、魔力探知をしてみよう」

そう思い立ったルイシャは、さっそく魔力探知を試みるが上手《うま》くいかなかった。何度やっても上手く感覚を広げることが出来ない。どうやら他の強力な魔力に邪魔されているようだった。

「くそ、なんだこれ？　こんなんじゃ探知しようがないや。地道に足で捜すしかないか……」

切り替えたルイシャは砂浜から木々の生える島の中央部へ入ろうとする。

しかしその瞬間、足元の砂がもぞもぞと動き出す。

「ん？」

なんだろう、と見ていると、突然砂浜からズボ！　と骨の手が生えてくる。

思わず「うわあ!?」と叫び尻もちをつくルイシャ。

そんな彼を余所《よそ》に、その骨は全身をさらけ出す。動く骸骨、その姿にルイシャは覚えがあった。

「スケルトン……！」

全身が骨のモンスター、スケルトン。

墓地などに生息し、生きている者を襲う凶悪なモンスターだ。

見た目こそ細くて弱そうだが、死に生きる彼らは非常にしぶとく、強い。駆け出しの冒険者がアンデッドやゾンビに返り討ちに合うのはよくある話だ。

「やる気、みたいだね」

スケルトンは手に持ったサーベルの切っ先をルイシャに向ける。骸骨の表情は読みづらいけどどこか笑っているようにも見える。

『ガギ、ギ……！』

スケルトンは素早く踏み込み、斬りかかってくる。

想像以上の速さにルイシャは少し驚くが、難なく躱《かわ》す。確かにスケルトンは凶悪なモンスターだ。しかしそれでもルイシャはそれに引けを取りはしない。

「――――そこだ！」

サーベルを回避したルイシャはスケルトンを思い切り蹴っ飛ばす。するとスケルトンはバラバラになって吹き飛び、砂浜に転がる。

ルイシャは「ふう」と一息ついて立ち去ろうとするが、

『ガ、ガガガギ……！』

なんとスケルトンはバラバラの状態から復活した。再び先ほどの状態に戻りサーベルを構えている。

「あんなにバラバラにしても復活するなんて。甘く見てたね……！」

今度は復活出来ないよう、もっとバラバラにしてやると意気込むルイシャ。

するとまた砂が蠢《うごめ》き出し、違うスケルトンが現れる。

「ん？　え？」

三体目、四体目と続々現れるスケルトン。それを見たルイシャは高速で後ろを向き……逃走した。

「こんなに戦ってられないよ！」

そう叫びながら、ルイシャは一人謎の島を逃げ回る。

「はあ、はあ、それにしてもここ……どうなってるんだろう」

走りながらルイシャは辺りを観察する。今は少しでも情報がほしかった。

不思議なことにこの島には普通に植物が生えており、呼吸も出来る。

頭上に広がる空が『海』になっていることを除けば、そこは地上と見分けがつかない。

「やっぱり魔道具かなにかの効果なのかな。こんなに広範囲に影響を及ぼすなんて凄《すご》い力だ」

ルイシャは思案する。いったいなんの目的でこんなことをしているんだ、と。

海に結界を張るだけでなく、島ごと海中に沈めるなんてただ事ではない。よほどこの島に見られたくない物があるに違いない。

「それを見られたくないのは海賊王キャプテン・バット……なのかな？　いやでも結界は勇者のものだった、どういうことなんだろう？」

キャプテン・バットがお宝を見つけてほしくないから隠した。そう考えれば納得はいく。でも本当にそれだけのためにここまでするのだろうかとルイシャは怪しんだ。

勇者が絡んでいることも気になる。

この島にはまだ僕の知らない、思いもよらぬ秘密があるのではないか。そう思えた。

「……ん？」

考え事をしながら走っていると、少し離れた場所から金属音が聞こえてきた。

耳を澄ませるルイシャ。それは刃物同士がぶつかり合う音に聞こえた。

「誰かが戦ってる⁉　急がなきゃ‼」

仲間が戦っている可能性は高い。

ルイシャは急いで音のする方向に駆ける。

木々の間を通り抜けた先、そこでは大量の骸骨兵士《スケルトン》と剣を交え戦う一人の女性がいた。

「シンディ‼」

「ルイシャ！　生きてたんだね！」

戦っていたのは女海賊シンディであった。

彼女の周りに他の人はいない。どうやら彼女も一人であるようだ。

「加勢するよ！」

「助かる！　こんな骨とっとと片付けちまおう！」

ルイシャは竜王剣を握り、スケルトンたちに迫る。

『ガギャギャ！』

『ガギ……！』

二人は次々とスケルトンたちを倒していく。

しかしいくら倒してもスケルトンは骨をくっつけ復活してしまう。

「やっぱりキリがない！」

「何度か砕けば起き上がらなくなるみたいだけどね。この数にそれをやるのは文字通り〝骨が折れる〟作業だね」

「だったら……！」

ルイシャは剣をしまい、魔力を練り始める。

実は島を走りながら、彼はずっと考えていたのだ、不死の存在であるスケルトンを倒すその方法を。

「くらえ！　広囲土流《ラジアズル》！」

魔法が発動し、地面がゆっくりと動き始める。

ぐにょぐにょと動く土は、まるで大きな口を開くようにスケルトンたちを覆い、飲み込んでしまう。

当然スケルトンたちは土から逃れようとするが、彼らに土を押しのけるほどの力はない。為《な》す術《すべ》なく次々と飲み込まれていってしまう。

「なるほど、考えたね。倒しても倒しても復活するなら閉じ込めてしまえばいいってわけだ」

「うん。でもいつかは抜け出してくると思う。この場は離れた方がいい」

「違いない。早く仲間を見つけないといけないね」

ルイシャはシンディに近づき、状況を確認する。

「シンディは誰にも会ってないの？」

「ああ、気づいたらこの奇妙な島に一人倒れていた。どうやらみんな散り散りになっちまったみたいだね」

「そっか……僕と同じだね。みんな無事だといいけど」

「ああ、本当だよ。あいつらどこにいるんだか……」

シンディは不安そうな表情を浮かべながら、仲間の身を案じる。

スケルトンごときに負けるほどやわではないと信じているが、しかし妙な胸騒ぎがして止まらなかった。

なにか自分の知らない恐ろしい存在がいる……そんな予感がした。

そんなシンディの不安そうな顔を見たルイシャは、彼女の肩をガシッとつかむ。

「大丈夫だよシンディ。シンディの仲間はスケルトンになんて負けないでしょ？　確かにここには妙な魔力が満ちている、なにか恐ろしい化物がいるのかもしれない。でも大丈夫、どんなやつが現れても僕がなんとかするから」

「ルイシャ、あんた……」

ルイシャの言葉に根拠はない。しかしその言葉は不思議とシンディの心を落ち着かせてくれた。この少年ならなにが起きてもなんとかしてくれる、そう本能が言っているようだった。

ルイシャの真剣な目を見たシンディは、胸が熱くなるのを感じた。

「……ありがとうルイシャ。船長であるあたしがこんなことでへこたれてちゃ駄目だね」

シンディは自分の頬をぱちんと叩《たた》いて気合いを入れ直す。

開き直したその目には、強い闘志が戻っていた。

「もう大丈夫。さ、行こうじゃないか」

いつもの調子に戻ったシンディを見て、ルイシャは「うん！」と嬉《うれ》しそうに返事をし、歩き出す。

「ふふ、野郎にときめいたのは初めてかもしれないね……」

「へ？　なにか言った？」

「いや、なんも。それより急ぐとしようじゃないか」

元気を取り戻し歩き出す二人。

　するとそんな二人の行く手を遮るように、何者かが姿を現す。

「……騒がしいと思ったら、ずいぶん活《い》きの良いのが来てるじゃねえか」

「「!?」」

　とっさに剣を構えるルイシャとシンディ。

　二人の前に現れたのは、一体のスケルトンであった。

　しかし今までのスケルトンとは姿が全く違う。

　高級感のある黒いジャケットとドクロマークが入った帽子。

　背丈は二メートルを超え、その体はかなり大きい。骨の一本一本は太く並の攻撃ではびくともしないように見える。

　目にぽっかりと空いた穴には妖しい赤い光が浮かんでおり、ルイシャとシンディを捉えて離さない。その眼力《めぢから》は二人が背筋に寒気を覚えるほどだ。

　明らかに今まで出会ったスケルトンとは格が違う。二人は最大限警戒しそのスケルトンと向かい合う。

「……あなたはいったい何者ですか」

「んだよ。最近のガキはしつけがなってねえな。人様に名前を聞く時ゃ自分から名乗るもんだぜ？」

　明らかに知性のある返事にルイシャは戸惑う。今までの襲ってきたスケルトンとはまるで違う。

戦うしかないと思っていたが、もしかしたら話し合いでなんとかなるかもしれない。そう思った彼は武器をしまう。

「僕はルイシャと申します」

「あたしはシンドバット……シンディだ」

シンディは険しい目をしながらスケルトンを見ていた。そのひたいには汗が流れている。

一方そのスケルトンは二人の名乗りを聞き、凶悪な顔に笑みを浮かべる。

「へえ、俺様相手に名乗るたぁ肝が据わってるじゃねえか。いいぜ気に入った、名乗ってやるよ」

大きなスケルトンは片足を振り上げ、思い切り地面にドン！　と下ろす。

その衝撃は凄《すさ》まじく地面が少し揺れてしまう。

ルイシャたちがその怪力に驚く中、スケルトンは名乗りを上げる。

「聞いて驚け見て震えろ！　海の果てまで悪名轟《とどろ》く、天下無双の大海賊！　俺の前では竜が道開け鬼さえ黙る！　そう！　全ての海賊の頂点に立つ『海賊王』キャプテン・バット様とは俺のことだ！」

そう叫び、彼は気持ちよさそうにポーズを決める。

なんとこのスケルトンこそ、歴史に名を残す伝説の海賊、キャプテン・バットであった。

想定していなかったキャプテン・バットとの遭遇に、ルイシャは激しく動揺する。

「まさかキャプテン・バットがスケルトンになっていたなんて……！　いや、これは予想

出来たことか……！」

　ルイシャが今いるのは海賊王が最後に訪れたとされている島。

　そこで海賊王が最期の時を迎えたのならば、遺体も当然そこにある。他の遺体がスケルトンとして動いている以上、海賊王の遺体もスケルトンになっているのは想定出来たことだった。

「……でもなんで喋《しゃべ》ってるの？　喋るスケルトンなんて聞いたことないけど」

「俺は昔からお喋りな漢《おとこ》だった……それは今も変わらねえ」

「そういう問題なのかな……」

　理由になるか分からないその返事に困るルイシャ。

　すると今まで黙っていたシンディが一歩、バットのもとに歩み寄る。

「……あんたがキャプテン・バットだって？　本当なのか？」

「ああそうだ、俺はつまんねえ嘘《うそ》はつかねえ漢《おとこ》だったからな。……もしかして嬢ちゃん俺のファンか？　ここまで来たんだ、サインくらい書いてやるぞ」

　がはは、と陽気にふざけるバットに対して、シンディの表情は真剣そのものだった。

　彼女がバットを見るその眼差《まなざ》しに込められた想《おも》いはかなり強いとルイシャは感じた。

　海賊であるシンディにとって、海賊王キャプテン・バットは特別な存在であることはルイシャも分かるが、それでもその想いの強さは少し異常に感じられた。

「あんたが本物のキャプテン・バットだと言うなら答えな！　なぜあんたはこんな海の底

でスケルトンなんかに成り果てている！」

　鬼気迫る様相でシンディは叫ぶ。

　一方バットは落ち着いた様子でそれに答える。

「そんなの簡単な理由だ。この島には俺様のお宝が眠っている。たとえ死んだ後でもそれを他人に奪われるのなんざ我慢出来なかったのさ。だから俺様はここにいる」

　バットの言葉にシンディはギリ、と歯を鳴らす。

　ルイシャは彼女から強い『怒り』を感じた。

「どうせ嬢ちゃんも俺様の残した宝を狙いに来たんだろう？　悪《わり》いがあれはくれてやることは出来ねえ。大人しく帰るか……死んでくれや」

　そう言ったバットの全身から、恐ろしい殺気が放たれる。

　背筋が凍り、鳥肌が立つほどの凄まじい殺気。それを浴びたルイシャは警戒心を最大まで引き上げる。

　一方シンディはというと、腰から愛用のサーベルを引き抜き、その切っ先をバットに向けていた。

「やっぱりあんたはキャプテン・バットじゃない……！　その名を騙《かた》るなスケルトン！」

　そう叫んでシンディは駆け出す。

　ルイシャが「待ってシンディ！」と呼びかけるが、彼女は聞く耳を持たない。

「ははは、活きのいい嬢ちゃんは嫌いじゃないぜ」

「黙れッ！」

一瞬にして目標まで距離を詰めると、シンディはサーベルを上段に振り上げ、思い切り振り下ろす。

「はあッ!!」

ギィン！　という甲高い音が辺りに響き渡る。

シンディのサーベルは、ガードしたバットの右腕に命中していた。

そう、命中していた。

しかし……その腕の表面で刃はピタリと止まってしまっていた。

「馬鹿、な……!?」

シンディは振り下ろしたサーベルに力を込めるが、サーベルはピクリとも動かない。なんとバットの腕の骨が硬すぎて、その表面に傷をつけることすら出来なかった。

「……俺は昔から骨のある男だった。それは今も変わらねえ」

骸骨の顔でニヤリと笑ったバットは、ガードしてない方の手で、思い切りシンディを殴り飛ばす。

とっさにシンディも防御するがその防御ごと吹き飛ばされ、近くにあった岩に激突し倒れてしまう。

「が……!?」

あまりの衝撃にシンディはその場にうずくまる。

重傷こそ負ってはいないが、足に力が入らなかった。

「んだよもう終わりか。最近のガキは脆《もろ》いなあ、ちゃんと牛乳飲んでんのか?」

つまらなそうに呟《つぶや》くバット。

そんな彼の前にルイシャが立ちはだかる。

「……一つお尋ねしてもいいですか」

「へえ、仲間がやられてんのに冷静じゃねえか。いいぜ、肝の据わった男は好きだ。答えられることなら答えてやるよ」

「ありがとうございます。じゃあ……」

ルイシャは海の底まで来たその理由を尋ねる。

「ここに勇者オーガの遺産はありますか?」

「…………」

ルイシャの質問を聞いたバットは、止まる。

そしてしばらくの沈黙の後……今までの陽気な彼とは打って変わって、冷徹な雰囲気で返答する。

「そうか……それが狙いだったか。じゃあ今死んどくか、ガキ」

まるでナイフを心臓に突き立てられたかのような、恐ろしい殺気がルイシャに浴びせられる。

物語に出てくる海賊は、陽気でおおらかなイメージを持たれることが多い。

事実そのような海賊も実在してはいる。しかしそれは海賊の一側面に過ぎない。

一切の容赦のない、海のギャング。それもまた海賊から切り離すことの出来ない要素なのだ。

ルイシャはそれを肌で感じ取った。

(この反応……やっぱりここにあるんだ……！)

バットの反応を見て、ルイシャは自分の行動が間違っていなかったのだと確信する。

そしてそれを手に入れるには目の前の強敵を乗り越えなければいけないことも、同時に理解した。

「僕にはそれを手に入れなければならない理由があります。たとえ貴方《あなた》と戦うことになったとしても手に入れます……！」

「やれるものならやってみな。俺は海賊王キャプテン・バット、この海最強の男だ！」

鉄の拳を握りしめ、男二人はぶつかり合うのだった。

◇　◇　◇

「んん……ここは……？」

痛む頭をさすりながら、桃色の髪の少女シャロは目を覚ます。

目覚めたその場所は海岸であった。ザザ……という波の音のみが耳に入る。

「起きましたか」

唐突に聞こえる声。

そちらを見ると、そこには友人であり仲間でありそして良き好敵手《ライバル》である、アイリスの姿があった。

どうやら先に目を覚まし、シャロのことを見守っていたようだ。

「どうやら少し寝すぎたみたいね。礼を言うわ」

「構いません。それより歩けますか？　ここは嫌な空気を感じます。あまり長居しない方がいいでしょう」

「分かった。私なら大丈夫、行きましょ」

海岸を離れ、島の中に入っていく二人。

島はそのほとんどが木で覆われていて、森となっている。当然先は見えないため二人は目指す目標のないまま歩くことになる。

「上に見えるのは海、よね。ということはここは海の底にある島ってこと？　頭がおかしくなりそうだわ……」

「島自体から高濃度の魔力を感じます。この島自体が強力な魔法効果の影響を受けているのでしょう」

吸血鬼《ヴァンパイア》であるアイリスの魔力感知能力は高い。

彼女はこの島の異質さを強く感じ取っていた。

「この島自体が『異界』と考えていいでしょう。地上の常識は通じないと考えた方がいいでしょうね」

「はあ、なにがなにやらって感じよ。頭が痛くなるわ」

二人は周囲を警戒しながら森の中を進む。

しかし進めど進めど木しか現れず、仲間に出会えることはなかった。

次第にシャロは気が滅入《めい》ってくる。

「……ルイたちは無事かしら」

「ルイシャ様なら大丈夫です。信じましょう」

一切の迷いなく、そう言い放つアイリス。

そんな彼女を見て、シャロは暗い顔を払拭し、いつも通りの強気な笑みを見せる。

「そうよね。ルイなら大丈夫。今もきっとどこかで戦ってるに違いない」

「はい。その通りです」

歩みを速める二人。

島の中央に行けば何かあるかもしれない。そう考えひたすらに真っすぐ歩いていると、
突然アイリスが立ち止まる。

「なに？　どうしたの？」

「……なにか来ます」

耳を澄ますシャロ。

すると森の奥からずっ……ずっ……と何かが這《は》いずるような音が聞こえてくる。

「なにこの音、それに……なんか臭い……」

シャロは右手で剣を抜き、左手で鼻を押さえる。

まるで魚が腐ったようなその異臭は段々と強くなっていく。

「……来ます」

ガサガサと草をかき分け、それは姿を現す。

青黒くぶよぶよとした体皮に、うねり動く数多《あまた》の足。どす黒い目に生気はなく、意思や知性は感じない。

三メートルはある大きな体で地面を這い、それはシャロとアイリスに近づいてくる。

形容するなら巨大なタコ。それもかなり不気味な。

その悍《おぞ》ましい姿を見た二人は、全身に鳥肌が立つのを感じる。

「なにこいつ。気持ち悪すぎる……」

うげ、とシャロは表情を曇らせる。

するとそのタコのような生き物は、虚《うつ》ろな目で彼女を捉えると、足の一本をひゅっ、と振るう。

「ちょっ!?」

高速で振るわれるそれをなんとか回避するシャロ。

目標を失った足は、彼女の後ろに生えていた木に命中し、大きな音を立ててへし折ってしまう。もし直撃していたら彼女の胴体が同じ目にあっていただろう。

「こいつ、どうやら刺し身になりたいみたいね！」

「油断しないでくださいシャロ。明らかにこのタコは普通の生き物ではありません……！」

「分かってる！　一気に仕留めるわよ！」

シャロは剣を構え、一気にタコに詰め寄る。

するとタコは数多ある足を振るい、彼女を撃退しようと試みる。しかしシャロは怯《ひる》まず剣を振るう。

「桜花勇心流……桜花乱れ裂き！」

シャロは迫りくる足の数々を一瞬の内に切り刻む。

思わぬ反撃にタコは驚き、わずかに攻撃の手を緩めてしまう。その隙を突き、アイリスは魔法を発動する。

「鮮血の槍《ブラド・ランス》！」

アイリスの手から放たれた真紅の槍《やり》がタコの体を貫く。

しかしそれでもタコは絶命することなく、虚ろな目でアイリスのことを睨《にら》みつける。

「────っ!?」

その目に睨まれた瞬間、アイリスは深い恐怖を覚えた。

タコはその隙にアイリスのことを太い足でぐるぐる巻きにし、動きを止める。足についたドロドロの粘膜が体にへばりつき、アイリスは強い不快感を覚える。

「こ、の……！」

力を入れ、その拘束から抜け出そうとする。しかしタコの力は想像以上に強く、更に粘液のせいで力が入らずアイリスは抜け出すことが出来なかった。

このままではマズい。そう思ったシャロは一気に勝負を決めるべくタコの頭部に近づく。

「一撃で終わらせる……っ！」

狙うは目と目の間、眉間。

シャロはそこがタコの急所であることを知っていた。

襲いかかる足と足の間をくぐり抜け――――全力で剣を振るう。

「桜花一閃《いっせん》」

シャロの渾身《こんしん》の斬撃が、タコの眉間を深く切り裂く。

するとその傷口から青白い血が吹き出し、一瞬にしてタコの体は白く変色していく。

『……るふ……いあ……あ……』

耳障りな声を上げながら、タコは絶命する。

拘束されていたアイリスも解放され、二人は「ふう」と一息つく。

「ありがとうございます。助かりました」

「いいわよ別に。それよりあんた、ベトベトじゃない。ほら、拭いてあげるわ」

「いえ大丈夫です……って、ちょっと、大丈夫だと、あ、そこは……」

「あんたやっぱり胸大きいわね……いったいなに食べたらこんなに育つのよ」

嫌がるアイリスを押さえつけ、シャロは無理やり彼女の体を拭いた。その度にアイリスは身を捩《よじ》らせ、「ん♡」と甘い声を漏らす。それを聞いたシャロはだんだん楽しくなってきてゴシゴシと強めに彼女の体を拭く。

体中まさぐられ尽くしたアイリスは羞恥で顔を赤く染める。

「うう、もうお嫁に行けません……」

「ほら、馬鹿なこと言ってないでさっさと行くわよ」

謎の敵を倒した二人は、森の奥に再び入っていくのだった。

◇　◇　◇

「はあああああっ！」

咆哮《ほうこう》を上げながら駆けるルイシャ。

彼の向かう先に構えるのは、伝説の大海賊キャプテン・バット。

バットは骨の顔に笑みを浮かべながらルイシャが来るのを待つ。

「来いや小僧！」

「言われなくても！」

ルイシャは右の拳を強く握り、気を込める。

スケルトンの弱点は打撃。斬撃の効果は薄いことをルイシャは知っていた。

いかに普通のスケルトンよりもずっと強いバットと言えど、打撃が弱点であることに変わりはないはず。そうルイシャは考えた。

ルイシャが拳による攻撃を行うと察したバットは、自分も拳を握る。

その構えは乱雑で、喧嘩《けんか》をする時の構えにしか見えない。武の道を歩んでいるようにはとても見えなかった。

しかしルイシャは油断せず、渾身の一撃を叩《たた》き込む。

「気功術攻式一ノ型、隕鉄拳《いんてつけん》っ!!」

「喧嘩殺法、蛮殻拳《ばんからけん》ッ!!」

両者の必殺の拳が同時に放たれ、激突する。

その衝撃は凄《すさ》まじく、辺りに物凄《ものすご》い轟音《ごうおん》と衝撃波を生み出す。近くに人がいれば大型の爆弾が爆発したと勘違いしただろう。

「ぐぎぎ……」

「こいつは驚いた。まさか俺様の拳と張り合えるとはな」

両者の拳の威力は同等であったが、体重《ウェイト》の分バットの方が優勢であった。

肉が落ち、骨しか残らずとも彼の重さは百キロを超えていた。

恐ろしきはその骨密度。

鍛え抜かれた彼の体は筋肉だけでなく骨も常人のそれとはかけ離れていた。太く、硬く進化した彼の骨は鉄《それ》を大きく超える硬度を持っていた。

(正面から殴りあうのは分が悪そうだね……だったら!)

ルイシャは持ち前の速さを活《い》かし、バットの側面に回り込む。

そして勢いそのままに跳躍し、バットの首部分、頸椎《けいつい》に鋭い回し蹴りを放つ。

(頸椎は骨の急所。ここなら!)

ルイシャの狙いは悪くなかった。

スケルトンにとってそこは急所。普通のスケルトンであれば首が粉々に砕け、復活するのに時間がかかっていただろう。

しかし相手は海に住むもの全員に恐れられていた伝説の海賊。その肉体の強度はルイシャの想定を大きく超えていた。

「――――痛《い》っ!?」

足先に走る鋭い痛みに、ルイシャは顔を歪《ゆが》める。

蹴りの瞬間、ルイシャは確かに足先に気を溜《た》めた。しかしそれでもなお、ルイシャの攻撃よりバットの骨の硬度が勝っていた。

「……俺は昔から骨のある男だった。それは今も変わらねえ」

バットはニヤリと笑みを浮かべる。ダメージを負っている様子はない。

そのあまりの硬さにルイシャの顔に焦りが浮かぶ。

(足にヒビは……入ってなさそうだ。これならまだ戦える。だけどこんなに硬いんじゃ下手に攻撃出来ない……）

肉体を失ったスケルトンに、炎や氷などの属性魔法や斬撃は有効ではない。

頼みの打撃も効かないとなれば打つ手はほとんどなくなってしまう。

「どうした小僧。もう手札を出し尽くしたか？」

「ぐ……っ」

ルイシャにはまだ切り札が残っている。

それは対クロム戦で使用した『魔竜モード』だ。

魔族と竜族の力を解放させ、全ての能力を格段に上げる、ルイシャだけに許された技。

制限時間こそあるが、その状態であればいかに硬い体を持っていたとしても、ダメージを与えることが出来るだろう。

（だけどあれを使ったらしばらくは体が動かなくなる。今この状況でそうなるのはマズい……！）

キャプテン・バットに勝てたとして、この旅はそこで終わるわけではない。

そもそもこの海底島から帰る方法すら見つかっていないのだ。勝てたとしても動けなくなってしまっては意味がない。

魔竜モードは本当に最後の手段として残しておかなければいけなかった。

「……どうやら待っても面白くなりそうにねえな。他にもここに来た奴《やつ》はいるみてえだし……終わらせるか」

ゆっくりとバットがルイシャのもとに近づいてくる。

穴の空いたその目には冷たい殺意が宿っている。どうやら本当に終わらせるつもりのようだ。

「悪《わり》ぃが、死んでくれや」

バットは強く握りしめた拳を、ルイシャに振り下ろす。

確実に仕留めるつもりで放たれた、情け容赦ない一撃。しかしその攻撃は、ルイシャを仕留めることは出来なかった。

「……なんだよ。まだあんじゃねえか」

バットは嬉《うれ》しそうに笑みを浮かべる。

彼の視線の先では、ルイシャが骨の拳を片手で受け止めていた。

先程までは落ち着いた印象を受けたルイシャの表情は、変わっていた。

目つきは鋭くなり、険しい顔つきになっている。

放たれるオーラも穏やかなものから激しいものに変わり、バットはその骨《み》に強い殺気が刺さっているのを感じた。

「こんなところで負けるわけには……いかないんだよっ！」

荒々しい口調でそう言ったルイシャは、バットの顔面を思い切り殴る。

拳に鋭い痛みが走るが、気にしない。歯を食いしばり、そのままバットを殴り飛ばしてしまう。

殴り飛ばされたバットは空中で一回転すると、ルイシャから離れた所にザザ……と着地する。回転しても勢いを消しきれなかったようで、地面には足を引きずった跡が残る。

「くく……殴り飛ばされたなんていつぶりだ？　生きてた頃でも滅多になかったぜ」

バットは痛む顔面をさすりながらルイシャに目を向ける。

そして強い殺気を放つ彼を見て、何をしたのかを把握する。

「なるほど。体の内の暴力性を解放したか。普段は落ち着いている奴ほど飼ってる獣は凶暴なもんだ。それを自分の意志で解放出来るたあやるじゃねえか」

バットの推測は当たっていた。

ルイシャは体に流れる魔族と竜族の暴力性を解放した。酒に酔っている時に出てくるそれを自力で呼び起こしたのだ。

冷静な判断力と、技のキレは犠牲になるが、筋力は上がる。バットの硬さに対抗するにはこの手しか残っていなかった。

「面白え。存分に殴り合おうや」

「お前はここで、俺が倒すッ！」

二人の獣は、防御を捨て正面から激突する。

◆　◆　◆

――――それは少年の、深い深い底に眠っている記憶。

『気持ち悪いんだよ、お前』

『え？　そんな声聞こえないよ』

『そういうのは、早めに卒業した方がいいと思うよ』

同年代の子どもは、口々にそう言い、彼を腫れ物のように扱った。

家族も彼を愛してはくれていたが理解者にはなってくれず、彼の主張をまともに聞いてはくれなかった。

「本当なんだ！　声が聞こえるんだよ！」

吸血鬼《ヴァンパイア》ヴィニスは、小さい頃から不思議な声を聞くことがあった。

地の底から聞こえるような、低く悍《おぞ》ましい声。

時間場所関係なく、その声は彼に語りかけた。

『――――闇ダ。闇ヲ求メロ』

『我ガ眷属《ケンゾク》トナルノダ』

『闇ニ身ヲ委《ユダ》ネロ』

その声に付き纏《まと》われた彼は、睡眠をろくに取ることも出来なくなり、精神を病みかけてしまった。

苦しい、誰かに相談したい、話を聞いてもらいたい。しかし周りの人は誰もまともに話を聞いてくれなかった。

疲弊し続ける精神。彼はなんとか声に抗《あらが》ってはいたが、長くは持ちそうになかった。

「このままじゃ駄目だ……なんとか、しなきゃ……」

悩みに悩んだ末、彼は道化《ピエロ》になる道を選んだ。

「我こそは闇の眷属、道を阻むものは真紅の刃で切り裂いてやろう！」

苦し紛れの策であった。

あえて謎の声の言う通り、闇の眷属のように振る舞い、周りの者に自分は『そういう奴』なのだと思わせた。

その結果、彼は声のことを自然に話せるようになっていた。

もちろん彼の言葉を信じる者はいない。しかし話せるだけで彼の心は楽になった。

口にすることで、その声に負けないという気持ちも強くなった。

そうして何とか乗り切っているうちに、いつのまにか声も聞こえなくなった。

しかしヴィニスはその言動を止めることはなかった。


――あれは諦めたわけじゃない。いつかまた、俺を狙ってやってくる。

という理由のない確信があったからだ。

とはいえ最後に声が聞こえてから長い時間が経っている。

ヴィニスはその出来事を記憶の奥底の方にしまい込んでいた。

しかし……船の上でまたあの『声』を聞いてしまった。

意識を失った彼が夢の中で昔のことを見たのも、それが原因であろう。

「……嫌なことを思い出したな」

頭を擦《さす》りながら、ヴィニスは一人起き上がる。

彼が目覚めたのは森の中であった。周りに人気《ひとけ》はない。どうやら一人のようだ。

「ここはどこだ？　確か最後は船の上で……痛《つ》っ！」

頭を針で刺されたような痛みを感じ、ヴィニスは表情を歪める。

まるで酔っ払っているかのように、頭の中がぐわんぐわんと揺れ、平衡感覚が狂う。

立っていることすら難しくなり、彼はよたよたと歩く。

「み、水……」

酷《ひど》く渇く喉を潤すため、彼は朦朧《もうろう》とした様子で水を求めてさまよう。

ここは文字通り海に囲まれた島。飲用可能な水など簡単に見つかるわけがない。

しかし……しばらく歩くと、森が開け、なんと井戸が現れた。

長く手入れされた様子のない、古ぼけた井戸。

ヴィニスは急いでその井戸に駆け寄ると、井戸を塞いでいる蓋を外そうとする。

「邪魔……だ！」

蓋の上に載っている岩を下ろし、蓋を接着している札を剝がす。

常時であれば疑問に思うそれらを、この時のヴィニスはいっさい不思議に思わなかった。

ただただ強烈な渇きを癒すため、彼は井戸の『封印』を開けてしまう。

その喉の渇きが、今まで語りかけてきていた存在により引き起こされたものだと知ることもなく。

「よし、開い……」

障害をすべて取り除き、井戸を覗《のぞ》くヴィニス。

その瞬間、彼の視界は『黒』に染まる。

「あ」

深き底よりそれは現れた。

ひたすらに黒く、太く、湿潤したそれは、タコの足のような形をしていた。

その足のような何かは、一瞬にしてヴィニスの体に巻き付くと、ものすごい力で彼を井戸の中に引きずり込もうとする。

「しま――――」

抵抗する間もなく、ヴィニスは井戸の底に連れ去られる。

彼の声は井戸の底に消え、その場には再び静寂が訪れるのだった。

◆　◆　◆

「はあああっ!!」

ルイシャは雄叫《おたけ》びを上げながら、何度も拳を叩《たた》き込む。

普段より精度は荒いが、その分力は込もっている。その威力は硬い骨を持つキャプテン・バットの肉体にも通用するほどであった。

「くく、たまんねえな。骨身に染みるぜ」

こんなに楽しい喧嘩《けんか》、久しぶりであった。バットは嬉しそうに笑う。

バットは防御もせず、真正面からルイシャの攻撃を全て受け止める。

躱《かわ》すことなどもったいない。彼はそう思っていた。

「じゃあ次は……俺様の番だ！」

お返しとばかりに、バットは大振りの一撃を放つ。

ボディを狙ったその拳を、ルイシャは腕を交差《クロス》して受け止める。

まるで大砲のごとき威力を誇るバットの拳だが、今のルイシャはそれを受け止めることが出来ていた。

体の内の『暴力性』を解放したルイシャの筋力は大きく上がっている。それは攻撃力だけでなく、防御力をも大幅に上げていた。

「どうした？　この程度かキャプテン・バット」

「くくく。生意気な小僧だぜ」

超至近距離《ゼロレンジ》で殴り合う両者。

辺りには骨と骨がぶつかり合う音が響く。

その様子を、少し離れた位置からシンディは見ていた。

「ルイシャ……あんたこれほどの力を……」

王紋《おうもん》を持つ彼女だが、目の前で繰り広げられる戦いに割って入れる気がしなかった。

キャプテン・バットが強いのは分かる。

海に住む者全てが恐れ、そして憧れた伝説の海賊。生涯喧嘩で負けたことのないという伝説も残っている彼が、弱いはずがない。

そんな彼と五分で渡り合う少年は何者なのか。

シンディは痛む体をさすりながら、疑問に思った。

「だらぁっ!!」

バットが咆哮《ほうこう》しながら、ルイシャに殴りかかる。

ルイシャはその一撃を紙一重で躱し、胸の部分を強く殴りつける。

既に何発もいい攻撃を入れていたが、バットが倒れる気配は全くしなかった。

本当にこの調子で倒せるのかとルイシャの顔に焦りが浮かぶ。

「どうした？　もうへばったか!?」

バットはそう言いながら、右足のつま先を地面にグサリと突き刺す。

そして先端が埋まった右足に力を入れ、前蹴りを放つ。

「抜錨《ばつびょう》、錨足《いかりあし》イッ！」

地面を砕きながら放たれる鋭い前蹴り。地面から抜けた反動が加わったその一撃は、ルイシャが反応出来ないほど迅《はや》かった。

「か――――っ!?」

錨のごとき鋭い前蹴りが、ルイシャの腹に突き刺さる。

とっさに腹筋を締めることで最悪の事態は防いだものの、内臓に重いダメージを受ける。

当たりどころが悪ければ胃の中の物を吐き出していただろう。

「こ、の……！」

「がはは！　よく耐えたな！　だが俺の攻撃はまだ終わっちゃねえぞ！」

最初こそ互角に渡り合っていた両者。

しかし徐々にルイシャは押され始めていた。

「確殺！　蛮殻《バンカ》ラッシュ！」

「くっ！　隕鉄《いんてつ》拳《けん》・乱《みだれ》！」

バットが放った拳の連打に、ルイシャは同じように拳の連打で応戦する。

その打ち合いは威力こそ拮抗《きっこう》していたものの、バットの方が手数が多かった。当然全ての攻撃に対処することは出来ずバットの拳がルイシャの腹部に命中し、彼は吹き飛んでしまう。

「ぐう、う……」

痛む体に鞭《むち》を打ち、ルイシャは立ち上がる。

肉体的ダメージは大きいが、まだやる気は衰えていない。

野獣のごとき獰猛《どうもう》な目でバットを睨《にら》みつけている。

「……それじゃあ俺様には勝てねえぜ、坊主」

「なんだって？」

バットの言葉に、ルイシャは苛立《いらだ》たしげに反応する。

「内なる暴力性を解き放つって発想は悪くねえ。だが今のお前はその暴力性に振り回されちまっている。それじゃあ折角鍛えた技が活《い》かせねえ」

「……」

図星を突かれたルイシャは押し黙る。

今のルイシャは身体能力こそ上がっていたが、技の精度は大きく落ちていた。

先ほどバットの攻撃に反応しきれなかったのもその為《ため》だ。

「暴力性に身を委ねるだけなら獣でも出来る。乗り回して見せろ」

「……なんのつもりだ。俺にそれを教えてなんの得がある」

「俺様は楽しく喧嘩《あそ》びてえだけさ。深い意味はねえよ」

くく、とバットは笑う。

何か策を講じているようには見えない。

「俺様は暴力性を無理やり押さえつけ、乗り回している。俺みてえな雑なタイプはそれ《そ れ》が性に合ってっからな。だがお前は違うタイプのはずだ。じゃあどうすりゃいいと思う？」

「俺が……どうするか」

ルイシャは自問する。

自らの暴力性に身を委ねることなく、力を借りるにはどうすればいいか。

自分はそもそも喧嘩や争いを好むタイプではない。他者を傷つけることなく生活することが出来るなら、それに越したことはないと考えている。

ではそんな自分に暴力性がないかと言えば、それはＮＯだ。

体を鍛え、強くなることは楽しいし、強者と戦うことも楽しい。

戦闘以外でもテストや遊びで他者に勝つことだって楽しいと感じる。

他にも心を通わせた女性と肌を重ね合わせ、攻め立て、屈服させた時にも強い快感を感じている。

暴力性とは、悪ではないことをルイシャは理解した。

すなわちそれは誰にでもある、原初的な強い衝動。その衝動を悪いことに使う人間が多いだけで、その衝動自体に善も悪もありはしない。

確かに魔族と竜族の血のせいで眠っていた暴力性は強くなったが、それ自体は元々自らの中にあったものなのだ。

それを理解したルイシャは、自らの身体《からだ》に眠る暴力性を受け入れた。

受け入れ、自分の理性と混ぜ、渾然一体《こんぜんいったい》とする。

それを成したルイシャは、冷静さを取り戻しつつも瞳の奥に暴力性を宿していた。

「……どうやら成ったみてえだな」

「バットさん、貴方《あなた》のおかげです。ありがとうございます」

「よせや気色悪い。それより続きをやろうじゃねえか。その為にわざわざ慣れねえ助言をしたんだからよ」

「はい……分かりました」

構えるルイシャ。

先ほどまでとは違い、その構えは堂に入っている。

「行きます」

鋭い蹴りが放たれ、バットの腹部に命中する。

技の精度を維持しつつ、暴力性を解放した時の攻撃力を持ったその一撃は凄《すさ》まじい威力を持っていた。

「ぬが……っ！」

攻撃を受けたバットの体が浮き、後ろに飛ばされる。

今までの戦いでは起きなかったことだ。

「生きてるってのはいいもんだ。すぐに成長しやがる」

飛ばされながら、楽しそうにするバット。

そんな彼にルイシャは追撃を開始する。

「……まさかここまで、だったとはね」

女海賊シンディは、その光景を見ながら呟《つぶや》く。

そこで繰り広げられたのは、彼女の想像を超えた死闘。ルイシャとキャプテン・バットは己の全ての力をぶつけ合っていた。

「はあああああっ!!」

「おらおらおらっ!!」

的確に相手の攻撃を捌《さば》き鋭い攻撃を放つルイシャと、防御を捨てひたすらに攻撃するバット。お互いの戦闘スタイルは対照的と言える。

傍《はた》から見れば攻撃が何度もヒットしているルイシャの方が優勢に見える。しかし骨太スケルトンであるバットの体は硬く、思うようにダメージを与えることは出来ていなかった。

「なんて硬いんだ……拳が壊れそうだ……！」

「どうした！　もう終わりか!?」

バットは高笑いしながら大ぶりの一撃を放つ。

ルイシャは両腕でその拳をガードするが、ガードした箇所に鋭い痛みが走る。これでは防御した意味がない。

（受けに回ったら負ける。攻めて攻めて攻めるんだ！）

覚悟を決めたルイシャの右目が変化する。

まるで獰猛な獣のような瞳。それは竜王より受け継いだ〝竜眼〟である。この目を発動したルイシャの肉体は竜に近づき、その気と膂力《りょりょく》は大きく上がる。

「竜功術攻式《りゅうこう》一ノ型、竜星拳《りゅうせいけん》!!」

竜の力が込められた正拳が、バットの腹部に突き刺さる。

その一撃の威力はバットの想定を大きく上回り、彼の骨はミシシ……と音を立てて軋《きし》む。

「が……ぁ!?」

大きく吹き飛んだバットは三回ほど地面をバウンドし、地面に転がる。

彼はすぐには起き上がらず、大の字で地面に横になったまま動かなかった。

「倒した……わけじゃないよね？」

ルイシャは警戒を切らさない。

まだ相手の体から物凄《ものすご》い闘気を感じる。それにバットは王紋に目覚めるほどの強者。一撃で倒せるような甘い相手でないことはよく理解していた。

「……たまんねえぜ」

バットは横になりながらそう言い、むくりと起き上がる。

その顔は充足感に満ちていた。

「生きてる時にも強え奴《やつ》とは何人も戦った。海賊に海軍、凶悪なモンスターと色んな奴と喧嘩した。でもここまで燃えた喧嘩が出来んのは初めてだ。くくく、死んでみるのも意外と悪くねえもんだ」

「伝説の海賊である貴方にそこまで言ってもらえるとは光栄です。奥に進ませていただけるともっと嬉《うれ》しいんですけどね」

「そりゃ無理な相談だ。お前とは酒でも酌み交わしたいが、こっちにも事情がある。誰一人としてこの先に行かせるわけにはいかねえのよ」

バットは睨みを利かせながら言い放つ。

その言葉には断固とした決意を感じる。話し合いで解決するのはやはり無理そうだ。

「みんなが心配だ。これ以上長引くのは良くなさそうだね……」

ルイシャは険しい表情をしながら呟く。

こうしている間にも仲間が危険に晒《さら》されている可能性は高い。

(しょうがない。魔竜モードを使うしか……)

奥の手を出そうかと思ったその瞬間、異変が起こる。

『ブオオオオオオオオオオッッッッ!!!!』

とてつもない爆音が、突如深海に鳴り響く。

地獄の底から聞こえてくるような、低く恐ろしい鳴き声の様な音。それを聞いたルイシャの肌に鳥肌が立つ。

「な……!?」

それと同時にルイシャは悍《おぞ》ましい気配を感じ取った。

身の毛がよだつ、暗く、深く、ねっとりとした悍ましい気配。そんな気配が深海に沈む島を一瞬にして包み込んだ。

ルイシャはキャプテン・バットが何かしたのかと思い彼を見る。しかし当の本人も「嘘《うそ》だろ!?」と慌てた様子をしていた。どうやら彼が起こした騒ぎではないみたいだ。

「おい小僧！　もしかしてお前ら、他にも仲間がいるのか!?」

「え、あ、はい」

「クッソ！　そりゃそうだよな！　二人でここまで来れるわけがねえ！」

バットは悪態をつきながら頭を抱える。どうやら余程まずいことが起きているみたいだ。

「喧嘩《けんか》と酒は途中でやめるなって言うが、そうは言ってられねえ状況になっちまった。悪いがこの喧嘩、預けるぜ」

「あ、ちょ！」

バットはルイシャに背を向け、島の中心部めがけ走り去ってしまう。

突如中断されたルイシャはポツンとその場に取り残されてしまう。

「……なんだったんだろう？」

竜の眼《め》を解除し、ルイシャは力を抜く。

それなりに消耗してしまったが、大きな怪我《けが》はなく魔竜モードも温存出来た。あれほどの強敵と戦ってこれで済んだなら上等だろう。

「大丈夫かいルイシャ」

「シンディ」

シンディはルイシャに駆け寄り、彼の様子を見る。

その体には細かい傷はあれど、目立った外傷はない。表情も普通でどこかを強く痛めている様子もない。

あれほどの激闘をしたのにこの程度で済んでいるのか。そうシンディは驚嘆した。

確かに彼女も『七海王』の紋章を持っている。その実力は世界的に見ても上位であろう。

しかし彼女は眼の前にいる少年に勝てる気がしなかった。

「大丈夫そうだけど一応回復薬《ポーション》を飲んでおきな。また戦うかもしれないからね」

「ありがとう。いただくよ」

回復薬を飲み干したルイシャは、キャプテン・バットが走り去った方角に目を向ける。

今追いかければまだ追いつけるかもしれない。

「よし、行こっか」

「ああ、そうだね」

二人はキャプテン・バットを追いかけようとするが、そんな二人のもとに近づく影があった。

「……待ってくれないか？」

背後から投げられる声。

ルイシャとシンディは後ろを振り返る。するとそこにいたのは……一体のスケルトンであった。

そのスケルトンは服こそ着ていたが、それ以外は他のスケルトンと大差がなかった。

キャプテン・バットのように大柄でもなければ、強い闘気も放っていない。

「貴方は……誰ですか？」

「そ、そんなに警戒しないでくれ。敵意はないんだ」

手を上に上げ、スケルトンは言う。

確かにそのスケルトンから敵意のようなものは感じなかった。ルイシャはひとまず警戒を解き、話を聞くことにする。

「分かりました。お話を伺います」

「おお、ありがとう。助かるぜ」

カタカタと顎の骨を動かしながらスケルトンは話す。

「あんたらがただの賊じゃねえってことは船長との戦いを見てわかった」

船長という言葉にルイシャはピクッと反応する。

どうやら目の前のスケルトンはキャプテン・バットの船に乗っていた海賊の一人のようだ。

確かに伝承ではキャプテン・バットは船と共に姿を消した。共に乗っていた船員も一緒にいなくなっているのだ。この島にいても不思議ではない。

「砂浜にいたスケルトンも、貴方たちの仲間なんですか？」

「そうであるとも言えるし、そうでないとも言える。あいつらは自我がなくなったスケルトンなんだ。中には俺たちの元仲間もいるが、そのほとんどは俺たちとは関係ない。沈んだ海賊船に乗ってたり……この島にたどり着いた奴らの成れ果てさ」

そのスケルトンは神妙な面持ちでそう答えた。

全てを理解出来たわけではないが、複雑な事情があることは理解出来た。

「それより、だ。お前たちは宝なんて理由じゃない、もっと別の理由があってここに来た。違うか？」

「……」

ルイシャはその問いに押し黙った。

宝が理由なのは間違いない。でもそれはお金が目当てなのではなく、彼が持っていたという勇者の遺産が目当てだ。そのことをここで正直に話すわけにもいかない。

シンディも話せないのか、真面目な顔で口を閉ざしていた。

そんな二人を見て、スケルトンは「ま、まあ無理に話せとは言わない、理由はそれぞれだからな」と言う。

「それよりも、だ。お前たちには船長がなぜこんな海の底で番人みたいなことをしているのか知ってほしいんだ」

「「……っ！」」

スケルトンの言葉にルイシャとシンディは真剣な顔つきになる。

それは今彼らがもっとも知りたいことの一つだった。

「ぜひ聞かせていただけますか？」

「ああ。だがこの話もそこそこ長くなる。船長を追いかけながら話そう」

「分かりました」

ルイシャは頷《うなず》く。

新たな同行者を得た一行は、キャプテン・バットが向かった方向に駆け出すのだった。

◇　◇　◇

――島に異変が起きる少し前。

二人で島の中を探索していたシャロとアイリスは、島の中央部に到達していた。

そこは木々が生えておらず、開けた場所になっていた。

「ここなら誰か来ても分かりそうね」

「ええ。無闇に歩き回るよりもここで待機していた方が合流出来るでしょう」

二人はこの場所で休憩し、仲間と合流することに決める。

開けた場所の更に中心部分に行くと、今度は崩れた建築物が二人の目に入ってくる。

「なにこれ。明らかに人工物よね？」

「……そうですね。石造りの家、でしょうか。この風化具合を見るにかなり昔のものでしょう」

ちらほらと現れる、かつて家だった物の成れ果て。

それはかつてここに人が住んでいたことを意味する。規模から見るにそこそこ多くの人が住んでいたように見える。

「こんな海底に誰か住んでいたってこと?」

シャロは首を傾《かし》げる。

こんな海底に来られる人間が果たして他にいるのか、と。

一方アイリスはその残骸を近くで観察しながら言う。

「……もしかしたらこの島はかつて海上にあったのかもしれません。この石材は港町ラシスコで使われている物と同じに見えます。そこから運ばれた可能性は高いでしょう」

「じゃあこの島は最初から海底にあったわけじゃなくて、何かが起きたせいで沈んだってこと?　いったいどうしたらそんなことになるのよ」

「それは分かりません。しかしそう考えると辻褄《つじつま》が合います」

伝説の海賊キャプテン・バット。

彼が海底の島に行くことが出来た理由は分かっていなかった。もし最初から海底を目指していたのであれば、その準備は特殊なものになるはずだ。

しかしそのような記録は残っておらず、彼はいたって普通の航海に出るように港を去り、そして戻ってこなかった。

「もしかしたらキャプテン・バットがこの島に来た時、まだこの島は海上にあったのかもしれません。そしてその後、なにかしらの理由によってこの島はお宝とともに沈んだ……そうすれば辻褄は合います」

「まあ確かにそう考えれば辻褄は合うけど、なんでそうなったのかさっぱり分からないわね。普通に考えればお宝を隠したいから沈めたって思うけど、わざわざそんなことするかしら？」

「そうですね。沈めてしまえばせっかくのお宝もお金に換えることも出来ません」

アイリスは建物の残骸をしばらく調べた後、立ち上がる。

何か手がかりになるものがないかと思ったが、海風の影響もあり劣化が激しくそのような物は見つからなかった。

「海賊王が生きててくれれば謎も解けるんだけど、まあ人間がそんなに長い時間を生きられるわけないし……ん？」

辺りを見回しながら話していたシャロは、ある物を見つけ反応する。

それは石造りの井戸。

建物から離れぽつんと置かれたそれは、妙な存在感を放っていた。

「どうしましたかシャロ？」

「……なんかあの井戸、嫌ぁな気配を感じるのよね」

「そうですか？　私はなにも感じませんが」

アイリスは井戸を注意深く観察する。

至って普通の、何の変哲もない井戸だ。魔力のようなものも感じない。

しかしシャロはそれから何か、悍ましい気配を感じた。

「どうしますか？　近づいて調べてみますか？」

「……いや、私たちだけであれに近づくのは危険だと思う。調べるならみんなと合流してからの方がいいと思う」

真剣な面持ちで言うシャロを見て、アイリスも表情を引き締める。

もしかしたら勇者の血筋だけが感じ取れる何かがあるのかもしれない、と。

「分かりました。貴女《あなた》がそこまで言うのでしたらそうしましょう」

そう言って井戸に背を向けようとしたその瞬間、井戸の方から「がた」と音が鳴る。

「「――――っ!!」」

二人は咄嗟《とっさ》に臨戦態勢を取り、井戸を注視する。

いったいなにが起きるのか。最大限に警戒していると、井戸から人間の手が出てくる。

シャロとアイリスの頬を、汗が伝う。

心臓が激しく鳴り、呼吸が荒くなる。

井戸の中から現れたその手は、ゆっくりと井戸の縁を摑《つか》み、そして這《は》い出てくる。

そこから現れた人物は、二人の知る人物であった。

「う、あ……」

「ヴぃ、ヴィニス!?」

衰弱した様子で井戸から出てきた従兄弟《いとこ》を見て、アイリスは驚く。

ヴィニスの体はぐっしょりと濡《ぬ》れており、その顔は青くなっている。どうやら体温が下がりきってしまっているみたいだ。

急いで温めてあげないと。アイリスは彼に駆け寄ろうとするが、それに気がついたヴィニスは広げた手を前に出し、それを止めようとする。

「だ、めだ。アイリス姉」

か細い声で、アイリスを制する。

「やつが、来る……！」

次の瞬間、井戸から巨大ななにかがぬうっと出てくる。

それはとても巨大な触手のように見えた。表面にはぬめぬめとした粘膜がついており、光沢を帯びている。

それは大きさに似合わぬ速度で動き、ヴィニスの体に巻き付く。

「ぐ、あ……！」

ヴィニスは抵抗し抜け出そうとするが、吸血鬼《ヴァンパイア》の怪力を持ってしてもその拘束から抜け出すことは出来なかった。

「ヴィニス！」

従兄弟の危機に、アイリスは駆け出す。

謎の触手の正体は分かっていない。危険なのは重々承知していたが、従兄弟の危機を静観することなど出来なかった。

「ヴィニスを離しなさい！　鮮血飛刃《ブラド・エッジ》！」

アイリスが右腕を振ると、血を凝縮して作られた刃が放たれる。

鉄製の防具ですら裂く、強力な一撃。しかしその刃は触手の先端を少し傷つけることしか出来なかった。

なんと触手の表面についた粘液が刃を滑らせてしまったのだ。

「アイリス……姉……」

ヴィニスはアイリスに向かって手を伸ばす。

全力で地面を駆けたアイリスはその手をつかもうと、必死に手を伸ばす。

しかし二人の手が触れるその寸前で、触手はヴィニスを再び井戸の底に引きずりこんでしまう。

「あ……」

空を切るアイリスの手。

弟のように思っていた彼の姿は井戸の底に消えてしまった。

「そんな……」

その場に膝をつくアイリス。

無力さと悲しみが全身に広がり、心が折れそうになる。

するとシャロがアイリスの正面にやって来て、彼女の両肩をがしっと摑む。

「アイリス！　何ボケっとしてんのよ！　諦めるのはまだ早いわ！　あいつを助けるんでしょ!?」

「シャロ……」

絶望的な状況にあっても諦めず、自分を鼓舞してくれるシャロ。

アイリスはそんな彼女の姿が最愛の人物の姿に重なって見えた。

(そうだ。あの人だったら諦めない。私も……!)

アイリスの瞳に生気が戻る。それを見たシャロは安心したようにニッと笑う。

「もう大丈夫そうね」

「ええ。心配おかけしました」

二人は並び立って井戸を見る。すると、
井戸の底から低いうめき声のようなものが聞こえてくる。

その声は次第に大きくなっていき……遂《つい》にその姿を二人の前に現す。

『オ、オオオオオ……』

『オオオオオオオオオオオオオオオオオッッ!!』

その声の大きさに、島が揺れる。

思わず二人は耳を両手で押さえ、顔を歪《ゆが》める。耳を押さえてもまだ鼓膜が痛むほどの咆《ほう》哮《こう》だった。

現れたそれを一言で言い表すと、巨大なタコであった。

黒い体皮の、巨大なタコ。その大きな体が小さな井戸の中にどう収まっていたのだろうか。体長は数十メートルある超巨大なタコが穴の中から地上に出てきた。

足の数は八本どころか数え切れないほどあり、その一本一本が太い。どうやら井戸から生えた謎の触手はこのタコの足であったようだ。

タコの目は妖しく赤い光を放っている。全身からは腐臭が漂い空気がずんと重くなる。明らかに普通の生き物やモンスターとは一線を画す恐ろしさを持っている。

「なんなのよこいつ……！」

その異様な生物を見たシャロは絶句する。

勝てるとか勝てないとかそういう次元ではない。

人は台風や津波を見た時、勝敗を考えない。それと同じ感覚をシャロは味わった。ひたすらに身を小さくし、脅威が去ることを待つ。そうしたい衝動に駆られる。

しかしアイリスは怯《ひる》まずその化物を睨《にら》みつける。

それはヴィニスをさらった、正体がなんであろうと退《ひ》くわけにはいかなかった。

「ヴィニスを……返しなさい！」

アイリスは無数にある足の一本を蹴り飛ばす。

スパァン！　という激しい音が響くが、体皮の表面が揺れるだけでダメージは与えられない。体が大きければ大きいほど当然耐久力も上がるのだ。

「はあああああっ!!」

アイリスは剣の柄《つか》を取り出し、そこに自らの血を流し刃を生成する。

自らの血を媒介とし刃を生み出す武器『クリムゾンXII《トウエルブ》』。アイリスの持ちうる最強の武器だ。

かつての吸血鬼の真祖が振るっていたとされるその剣は、凄《すさ》まじい切れ味を誇る代わりに大量の血液を消費する。

つまり長時間の使用が不可能な武器。アイリスは危険を承知でこの剣を抜いた。

「――――そこっ！」

鋭い剣閃《けんせん》が走り、巨大タコの足を切断する。

その太い脚は切れ落ちてからもしばらくうねうねと動いたが、しばらくすると動きを止めて沈黙した。

攻撃は通用する。アイリスに少しだが光明が見える。

（ヴィニス、いったいどこに……！）

必死に足を切り落としながら、アイリスは消えた従兄弟を捜す。

どれかの足に捕まったままかと思ったが、ヴィニスは見当たらない。するとそんな彼女の隙をつくように、背後からタコの足が一本迫りくる。

「アイリス危ない！」

「な……っ！」

シャロが叫び、アイリスはそれの接近に気がつく。

急いで回避しようとするが、他の足の対処に追われ間に合わない。

もはやこれまで……そう思った瞬間、ある人物が上空からやって来る。

「おらあああああっ!!」

大きな声をあげながら落下してきたそれは、タコの足を思い切り踏みつけ、潰す。

あれほど強靱《きょうじん》なものを踏みつけただけで倒したことにアイリスは驚く。

そしてそれ以上にその人物の顔を見て、彼女は驚いた。

「よう、大丈夫か嬢ちゃん」

「す、スケルトン……!?」

アイリスを助けたのは黒いコートに身を包んだ骨太のスケルトン、キャプテン・バットであった。彼は挨拶もそこそこにタコに目を向ける。

「チッ、とうとう目覚めやがったか。大人しく眠っときゃいいのによ」

バットが睨みつけると、タコもその赤く光る巨大な瞳でバットを睨み返す。

アイリスたちに向けていたものとは質の違う、強烈な『敵意』を感じる。いったい二人の間に何があったのだろうとシャロとアイリスは思った。

「嬢ちゃん。こいつ井戸に入っていただろ。何かやったか?」

「えっと。私の仲間が中に攫《さら》われて、そしたら……」

「なるほどね。それが原因か」

納得したように呟《つぶや》いたバットは、タコに向かって拳を構える。

その体格差は歴然。しかし彼の体から立ち上る闘気はその体格差を感じさせないほど大きかった。

「かかってこいよタコ野郎。てめえにこの海は好きにはさせねえ」

◇　◇　◇

「この島は……昔は普通の島だったんだ」

ルイシャと出会ったスケルトンは、走りながらそう説明を始める。

その横にはルイシャとシンディもおり、話を聞きながら足を動かしていた。

「普通の島ということは、海の上にあったということですか？」

「その通りだ。それどころかこの島には普通の人も住んでいた。まあ俺たちが上陸する頃には全員いなくなっていたけどな」

「それはなぜですか？」

ルイシャが尋ねると、スケルトンは首を横に振る。

「分からない。島を捨てたのか、それとも全員死んだのか。今となっちゃあそれを知る術《すべ》はねえ」

走っていると時折、人の住居だったものらしき残骸が目につく。

そのどれもが風化してしまっているので、それから住人がどうなったのかを推測するのは難しい。

「俺たち海賊団はこの島に『隠された秘宝』があると聞いて来たんだ。最初はそれほど信《しん》憑性《ぴょうせい》が高かったわけじゃないからさほど期待してなかったんだけどな。でも大規模な結界に隠されているのことが分かった時は流石《さすが》に興奮したもんだ。こりゃ本物だぞってな」

スケルトンは昔を懐かしむように語る。

ルイシャはそんな彼に疑問を投げかける。

「……ということは結界を張ってこの島を隠したのは貴方《あなた》たちではないんですね」

「ああ。俺たちの中にも魔法を使える奴《やつ》はいるが、とてもじゃないがあんな凄《すご》い結界を張れる奴はいない。あれは俺たちが来るよりずっと前からあったものだ。そのせいか俺たちが来た頃にはあの結界はもう壊れかけていた」

ルイシャは結界のことを思い返す。

この海域を隠していた結界は既にボロボロの状態であった。つい最近そうなったのかと思っていたが、結界は海賊たちがやって来た時には既に壊れかけだったようだ。

つまり壊れかけた状態で百年近く保っていたということになる。普通結界魔法を長時間張るとなると、定期的にメンテナンスし、魔力を補給しないと壊れてしまう。

それにもかかわらずこの結界は数百年効果を発揮し続けた。その常識外れの耐久力にルイシャは驚く。

「結界を越え、俺たちはこの島にたどり着いた。そこで見つけたのは宝じゃなくて……一体の化物だった」

「化物、ですか？」

思わぬ単語が出てきて、ルイシャは首を傾《かし》げる。

「なんで化物を見つけたのに、ここを去らなかったんですか？　宝がなかったなら立ち去ればいいですよね」

「ああ、確かにその通りだ。普通の化物だったらそうするべきだ。だけど俺たちが見つけたのは普通の化物じゃなかった」

「……いったいなにを見たのですか？」

ルイシャが尋ねると、スケルトンは恐ろしいものを思い返すように話す。

「俺たちがそれを見た時、それは封印されていた。何重もの魔法で体の動きを封じ込め、何十個もの魔道具や呪具で体を串刺しにされて動けなくされていたんだ。普通ならそんなことをされれば死ぬだろう。しかし俺たちが見つけた『それ』は生きていた。瞳を爛々《らんらん》と輝かせながら、恨みのこもった目で俺たちを睨んできやがったんだ」

「そんなものがこの島に……。いったいそれは何者なんですか？」

ルイシャが尋ねると、スケルトンは恐ろしそうな様子でそれの名前を口にする。

「かつてこの世界を混沌《こんとん》に陥れたとされる三体の凶獣の一体、〝ク・ルウ〟だ」

その名を聞いたルイシャは「な……!?」と驚愕《きょうがく》する。

それは彼も聞いたことのある名前であった。

「それって三厄の一体ですよね!?　ということはク・ルウをここに封じたのって……」

「ああ。間違いなく勇者オーガだろうな」

三厄と呼ばれた、三体の凶悪な存在が五百年前存在した。

一体一体が天災級の凶悪な力を持つ三厄は、長い間人々を苦しめ続けていたが、勇者オーガの活躍によりその全てが活動を停止した。

公には悪虐王ジャバウォックの討伐記録しか残ってはいないが、同時期に他の三厄も活動が見られなくなったため、その全てをオーガが討伐したと言われているのだ。

「俺たちがそれを見つけた時、海厄ク・ルウの封印は解けかけていた。勇者は強力にク・ルウを封印していたが、あの時から四百年近い年月が経《た》っているせいで、それは劣化していた。むしろ今もその効力が残っていることの方が奇跡だ」

「勇者はなぜそんな状態でク・ルウを放置したのでしょうか？　いつ復活してもおかしくないとしっていたはずなのに」

「それは分からない。俺たちが聞きたいくらいだ」

「そう、ですか……」

思いがけない話を聞いたルイシャは思案する。

封印したということは、その時勇者オーガはク・ルウを倒すことが出来なかったんだろう。

だから封印した、それは分かる。

だけどその後の対応があまりにも粗雑だ。封印をかけ直したり、倒す手立てを整えたりするべきだ。

なぜそれを怠り、放置したのか。考えたが答えは出なかった。

「……それでク・ルウを見つけたあなた方はどうしたんですか？」

「船長は『この島に残る』と言った。ク・ルウが解き放たれればこの海は終わりだ。ク・ルウは全ての港と船を滅ぼし、この海を死の海に変えるだろう。船長は愛する海を守るため、勇者がかつて持っていたとされる伝説のアイテムを使い、ク・ルウの封印をかけ直したんだ」

スケルトンは昔を懐かしむように続ける。

「船長は更に勇者のアイテムを使いこの島を海の底に沈《しず》めた。二度とこの島に誰も来ないようにな。その後俺たちは封印を解かれないようスケルトンになり、封印を守り続けている。だから船長はお前たちを止めようとしたんだ、勇者の宝を盗《と》られたらク・ルウの封印が解けてしまうからな」

「そんなことがあったんですね……」

スケルトンの話を聞いたルイシャは驚愕し言葉を失う。

伝説の海賊キャプテン・バットは、海の平和を守るため自ら犠牲になったのだ。肉体を失い、骨身《スケルトン》となっても、突然姿を消し逃げたと謗《そし》られても、彼は海の底で戦い続ける道を選んだのだ。

その覚悟に驚くルイシャの横で、シンディもまた驚愕していた。

「やっぱりキャプテン・バットは逃げたわけじゃなかったんだ……！　あの人は海の為《ため》に

戦っていたんだ！」

彼女の瞳に光るものが滲《にじ》む。キャプテン・バットがどう生きたかは彼女にとってかなり重要なことのようだ。

「……話は分かりました。しかしそれならなんで今更になってク・ルウは動き出したのでしょうか？」

「実はこの前、一人の人間がこの島にやって来たんだ。そいつは巨大な海蛇の体内に入ってここまで来た。そして奴はク・ルウが封印されている井戸の蓋を開けて、中に飛び込みやがったんだ」

「井戸の中に？　なんでそんなことを」

「そいつの目は明らかに普通じゃなかった。おそらくク・ルウに操られ、奴の眷属になっていたんだろう。ク・ルウは封印されながらも特殊な魔力の波動で地上にいる人間やモンスターを操り、自分の眷属《けんぞく》にしちまうんだ。俺たちはク・ルウの眷属となった奴らと戦い続けているんだ。ク・ルウの封印を解かれないためにな」

その話を聞いたルイシャはハッとする。

吸血鬼《ヴァンパイア》の少年ヴィニス。彼は海で不思議な声を聞いていた。

海の底から聞こえるその声に、彼は悩まされていた。もしかしたらそれはク・ルウの声だったのかもしれない。

もしそうであるのなら……彼の身が危ない。

「あ、あの！　その人が井戸に入ったのはいつですか？」

「つい先日のことだ。そいつが入ってもク・ルウは復活しなかったから、封印をかけ直してことなきを得たが、それでもク・ルウは力を少し回復させたはずだ。もしもう一人井戸に身を投げたら危ない……そう思っていた。もしかしたらその最悪の事態が起きたのかもしれねえ」

「……っ！」

ルイシャは悪い予感をビンビンに感じる。

このタイミングでのク・ルウの覚醒。ヴィニスがそれに関わっている可能性は高い。

「急がなきゃ……！」

「お、おい待てよ！」

走る速度を速めるルイシャ。

スケルトンとシンディはその後を追いかけるのだった。

◇　◇　◇

「おらあああああっ!!」

巨軀《きょく》のスケルトン、キャプテン・バットは咆哮《ほうこう》を上げながら怪物ク・ルウに殴りかかる。

その骨の拳は一撃一撃が大砲の如《ごと》き威力を持つ。ク・ルウの足は頑丈だが、その攻撃の

前に容易《たやす》く千切れてしまう。しかし、

『ルルッ！』

足を、ひとふり。

それだけでバットの体は吹き飛び、大ダメージを負う。いくらバットの体が硬くても、体の大きさが違いすぎる。

おまけにク・ルウの足は数え切れないほどある上に、千切れても再生してしまう。まともな勝負にはならなかった。

「……やるじゃねえか」

ふらつきながらもバットはゆっくりと立ち上がる。

空いた眼窩《がんか》に灯《とも》る光はいささかも衰えていない。まだまだ闘志充分といった感じだ。

『ルルッ！　イア！』

ク・ルウは、耳障りな声を放ちながら、大きく口を開ける。その口はタコと違い、頭部についていた。形こそ似ているが、タコとはまるで違う生き物のようだ。

大きく開いた口で、ク・ルウは辺りに生えている木をむしゃむしゃと食べ始める。長い間封印されていたせいでク・ルウの栄養《エネルギー》は枯渇していた。

ク・ルウは肉食であるが、今は植物すらもご馳走《ちそう》に感じた。化物にとっても飢えは最高のスパイスなのである。

「俺を目の前にして優雅に食事たぁいい度胸だ。てめえを飯にしてやるよ！」

　バットはク・ルウに接近し、跳ぶ。

　そしてその胴体部分を思いきり殴りつける。彼の得意技『蛮殻拳《ばんからけん》』は、なんの変哲もない普通のパンチだ。

　しかし腕っぷし一つで海賊王へと至った彼の拳は重い。

　会心の一撃をまともに食らったク・ルウの巨体が僅かに浮く。それを見たシャロとアイリスは驚愕する。

「な、なんなのアイツ……!?」

「あんなに強いスケルトン、見たことがありません……」

　二人は少し離れた所で両者の戦いを見ていた。

　ク・ルウの中にはヴィニスがいる可能性が高い。アイリスも戦いに加わりたかったが、目の前の戦いが高次元過ぎて割って入ることが出来ずにいた。

　自分がやられるのはかまわないが、無理に入ったせいで足を引っ張ることは許されないからだ。

　シャロはそんな彼女の気持ちを察したのか、慰めるようにその肩に手を乗せる。

「必ず役に立てる時は来る。今は体を休めてなさい」

「……はい」

　一方キャプテン・バットは、体勢を崩したク・ルウに猛攻をしかけていた。

「おらおらおらおら！」

拳、蹴り、肘鉄、頭突き。

ありとあらゆる部位でク・ルウの肉体に痛烈な攻撃を浴びせる。どの一撃も常人であれば容易に死に至らしめる強力な一撃だ。しかし、

「こいつ、効いてやがるのか!?」

ク・ルウの体は粘液をまとっている上に、非常に柔らかい。

ちょっとやそっとの攻撃では衝撃が分散され、まともにダメージを与えることが出来ない。その上数十メートルの巨体だ、体の芯までダメージを与えるのは王紋《おうもん》を持つバットをしても困難であった。

『グウゥ……イアッ!!』

ク・ルウは大きな足を振り回し、自分の上に乗っていたバットを落とす。

「がっ!?」

物凄《ものすご》い勢いで地面に叩《たた》きつけられるバット。

彼はなんとかすぐに起き上がり、追撃に備え構える。しかしいくら待ってもク・ルウの追撃が来ることはなかった。

それもそのはず、なんとク・ルウはバットに背を向けて逃げ出していたからだ。

「ああ!? 何逃げてんだてめえ!」

追いかけるバット。

しかし複数の足を器用に動かして歩行するク・ルウの足は意外と速く、中々追いつくこ

とは出来なかった。

『フグ……イア……』

全速力で駆けたク・ルウは、島の端、海に面しているところにたどり着く。

するとその体に生えている足の中でも、特に長い八本の足を伸ばし海の中に入れる。

「ぜえ、ぜえ……あいつ、なにやってやがる？」

追いついたバットはその光景を見て首を傾《かし》げる。

すると次の瞬間、ク・ルウが勢いよく足を引き上げる。その足の先には無数の海の生物が巻き取られていた。

ク・ルウはそれらの生き物を貪るように口に入れ、咀嚼《そしゃく》する。

『ジュル……ゾリ……』

気持ち悪い音を立てながら食事を楽しむク・ルウ。

するとその体はみるみる内にツヤを取り戻し、膨張していく。

「そうか……こいつ飯を食うために……！」

封印されている間、ロクに食事を摂《と》ることが出来なかったク・ルウは、強い飢餓状態であった。

井戸の中に生える苔《こけ》や植物、入ってきた虫などを食べることで空腹を誤魔化していたが、それでは体力を取り戻す栄養にはならない。

しかし今、海の生き物を食べたことでク・ルウは急速に力を取り戻していた。

全身に力が漲り、腐臭が辺《みなぎ》りを包む。

海厄のク・ルウ。

かつて空より舞い降り、海で暴虐の限りを尽くしたとされているその怪物は、あの勇者オーガですら討伐に至らなかった伝説の獣。

その真の力が、目覚めようとしていた。

『ルル……ッ！』

ク・ルウが再び足を振るう。

その速さは先程までの比ではない。風を切り、超高速で放たれたその攻撃にバットは反応が遅れてしまう。

「しま……っ！」

鞭《むち》のようにしなる足が命中し、バットは枯れ葉のように吹き飛ぶ。

胸骨がミシシ、と鳴りヒビが入る。まるで巨大な船に激突されたかのような衝撃に、さすがのバットも抵抗出来ず、木々をなぎ倒しながら何度もバウンドしたあと力なく地面に倒れる。

『イア！　イア！』

ク・ルウは勝利の咆哮を上げると、海の中に入っていく。

この島には嫌な思い出が多い、いち早く去り、海で暴食の限りを尽くそうとしていた。

「く、そが……」

ク・ルウが去っていく様子を、倒れながらバットは睨《にら》む。
朦朧《もうろう》とする意識の中、思い出すのは今からおよそ百年前の出来事。
それはまだ彼が生きており、大海原を駆けていた頃の話。
だれよりも海と自由を愛し、それゆえに海と自由を捨てた男の話だった。

第四話　少年と海賊王と最後の航海

「おいおい！　マジであったぜ！」

「こりゃあすげえ！　お頭、見てくださいよ！」

――今から約百年前。

海原を駆ける黒い海賊船があった。

帆に描かれた巨大な海賊旗《ジョリー・ロジャー》が示すのは、その船の主が伝説の海賊であるということ。

海に住むものなら誰もが恐れ、そして憧れる海賊の中の海賊。

海賊王キャプテン・バットがその船には乗っていた。

「船長、どうしますかい？」

「そんなの決まってんだろ！　野郎ども！　上陸だ！」

バットがそう言うと、部下の船員たちが雄叫《おたけ》びを上げる。

この船に乗っているのはロマンとスリルに人生をかけた者ばかり。未知の島に入るとあって、彼らの興奮は最高潮に達していた。

「……本当に大丈夫ですか？　罠《わな》かもしれませんよ」

船上が興奮に包まれる中、眼鏡をかけたその人物だけは冷静にそう言った。

バットは彼の言葉に「くく」と笑うと、彼の背中をバン！　と強く叩く。

「お前は慎重すぎるんだよリック！　島を目の前にしてビビる海賊がいるか？」

「いった！　強く叩かないでくださいよ船長！」

リックと呼ばれたその人物は、この海賊団の副船長を務める人物であった。

尖《するど》い目つきと堅物そうな顔。海賊よりも役人の方が似合うように見える。

しかし彼もまた、キャプテン・バットという人物に魅せられ船に乗った変わり者であった。

「とにかく上陸はする。いつも通り俺が先導し、お前が後ろを守る。いいな？」

「……全く、いつもそれなんですから。困った船長です」

口ではそう言いながらも、リックはどこか嬉《うれ》しそうであった。

尊敬している人物に頼られるという快感は、一度味わうと忘れられないものなのだ。

「しかし本当にこの島に勇者の宝があるのでしょうか？」

「俺はこの島に何かあると思うぜ？　勇者が過去この海域に来たのは事実だし、何よりあんな結界でこの島を隠していたんだ。よほど見つけてほしくねえ物がここにあんだよ」

彼らはかけると魔眼に似た力を発揮する、特殊な眼鏡の魔導具によって結界を見破ることに成功した。結界を破ることは出来なかったが、彼らは優れた操舵《そうだ》技術により、結界に出来たヒビの隙間を縫って侵入したのだった。

「まあ確かに怪しくはありますが……」

心配そうにするリック。

そんな彼を横目に、バットは上陸の準備を進める。

「野郎ども錨《いかり》を落とせ！　俺に続け！」

「ヨイサホー!!」

陽気に島に乗り込んでいく海賊たち。

未知との出会いに心を躍らせ、一行は島の中を進んでいく。

その途中には住居のようなものもあった。

「こんな島に誰が住んでいたのでしょうか？」

「残っている物から察するに、こいつらは何かを崇拝していたみてえだな」

そこには巨大な黒い生き物のイラストがいくつも置かれていた。彼らはそれを信仰していたようだ。

「へえ、怪しい宗教か何かでしょうか」

「こんな島ならなにを崇拝しても文句は言われねえからな。田舎にゃよくある話だろ」

バットはそれらにはあまり興味を抱かず先に進む。

早くお宝に会いたいと浮足立つ海賊たち。我先にと進んだ一行は、遂《つい》に島の中心部にたどり着く。

しかし彼らが出会ったのは財宝ではなく……絶望であった。

「か、頭、これって」

「……勇者様もとんでもねえものを残していったもんだな」

そこにいたのは、全長数十メートルの巨大なタコであった。

表皮は黒く、粘液で覆われている。

体にはいくつもの呪具や魔道具が巻き付いたり刺さったりしており、その怪物の動きを抑えていた。

キャプテン・バットはひと目見ただけで、それがかつて海で恐れられていた怪物〝ク・ルウ〟であると看破した。

「四百年前には倒しきれず封印したってとこか。こりゃあ参ったぜ」

バットはポリポリと頭をかく。

海に張ってあった結界は今にも壊れそうであった。魔法は素人であるバットはあれが後何年保つのか推測出来なかった。下手したら明日にでも壊れてしまうかもしれない。

バットは学がないが、これの存在が世に知られればマズいことになるのは分かっていた。

世界や国に不満を持ち、めちゃくちゃにしたいという者、身の程をわきまえず強大な力に手を出してしまう者が何人もいることを彼は航海の中でよく知っていた。

「……どうするんですか、船長」

副船長のリックが困ったような顔で聞いてくる。

バットと違い学がある彼だが、本は海を食らう怪物と出会った時の対処法を教えてくれなかった。

しかし今まで常識はずれのことばかりしてきた船長ならなんとかしてくれるはず、彼と他の船員たちもそう信じて疑わなかった。

「ひとまずこれを使ってこいつの封印をかけ直す」

そう言ってバットが取り出したのは、緑色に輝く大きな宝石であった。

それは彼が見つけたお宝の中でも最上級の逸品、勇者の遺産『微睡翠玉《ドミトールサファイア》』であった。

かつて勇者の盾に嵌《は》められていたその宝石には、強い『封印』の効果が宿されていた。

バットはその力を使い、目覚めようとしていたク・ルウを近くの井戸の中に封じ込めた。

「さすが船長、これで安心ですね」

ク・ルウの姿が消え去り安心する船員たち。

しかしキャプテン・バットただ一人は険しい表情をしていた。

「……いや、これだけじゃ駄目だ」

「へ？」

「俺には分かる。この封印は誰かが来たら容易《たやす》く剝がされちまう。もしそうなったらこいつは再び暴れるだろう」

バットは井戸の底で蠢《うごめ》くク・ルウの力を本能で感じ取っていた。

彼の推測は正しく、微睡翠玉の力をもってしてもク・ルウは完全に封印出来ていなかった。

「だ、だったら逃げましょうよ！　それかどこかの国に丸投げしましょう、私たちの手には負えません！」

「ク・ルウは勇者オーガが戦うまでどこの国もお手上げ状態だった。一体どこの国がなんとかしてくれるってんだ？」

「そ、それは……」

副船長リックは言葉に詰まる。

こんな怪物、どの国も関わりたくないだろう。そうやって責任を押し付け合っているうちに、ク・ルウを利用しようとする愚か者が封印を解いてしまうかもしれない。

「勇者の後継者がいりゃあそいつに投げてもいいが、生憎《あいにく》新しい勇者は生まれてねえ。つまりこれは俺がどうにかするしかねえってことだ」

「で、でもそれはおかしいですよ船長。見つけただけでそんな責任を感じることは……」

必死に船長を止めようとするリック。

そんな彼を見て、バットは嬉しそうに笑うと、彼の頭にその大きな手を乗せる。

「違えよリック。俺は責任を感じてるわけじゃねえ。守りてえだけなんだ」

「え……？」

船長の意外な言葉にリックは情けない声を出す。

「俺ぁこの海が好きだ。広く、自由な海が。そこに住む奴《やつ》らも、魚も、風も、雲も、全部が好きだ」

それは彼の心からの言葉だった。

幼少期から海に出て、世界中の海を巡り見つけ出した彼の答え。生涯をかけて見つけようとしていた真の宝は、常に目の前にあった。

「そしてなにより海にはお前たちと、お前たちの家族がいる。それを守れんだったら……いいぜ、この海賊王の命をくれてやってもかまわねえ」

「せ、船長……」

リックの頬を熱い涙がつたう。

他の船員たちも船長の言葉と覚悟に胸を打たれ、涙を流す。

彼らは理解した。

ここで大好きな船長を失うこと、そして生きがいとなっていたこの航海が終わることを。

「この宝石の力を使えばもっと強力な結界を作れるはずだ。もしかしたら島ごと海中に封印するのも出来るかもな。そうだ、船にある呪具を使えばゾンビになることも出来るかもしれねえな。いや、海賊ならスケルトンの方が似合うか」

まるで明日の航路を決めるかのように、明るく話すバットを見て、リックは「この人には本当に敵《かな》わない」と思った。

「船長、私も……」

「おっと当たり前だがリック、お前は帰るんだ。港に家族を残しているだろう？」

バットはリックの言葉を遮るように言う。

「し、しかし！　家族が残っているのは船長も同じじゃないですか！」

「俺は船長だ、逃げるわけにはいかねえのよ」

その言葉には寂しさを感じた。

バットにはまだ小さな子どもがいた。数度しか会っていないが、バットは我が子を愛していた。この旅が終わったら足を洗って一緒に暮らすのもいいかもしれないと思っていたくらいに。

そんな我が子にもう会えなくなってしまうのは寂しいが、子どもを守るためにも逃げるわけにはいかなかった。

「ですが……」

まだ決心のつかない様子のリック。

そんな彼にバットは最後の船長命令を下す。

「副船長リック・エヴァンスに命ずる！　船員を連れ、この島から離脱せよ！　そして海賊キャプテン・バットは宝を持って逃げたと言いふらし、この島のことを隠し通すのだ！」

「船長……」

自分の名誉すらもなげうつその姿を見たリックは、それ以上反論出来なくなってしまった。男の覚悟に水を差すことなど、海の男には出来ない。

「そして！　そして……俺の家族のことを見守ってくれや、リック。こんな大仕事、お前にしか頼めねえんだぜ？」

「……はい、分かりました。絶対に成し遂げてみせます」

溢《あふ》れる涙を拭き、リックは精悍《せいかん》な表情で答える。

もう決心はついていた。

「家族がいる奴は全員帰れ！　他の奴らは……任せる！　俺に付き合う大馬鹿野郎だけ残りな！」

バットがそう言うと、結局家族を持っていない部下は全員島に残った。

敬愛する船長を置いて帰ろうとする男は、ここには誰一人としていなかった。


「……いいのか？　小舟で」

「はい。ブラック・エリザベス号は船長の船ですから」

海岸に移動した一行。

リックたち脱出組はブラック・エリザベス号に積んであった小舟に乗り、島を去ることになった。

島を本当に海中に沈めることが出来るなら、これが今生の別れになるだろう。リックたちは涙を流しながら船長と仲間たちに手を振る。

思い返すのは航海の日々。つらく、困難で、そして輝かしい思い出。どんな金銀財宝よりも光を放つ、彼らの宝物だ。

「わ、私たちはみんなのことを忘れませんから！　船長の家族も、絶対に守ってみせます！」

仲間たちは感謝の言葉を述べながら、夕日の中に消えていく。

その様子を最後まで見ていたバットは、誰にも見られぬようにこっそり目元を拭い、そして残った愛すべき馬鹿《なかま》たちを見る。

「それじゃあやるとするか。あいつらを守るための喧嘩《けんか》をよ」

――その日、一つの島が海上よりひっそりと姿を消した。

それと同時に世を震わせた伝説の海賊キャプテン・バットも海から姿を消すことになる。

宝を独り占めしようとして仲間と揉《も》め、海上で命を失ったという説が有力だが、その真実を知る者はいない。

◇　◇　◇

「く……痛え……」

そう呻《うめ》きながらキャプテン・バットは体を起こす。

常識外れの頑強さを持つ彼だが、怪物ク・ルウの攻撃はその防御力を上回る威力を持っていた。

触手が直接当たった箇所の骨にはヒビが入っており、体を動かす度にキシキシと音を鳴らしながら痛んだ。

「あいつは……もういないか」

バットは自分が飛ばされてきた方向を見るが、既にク・ルウの姿はなかった。バットにトドメを刺すよりも体力を回復させることを優先したようだ。

これからどうする。そう考えていると、ある人物がバットのもとに駆け寄ってくる。

「船長！　大丈夫ですか!?」

現れたのはスケルトンの海賊であった。

彼はバットのもとにやって来るとその怪我《けが》を心配する。

「なんだマーカスか。どうしたんだ？」

「俺、船長が心配で……手を貸してくれそうな人を連れてきたんです！」

「んあ？　誰だそれは」

バットが首を傾《かし》げると、マーカスがやって来た方向から二人の人物がやってくる。

「てめえらは……」

やって来たのはルイシャとシンディであった。

彼らはたまたまバットが飛ばされた場所の近くを走っていたのだ。ボロボロになっているバットを見たルイシャは心配そうに彼のもとに近づく。

「だ、大丈夫ですか!?」

「……ああ、問題ねえよ。これくらいかすり傷だ」

よっ、と言いながらバットは立ち上がる。

虚勢を張ってはいるが、その足は僅かに震えている。まだダメージが残っているようだ。

「さっきの化物がク・ルウなんですね。遠くからですが見えました」

「なんだ、見てたのか」

「はい。そして貴方《あなた》がなぜこの島を守っていたのかもお聞きしました」

「……そうかい」

　バットはちらとマーカスを見る。

　船長の秘密を話したマーカスは申し訳無さそうに頭を下げる。

「す、すまねえ船長。船長と対等にやりあえてたこいつらなら力になってくれると思って」

「別にいいさ……どうせもう全部終わりなんだからよ」

「へ？」

　バットの言葉に、マーカスは間の抜けた声を出す。

　今まで一度だって船長はそのような後ろ向きなことを言ったことはなかった。

「終わりってどういうことですか？　あの化物を倒すんですよね船長！」

「……倒せないから俺はあいつを封印した。目を覚ましたてなら倒せるかもしれねえと挑んではみたが、駄目だった」

　直接手を合わせたバットは、自身とク・ルウの間に大きな壁があるのを理解していた。

　それは努力や才能では埋めることの出来ない圧倒的な種族の差。天災に力で抗《あらが》うことが愚かであるように、バットはク・ルウに挑む気がなくなっていた。

「今の奴は海の生き物を大量に捕食し、更に強くなってやがるだろう。勇者オーガですら倒せなかったあいつを、俺が倒せるわけがねえ」

「そ、そんな……」

マーカスはその場にうなだれる。

どんな戦いでも船長が鼓舞してくれれば彼は戦えた。しかし船長が諦めた今、彼の心は折れてしまった。

その一部始終を見ていたルイシャは、バットに近づき話しかける。

「あの怪物が暴れれば地上は大変なことになります、僕はそれを止めなければいけません。どうか力を貸していただけないでしょうか」

「悪いな小僧。あれを倒すならお前たちだけでやってくれ。俺はもう……疲れた」

バットは力なくそう言った。

百年間、彼は海の底で戦い続けていた。

ク・ルウによって操られた眷属《けんぞく》たちは、ク・ルウの力で強化される。時に大勢でやってくることもある眷属たちはとても厄介であり、バットと言えど苦戦を強いられた。

いつ襲ってくるのか分からない敵と、いつまで続くか分からない戦いを百年間も繰り広げてきたのだ。バットの精神はすり減り続けていた。

しかしそれでも封印さえ解かれなければ、海の平和は守られる。それだけがバットの支えだったのだ。

だが……あの怪物は海に解き放たれてしまった。

彼の胸に今あるのは強い虚無感。自分の今までの戦いは無駄だったのではないか。そんな思いがぐるぐると胸の内に渦巻いていた。

「バットさん……」

ルイシャはそんな彼になんと言っていいのか分からなかった。

どんな綺麗事《きれいごと》を述べても、今の彼には届かないだろう。

そんな沈んだ空気の中、一人の人物が口を開く。

「……ふざけんな！　なに腑抜《ふぬ》けたこと言ってんだよ！」

大きな声でそう言いながら、シンディはバットの胸ぐらを摑《つか》む。

その瞳には強い怒りの色が浮かんでいる。

「あんたは泣く子も黙る最強の海賊キャプテン・バットだろ!?　それがなんだい、一度負けたくらいで情けない！」

「……嬢ちゃんには関係ないだろう」

「関係ないだって……!?」

シンディは摑んでいた手を突き放すようにして離す。

そしてバットのことを睨《にら》みつけながら、今まで胸の内に秘めていたものを話し始める。

「関係ないだって？　ふざけんな！　あたしとあんたには……切っても切れない深い関係があるんだよ」

「……なんだって？」

　バットだけでなく、その場にいる者全員が彼女の言葉に耳を傾ける。

「あたしは『シンドバット』って呼ばれている。でもそれは本名じゃない、あだ名みたいなものさ」

　ルイシャはそう言えばシンディはそう呼ばれてたなあ、と思い出す。

　シンディと呼んでいたからその呼び名は忘れてしまっていた。

「あたしの本当の名前は『シンディアナ・J・バット』。これを縮めてシンドバットって呼ばれているんだ」

　それを聞いたルイシャは「そうなんだ」と呑気《のんき》に思う。

　しかしバットとマーカスの反応は違った。シンディの本名を聞き、二人は驚き絶句していた。

「お前、その名は……」

「ああ、そうだよ。キャプテン・バット、いや……『ウィリアムズ・J・バット』。それがあんたの本名だ」

　明かされる海賊王キャプテン・バットの本当の名前。

　二人の船長の姓についたものはどちらも『バット』。同じであった。これの意味するところは、一つしかない。

「あたしはあんたの子孫、ひ孫なんだよ。あたしはずっと、ずっと……あんたの伝説を追ってこんなところまで来たんだ」

◇　◇　◇

「ねえおばあちゃん！　またひいじいちゃんのことを悪く言うやつがいたの！」

「あらあら。そうだったの」

それはシンディの古い記憶。

港町に住む普通の少女だった彼女は、優しい祖母が大好きであった。

暇さえあれば遊びに行き、色んなお話を聞かせてもらっていた。

その話の中でももっとも好きだったのは『海賊キャプテン・バット』のお話だ。しかし
彼女の聞いていた話は、世間一般で知られている物語とは少し違っていた。

「男の子が『キャプテン・バットは逃げた』って言うんだよ！　本当は違うのにね！」

「ええ、そうね。そんなはずがありません。あの人は勇敢な海の戦士でした」

「そうでしょ！　やっぱりおばあちゃん大好き！」

祖母の胸に飛び込むシンディ。

彼女がそうやると、祖母は決まって彼女の頭をなでてあげていた。シンディはこうして
もらうのが大好きであった。

シンディの祖母は、キャプテン・バットの娘である。

しかし彼女は父であるバットに数回しか会ったことはない。

いつも航海に出ていて、滅多に家に帰らないバット。いつかは一緒に暮らせると夢見ていたが、彼女がまだ幼いうちにその消息を絶った。

父が消えた理由を、彼女は知らない。

生きながらえたバットの仲間は娘である彼女に真相を伝えるか悩んだが、それを知ることで危険に晒《さら》される可能性があるかもしれないと、伝えなかったのだ。

しかしそれでも彼女とシンディは信じていた。

かの海賊王は逃げていない。きっと何か理由があって姿を消したのだと。

「ねえおばあちゃん！　あたしね、大きくなったら海賊になるの！　それでひいじいちゃんが逃げたわけじゃないって証明してみせるの！」

それを聞いた彼女の祖母は驚いたように目を丸くした後、優しく微笑《ほほえ》む。

「……それは素敵な夢ね。きっと貴女《あなた》なら出来ますよ」

そう言って彼女はシンディのことを優しくなでた。

――――それから三年後。

シンディは八歳の時に、海賊になるため海へと飛び出した。

当然家族からは反対されたので、シンディは家族から隠れて逃げるように家を出た。

その行動が家出に終わらず、海の外まで続いたのは祖母がこっそりくれたお小遣いのおかげだろう。

「ありがとうおばあちゃん。あたし、絶対にやり遂げるから」

海賊の道は平坦《へいたん》なものではなかった。

襲いかかる苦難の連続。しかし持ち前の腕っぷしの強さと人を引き付けるカリスマ性で彼女はそれらを乗り越えてみせた。

仲間に恵まれたのも大きい。海に出てすぐに仲間になったマック・エヴァンスは彼女の右腕となり、彼女の足りない部分を補った。

そうして彼女は七つの海を越え、その果てにとうとうたどり着いた。

ずっと会いたかった海賊王《そうそふ》のもとへ。

「……あたしは嬉《うれ》しかった。やっぱりキャプテン・バットは……ひいじいちゃんは逃げたわけじゃないって分かったから。大切な海や家族を守るために戦ったんだって知れて嬉しかったんだ！　それなのに……それなのにこんなところで諦めないでよ！　最後まで自慢のひいじいちゃんでいてよ！」

シンディは思いの丈をぶつけ、涙を流す。

自分でもめちゃめちゃなことを言っているとは理解していた。しかしそれでもその気持ちをぶつけずにはいられなかったのだ。

シンディの想《おも》いを聞いたバットはしばらく黙った後、口を開く。

「……そうか。無事、だったんだな」

ずっと海の底にいたバットは、当然自分の家族が無事に暮らしていたかどうかを知らなかった。

信頼する部下に託したのだから無事だろうとは信じていたが、それでも心配なものは心配だ。バットはいつも心のどこかで家族を心配していた。

「そうか、あいつに孫が……そうか……」

かつて目があったその孔《あな》に光るものが浮かぶ。

胸の内に湧き上がる様々な感情とともに、涙が物凄《ものすご》い勢いで流れ出す。

バットはそれを服の袖で押さえるが、百年間止まっていた感情の波は、袖ごときではせき止めきれない。地面にボタボタとこぼれ落ち。彼は「ぐ……うう……っ！」と歓喜の嗚《お》咽《えつ》を漏らす。

「嬉しいなあ……俺の喧嘩《たたかい》は、無駄じゃなかったんだな……っ!?」

ク・ルウの眷属と戦う中で、何度最悪のことを考えたか分からない。

もしかしたら自分の家族や仲間たちは死んでしまっているかも知れない。自分たちは既に守るものもないのに戦っているのかも知れないと、バットは何度もよぎり、その考えを振り払った。

しかしそれは杞憂《きゆう》だった。

自分が残し、守ったものは百年経《た》っても繋《つな》がれていた。

世代を経ても想いは繋がれ、今こうして自分の前にやってきた。こんなに嬉しいことはない。

「ひいじいちゃん。あたしはアレと戦うよ。あたしもひいじいちゃんと同じで海を愛しているから。でも、あたしだけじゃあいつに勝てるかわからない。お願いだ、ひいじいちゃんの力を貸してほしい」

シンディの言葉を聞いたバットは涙を完全に拭き、シンディのことをまっすぐに見る。

言われてみれば確かに記憶に残った娘と顔が似ている。鋭い目つきなんかは自分によく似ているな、と彼は感じた。

確かに感じる、血の絆《きずな》。バットの答えは既に決まっていた。

「かわいいひ孫の頼みだ。聞かなきゃ漢《おとこ》じゃねえわな。任せろシンディ、あんな化物、ひいじいちゃんがサクッと倒してやらあ！」

自信満々に言い放つバット。

それを見たシンディの目に涙が浮かぶ。

「悪いな。かっこ悪いとこ見せちまって。でももう大丈夫だ」

バットはそう言ってシンディの頭に手を乗せ、彼女の頭をなでる。

そのなで方は、シンディの祖母のなで方に、少し似ていた。

「マーカス、船は出せるか？」

「もちろんいつでもいけますぜ船長！　やったりましょう！」

船長の言葉に、船員のマーカスは嬉しそうに答える。

あの時の恐ろしい船長が帰ってきた。これより嬉しいことはない。

「今すぐ出港準備だ。俺たちの最後の航海《けんか》だ、派手にやるぞ！」

◇　◇　◇

「お前ら出港だ！　船出の準備をしろ！」

スケルトンのマーカスが叫ぶと、どこからともなくスケルトンたちが現れ作業を始める。

すると森の中から黒い船体が現れ、海へと着水する。

海の女帝。かつてそう恐れられたその船の名前は『ブラック・エリザベス号』。

キャプテン・バットを海賊王へと導いた、最強の海賊船だ。

「こりゃあ壮観だね……！」

伝説の海賊船が海に浮かぶ様を見ながら、シンディは呟《つぶや》く。

まるで絵本の世界に迷い込んだみたいだ。そう思っていると、

「船長〜！」

後ろから声が聞こえる。

そちらを振り返ってみると、そこには駆け寄ってくる自分の船員たちの姿があった。

「お前ら！　生きてたのか！」

嬉しそうに顔をほころばせるシンディ。

仲間たちは多少疲れているが、大きな怪我《けが》をしている様子はない。どうやら全員無事の

ようだ。

船員たちの先頭にいた副船長であるマック・エヴァンスにシンディは話しかける。

「本当に良かった。よく無事だったね」

「はは、実はスケルトンに捕まっていました。流石《さすが》にこれは死んだかなと思ったんですが、船長がスケルトンたちと和解してくれたおかげで釈放されたんです」

「なるほど……そうだったのかい」

シンディは嬉しそうに目元を拭う。

しかしいつまでも感傷に浸ってはいられない。まだ最後の戦《けんか》が残っている。

「ところであたしの船は見てないか？　壊れていないといいんだけど……」

「それならあれを見てください」

マックに促されて海を見るシンディ。

すると島の陰から自分の愛船グロウブルー号が姿を現す。それを見た彼女の顔は明るくなる。

「船はスケルトンたちに拾われていました。彼らから事情は聞きましたよ船長、戦うんでしょう？　なら船は必要ですよね」

「ふふ、優秀な船員《ぶか》を持ってあたしは鼻が高いよ。おいお前ら！　喧嘩《けんか》の準備は出来てるだろうな!?」

シンディの言葉に部下たちは「ヨイサホー！」と元気よく返す。

　彼らの覚悟もとっくに決まっていた。

「……向こうも大丈夫そうだね」

　ルイシャは少し離れたところで彼らの再会を見ていた。

　すると、

「ルイー！」

「ルイシャ様！」

　自分のよく知る声が聞こえてくる。

　そちらに目を向けてみると、走って駆け寄ってくる二人の姿があった。

「シャロ！　アイリス！」

　大切な二人の姿を見つけたルイシャの顔がほころぶ。

　ルイシャのもとに駆け寄ってきた二人は、彼と強くハグをして再会を喜ぶ。その際ルイシャはアイリスの服に粘ついたものを感じたが、今言うことじゃないと思って我慢した。

「よかった！　二人とも無事だったんだね！」

「ふふ、私たちがあれくらいでやられるわけないでしょ？　ねえアイリス」

「はい。シャロの言う通りです」

　再会を喜ぶ三人。

　そんな彼らの近くにシンディの船が到着する。

　すると船上から一人の人物がルイシャたちのもとへ飛び降りてくる。

「よいしょ……っと！」

ドン！　と飛び降りてきたのは、共にこの島にやってきていたヴォルフだった。彼も服は汚れているが怪我を負っている様子はない。

「ヴォルフ！　無事だったんだね！」

「へへ、大将も元気でなによりだぜ」

再会を喜ぶ二人。

これでヴィニス以外は全員揃《そろ》った。いつでも出発出来る。

「ヴォルフはどうしてたの？」

「俺は船員たちと一緒に島に落ち、スケルトンたちと戦ってた。捕まった他の船員を助けるためにスケルトンたちの根城へ乗り込んでたんだが、そこで大将たちがキャプテン・バットと和解したことが伝わったんだ」

「そうだったんだ。そっちも大変だったんだね」

無事友人たちと合流したルイシャは三人に何があったかを説明した。

キャプテン・バットとこの島、そしてシンディの秘密。

そしてなにより、ク・ルウという化物のことを。

「……そんなにやべえのか、そのタコの化物は」

「私も見たけど、あれはとんでもない化物よ。思い出しただけで寒気がするわ」

唯一ク・ルウを見ていないヴォルフの疑問に、シャロが答える。

「そういえばこの島には小さなタコのモンスターもいました。あれもク・ルウに関係があるのでしょうか」

アイリスは自分に粘液をかけてきた相手のことを思い出しながら話す。

すると彼らのもとへ一人の人物がやって来る。

「ああ、そいつはク・ルウの眷属《けんぞく》だ。あれと出会ってよく無事だったな」

一同が振り返ると、そこには海賊王キャプテン・バットの姿があった。

彼はおとぎ話に出てくるような伝説の存在。ルイシャ以外のメンバーはまともに話したことがないので緊張する。

「眷属、ですか？」

「ああ。あいつは封印されながらも二つの方法で眷属を作り外に干渉していた。一つは特殊な魔力による洗脳。そしてもう一つが自分の分身体の作成だ。後者で作られた眷属は外で栄養のあるものを食し、その栄養を本体に届ける役目があった。それを止めるのも俺たちの仕事だったたってわけだ」

「封印されていたのにそんなことが出来るなんて、凄い生命力ですね……」

「まったくだ。奴《やつ》には長いこと苦労させられたもんだぜ」

言いながらバットは上空に広がる海を見る。

「だがそれもこれで終わりだ。この島の封印を解き、海上にこの島を戻し……そこで奴を倒す」

バットは言いながら緑色に輝く宝石を取り出す。

それを見たルイシャたちは「「「あ!!」」」と大きな声を出す。

「こ、これってもしかして勇者の遺産ですか!?」

「おお。そういえばお前はこれを探してたんだっけな」

あっけらかんと言うバット。

以前ルイシャがそれを狙っていると知った時、彼はそれを止めようとした。勇者の遺産が他者の手に渡れば、ク・ルウの封印が解かれてしまう可能性がある。止めるのは当然のことだった。

しかしク・ルウの封印が解けた今、この宝石はバットにとって不要な物となっていた。

「あ、あの！　その宝石、僕たちに渡してもらってもいいですか!?」

すごい剣幕でそう言ってくるルイシャに、バットも「お、おう?」と動揺する。

「別に構いやしねえがどうしてこんな物を欲しがるんだ?　何か封印してえ奴でもいんのか?」

「それは……」

ルイシャは口ごもる。

目的は封印の逆、魔王と竜王を解放することなのだが、それはおいそれと話せることではない。どう答えたものかと悩んでいると、シャロが口を挟んでくる。

「私が欲しいの」

「へえ、嬢ちゃんが。宝石が大好きだから……ってわけじゃあなさそうだな」

「ま、嫌いじゃないけどね。でも理由は別。私は勇者の子孫なの」

「……なるほどねえ」

バットはシャロを見ながらどこか楽しげに笑う。

そしてピン！　と宝石を指ではじいてシャロに渡す。

「運命ってのは面白えものだ。今になって勇者の子孫が助太刀しに来てくれるとはな」

「貴方《あなた》には悪いことをしたと思っている。長年海を守り続けてくれた貴方の恩に報いるためにも私も全力で戦うわ」

「ふん、勇者を恨んだことはあるが子どもに責任を押し付けるつもりはねえよ。だがまあ、頼りにしてるぜ。今度は封印じゃなくてちゃんと倒そうじゃねえか……一緒によ」

「ええ、そうね」

シャロとバットはそう言って固く握手を交わす。

生まれも育ちも違う両者だが、勇者オーガという繋《つな》がりが奇妙な縁を生み出した。

「キャプテン！　二船とも出港準備出来ました！」

船からバットの部下の声が聞こえてくる。

どうやら喧嘩の準備は済んだようだ。バットは勇者の遺産『微睡翠玉《ドミトールサファアィア》』を持つシャロに言う。

「嬢ちゃん、この島の封印を解いてくれ。やり方は分かるか？」

「……ええ。持っていると伝わってくる、この石の使い方が」

「さすがだ。じゃあド派手に決めてくれや」

シャロはルイシャの方を見る。

その視線に気づいたルイシャは、彼女を後押しするように首を縦に振る。

迷いを断ち切ったシャロは宝石を強く握り、そして百年の微睡《まどろ》みから島を解放する。

「解除《リリース》！」

パキン!!　というガラスが割れるような音が島中に響き渡る。

それはこの島にかけられた封印が砕ける音。続いてズズズ……と地響きが鳴り、島がどんどん浮上していく。

「かか、久しぶりの外《シャバ》だ。緊張するぜ」

全く緊張していない様子でバットは言う。

百年間続いた彼の最後の喧嘩。それの終わりが始まろうとしていた。

◇　◇　◇

『ルアアアアアアアッッッ!!』

静寂とした海に、恐ろしい咆哮《ほうこう》が響く。

海に住む生き物たちは怯《おび》え逃げ惑うが、声の主は逃走を許さなかった。

『イアッ！』

何十本もある触手は海に生きる生物たちを次々と捕まえ、頭部にある口へ獲物を放り込んでいく。口腔《こうこう》にびっしりと生えた歯はその一本一本が名剣のように鋭く、硬い生き物も容易《たやす》く噛《か》み砕き養分に変えてしまう。

『ルル……イア……！』

満足そうに食事を続けるその怪物の名前はク・ルウ。

かつて海に住む者全てに恐れられた、海の災厄。

驚異的な生命力により、数百年もの間まともに食事を摂《と》れなくてもク・ルウは生きながらえていた。その間に感じていた飢餓感は凄《すさ》まじい。

もともと大食漢であったク・ルウは、長い絶食を取り戻すかのように生き物を貪り続ける。

食べても食べても飢餓感は消えない。

このままでは海の生き物全てを食らい尽くしてしまうのではないか、そう思われたその時ク・ルウの動きがピタリと止まる。

『……？』

海が揺れ、何か巨大なものが動いている気配がする。

皮膚全体が鋭敏な感覚器官であるク・ルウはそれの正体に気がつく。

『ルル……』

あれは自分を閉じ込めていた、忌まわしい島だ。

あの島が再び海上へと戻ってきたのだ。

ク・ルウは不快そうに顔を歪《ゆが》める。あそこには嫌な記憶が二つある。

もともとあの島にはク・ルウを信仰する信者たちが住んでいた。彼らはク・ルウへ生贄《いけにえ》を捧《ささ》げており、ク・ルウはその島をいい餌場だと思っていた。

しかしある日、そこにとある一行が現れる。

勇者オーガ率いる、勇者パーティだ。

彼らは奮闘の末、ク・ルウを弱らせ封印するに至った。その苦い記憶はク・ルウの脳内に深く焼き付いていた。

そしてもう一つの忌まわしい記憶が、海賊王キャプテン・バットがやって来た日のことだ。

封印されながらも力を蓄えていたク・ルウは、数百年の時をかけて封印を弱め、もう少しで封印を解けそうなところまで来ていた。

しかしバットの再封印によりその企《たくら》みは失敗に終わった。その時のク・ルウに湧き上がった怒りの炎は、いまだ体の中で燃え盛っている。

『ふぐるむ……！』

目覚めた直後は封印が解けた喜びで、過去のことなど忘れていた。しかし少し落ち着いた今、その怒りが強く噴出した。

冷静に考えれば島にいた者たちと戦うメリットはない。

今は一旦距離を取り、体が完全に回復してから戦った方が良いだろう。

しかしク・ルウには自分が海の支配者であるというプライドがあった。人間などという下等な生き物から逃げるなど許せなかった。

『ブオオオオオッッ!!』

ゆえにク・ルウは咆《ほ》えた。

自分はここにいるぞと、逃げも隠れもせず貴様らを蹂躙《じゅうりん》するぞと宣言するために。

その宣戦布告は、百年ぶりに海上を走る黒い船の主にも届いていた。

「……そうだよなあ。逃げるなんて真似《まね》しねえよなてめえは」

黒い海賊船、ブラック・エリザベス号の主キャプテン・バットは楽しげに笑う。

彼はこの百年間ずっとク・ルウの側《そば》にいた。誰よりもク・ルウを理解していると言っても過言ではない。自分が海上に行けば、ク・ルウは逃げずに襲いかかってくると分かっていた。

「お前とも長い因縁《なか》だ。ここで終わらせようじゃねえか」

海を切るように突き進むブラック・エリザベス号のすぐ後ろには、シンディの乗るグロウブルー号も追従している。

この二船とそこに乗る者たちがク・ルウに挑める全戦力。もし彼らが負ければ海に恐怖の時代が再来する。それだけは絶対に阻止しなければいけなかった。

「おめえらしっかり働けよ！　最後の喧嘩《けんか》に相応《ふさわ》しい戦いをしやがれ！」

バットはスケルトンとなった船員たちに乱暴に命令を飛ばす。

すると船員たちは作業をしながらも軽口を叩《たた》き合う。

「キャプテン、ひ孫が見てるからいつもより張り切ってんな」

「まあいいじゃねえか、カッコつけてえんだよ」

会話が聞こえていたバットが二人を睨《にら》むと、二人の船員は「ひい！」と逃げる。

それを見たバットは、まるで自分が海賊だった頃に戻ったかのように感じ、一人楽しそうに笑う。

「キャプテン！　前方にでけえ怪物が！　ク・ルウだと思われます！」

「てめえら全ての砲門を開け！　火薬はしけってねえだろうな！」

ブラック・エリザベス号の船体につけられた扉が開き、いくつもの大砲が姿を現す。

特に船首から現れた主砲は大きい。いくつもの船を海の藻屑《もくず》へと変えたその大砲は、狙いをク・ルウにつける。

「主砲発射準備完了しました！」

「これが開戦の合図だ！　派手にかませ！」

船長の命に従い、巨大な砲口が火を吹く。

放たれたその一撃は海上に弧を描き、ク・ルウに命中する。

辺りに爆音を響かせながら、砲弾は爆発する。

その一撃を受けたク・ルウは一瞬よろめくが、すぐに体勢を立て直し向かってくる船を睨みつける。

『ルル……イア！』

目を爛々《らんらん》と赤く光らせ、邪悪な牙を剥《む》く。

お互いの存亡をかけた戦いが、幕を開ける。

『ルアアアアアアッッ!!』

ク・ルウは大きな触手を振り上げると、正面から向かってくる黒い船体めがけて振り下ろす。

海賊船ブラック・エリザベス号は木製の船。その一撃をまともに食らえば簡単に海の藻屑となってしまうだろう。

「来るぞ野郎ども！　面舵《おもかじ》いっぱぁい！」

「ヨーソロー!!」

船長の命令に従い、船員たちが阿吽《あうん》の呼吸で船を動かす。

右方向へと針路を変えた船は、ク・ルウの触手を間一髪で回避する。触手が当たった海は割れ、渦潮が巻き起こる。もし命中していれば沈没は免れなかっただろう。

「はっはあ！　懐かしい感覚だなオイ！」

触手が起こした波しぶきを被《かぶ》りながらバットは楽しげに笑う。

化物と戦ったことがあるのは一度や二度ではない。その度に彼らは死線をくぐり抜け、制して来たのだ。

「左舷大砲準備ィ！　引き付けて……撃《て》ええぇぃ！」

船の左舷に設置された大砲が火を吹き、ク・ルウの体に砲弾の雨が降る。

一発一発はたいしたダメージを与えることは出来ないが、何十発、何百発と当たれば話は別。ク・ルウは鬱陶しそうに触手で体を防御する。

その様子をルイシャたちはシンディの船グロウブルー号から見ていた。

「凄《すご》い……」

まるで生き物のように海を駆けるブラック・エリザベス号を見て、ルイシャはこぼす。

百年のブランクを感じさせない航海術は、彼らが海を制覇した海賊であることのなによりの証明《あかし》であった。

それを見たシンディたちも黙ってはいられなかった。

「お前たちも負けるんじゃないよ！　砲門を開け！　撃《て》えッ！」

シンディの号令により、船から多数の砲弾が放たれる。ブラック・エリザベス号からの砲撃に意識を持っていかれていたク・ルウはその攻撃に気づくのが遅れ、もろに食らってしまう。

『ルル……』

ギロリ、とシンディを睨みつける。

新たな獲物を見つけたク・ルウは触手の一本をシンディの船に伸ばす。

「ぎゃあああ！　こっちに来た！」

「慌てるんじゃないよ！」

叫ぶ船員を叱責し、シンディは駆ける。

長い航路の果てにここまで来た。曽祖父と話したいことは山ほどある。こんなところで死ぬわけにはいかなかった。

「邪魔するんじゃないよこのタコが！」

右手でサーベルを抜き、シンディは跳ぶ。

そして向かってくる触手めがけ、サーベルを振るう。

「必殺、海竜三枚おろし！」

触手を正面から真っすぐ切り裂き、最後に切り落とす。

まるで魚の三枚おろしのように綺麗《きれい》に切り裂かれたその足は、飛沫《しぶき》を上げながら海に落ちる。

「……っと」

器用に船に着地するシンディ。

刃についた粘液を服で拭き取りながら、ク・ルウを見る。

「足を落としゃあちっとは応えるかと思ったけど、そうでもなさそうだね。どう倒したもんかねえ……」

依然ク・ルウは暴れまわっていた。

無数に生えているその足は、一本切り落としたくらいではたいしたダメージにはなっていなかった。

舌打ちしたシンディは同じ船に乗っているシャロに尋ねる。

「シャロ！　あんた勇者の遺産貰《もら》ったんだろ？　それでどうにかならないのかい？」

「……試してはいるんだけど効果はなさそう。どうやら耐性がついてしまっているみたい」

勇者の遺産『微睡翠玉《ドミトールサファイア》』。

それには強い封印の力があるが、長くその効果を受けていたク・ルウには封印への耐性がついてしまっていた。

今のク・ルウにはあらゆる封印が効くことはない。倒す以外に道はないのだ。

どうしたものかと思っていると、シンディの乗る船の横にバットの海賊船ブラック・エリザベス号がつく。

そしてその船の主であるキャプテン・バットが、シンディの乗る船に飛び移ってくる。

「よう、邪魔するぜ！」

陽気な様子で入って来たバットは、シンディたちのもとへやって来る。

「ひいじい……キャプテン・バット、どうしてこっちに？」

船員が見ていることを察し、シンディは呼び名を改める。

すでに船員にキャプテン・バットとの関係は知られているが、それでも「ひいじいちゃん」と呼ぶのは恥ずかしかった。

「シンディ、お前も俺のひ孫なら気づいてんだろう？　あれは普通に殴っても倒せねえ。だから作戦会議に来たんだよ」

バットが船を乗り移った後、ブラック・エリザベス号はシンディの船から離れて戦闘を再開する。バットが作戦会議している間は船員だけでク・ルウを食い止めるつもりのようだ。

「でも作戦を立てるにしたってあいつの情報が少なすぎる。普通のタコなら目と目の間を刺せばいいけど、そんなんで死ぬあいつじゃないだろう」

「くく、案ずることはねえ。そろそろあいつがいい案をくれるだろうぜ」

そう言ってバットは顎をクイと動かし、ある人物を指す。

そこにいたのはルイシャだった。

彼は魔眼と竜眼を発動し、ク・ルウのことを観察していた。

船上での戦いで活躍出来る機会は少ない。なら他の方法で役に立てばいい。ルイシャはク・ルウの攻撃の対処をシンディたちに任せ、自分はひたすら相手の解析に力を注いでいた。

魔と竜。二つの瞳で相手を丸裸にしたルイシャは、遂《つい》にその弱点を見ぬく。

「ク・ルウには魔腑《まふ》がありません。勇者が破壊したのか封印されている時に壊れたのかは分かりませんが、今奴《やつ》の体内にそれがないのは確かです」

「魔腑がない？　なんでそれで生きていられるのさ」

シンディは不思議そうに尋ねる。

魔腑というのは魔力を作るための臓器である。人間や亜人だけでなく、魔獣などにも備わっている器官だ。

ほとんどの生き物は生きるために魔力を必要とする。魔力がなくなれば魔力欠乏症を起こし、すぐに衰弱し死に至る。それはどの生き物でも避けられない運命《さだめ》なのだ。

「魔腑がない状態であんなに動き回れるのは不自然です。だからよく観察したんですが、そしたらあることが分かりました」

「あること？　なんだそりゃあ」

バットの問いにルイシャが答える。

「ク・ルウは取り込んだ人間を自分の魔腑として代用しています。ヴィニスと、そしてもう一人。その二人をあいつの体内から引き剝がせば奴は生きてはいられません」

「ヴィニスはまだ生きているのですか……！」

ルイシャの言葉にそう反応したのはアイリスだった。

彼女の従兄弟《いとこ》であるヴィニスは、ク・ルウの触手に捕まり井戸の中に吸い込まれそれ以降姿を見せていない。

食べられたと考えるのが普通であり、生存は絶望的と思われていた。

「うん。あいつの中にヴィニスの魔力を確かに感じる。彼はク・ルウにとっても大切な存在なんだ。体の奥で大事に生かされているよ」

「よかった……」

胸に手を当て安堵《あんど》するアイリス。

絶対に助けてみせる。彼女はそう決意する。

「大将、タコの中に感じる魔力は二人分なんだよな？　ヴィニスともう一人いるそいつは誰なんですかい？」

「バットさんは僕たちが来るより早く島に来た人がいるって言ってた。きっとその人だと思う。その人もヴィニスと同じくク・ルウに操られて眷属《けんぞく》にさせられたんだと思う」

「なるほど……にしても操った奴に封印を解かせただけじゃなくて、取り込んで自分の一部として利用するたあ太え野郎だ」

ヴォルフは苛立《いらだ》たしげに言う。

一連の話を聞いたバットは少し考えるような素振りを見せたあと、発言する。

「つまり奴の体内にいる人間二人を外に出せばいいんだな。だがそれは簡単なことじゃねえぞ、奴の胴体は硬え。砲撃を何発浴びてもロクに傷もつかねえ。接近出来ても胴体を切って中の人間を取り出すなんざ不可能に近え」

「それについても考えました。ク・ルウの触手には細いものと太いものがありますよね？八本ある太い触手……今は『足』と呼びますね。その足は大事な器官らしくて一本一本にかなりの量のエネルギーを割いているみたいなんです」

ルイシャの持つ竜眼は、生物の持つ『気』つまりエネルギーを可視化することが出来る。

それによりルイシャはク・ルウの体の構造を読み解いていた。

「他の触手と違ってその八本の足を再生するのはかなりのエネルギーを消費します。つまり……」

「その足を全部ちょん切っちまえば、奴は再生にエネルギーを持ってかれて胴体が柔らかくなる、そういうことだな？」

バットの言葉にルイシャは「はい」と頷《うなず》く。

それはかなり困難な戦いと言えた。

太い八本の足はとても頑丈でありちょっとやそっとの攻撃では傷すらつかない。そんなものを八本、しかも同タイミングで切断するなど容易ではない。

しかし今ここにいる面々の中に、その程度のことで弱音を吐く者はいなかった。

「足を切りゃいいんだな？　分かりやすくて助かるぜ」

「そうね。私が綺麗にぶった切ってあげる」

「ヴィニスを助けるため。私も全力を尽くします」

「今まで何匹も海竜を斬ってきたんだ。足の一本くらいわけないよ」

「ガハハ！　楽しくなってきたじゃねえか！」

そこにいる六人は互いを見ながら、頷き合う。

ルイシャ、シャロ、アイリス、ヴォルフ、シンディ、そしてバット。

単独でク・ルウの足を切断出来るほどの実力を持つのはここにいる六人だけ。もし一人でも失敗すればこの作戦は成り立たなくなるだろう。

「ク・ルウの足は八本。ブラック・エリザベス号の主砲で一本は飛ばせると思うが、それでも一人一本じゃ八本全部は斬り落とせねえ。誰か一人は二本は切り落とさねえといけねえ」

「はい。ですので全員が二本落とすくらいの心持ちでいるのがいいと思います」

ルイシャの言葉にバットが「だな」と返す。

あの人に任せておけばいい、そういう考えは危険だと思われた。そもそも誰かが失敗して一本も斬れない可能性も高いのだから。

「じゃあ俺の船にはルイシャの坊主と……吸血鬼《ヴァンパイア》の嬢ちゃん、あんたが来い。そっちは任せたぜ、シンディ」

バットの言葉にシンディは驚いたような表情を浮かべた後、「ああ、任せてくれキャプテン・バット」と力強く返す。

ひ孫娘としてでなく、対等の海賊として頼ってくれたことが彼女はとても嬉《うれ》しかった。

バットは照れくさそうにシンディから離れると、小型の銃を取り出し上空めがけて放つ。それは信号弾だったようで、空中で破裂して強い赤い光を放った。

「すぐに俺の船が来る。準備しとけよ！」

「はい！　分かりました！」

ルイシャはそう返事をした後、シャロのもとに行く。彼女と次に会えるのは全てが終わった後だろう。最後に別れの言葉を言っておきたかった。

「シャロ、気をつけてね。無茶はしないでよ？」

「無茶苦茶な状況で言ってくれるわ。でも……わかった。お互い生きてまた会いましょう」

そう言ってしばらく見つめ合ったあと、二人は熱い抱擁を交わす。その温《ぬく》もりをしっかりと体に刻み込んだ二人は、名残惜しむように離れる。

そしてルイシャは次にヴォルフの方を見る。

「ヴォルフ。こっちは任せたよ」

「ああ、大船に乗ったつもりでいてくれ大将。終わったらなんか旨《うま》いもんでも食おうぜ」

その言葉に頷いたルイシャは、アイリスと共に右舷の方へ駆け出す。

そちらには既に黒い海賊船ブラック・エリザベス号が近づいていた。

「行こうアイリス。絶対にヴィニスを救うんだ！」

「はい。絶対に……！」

そう短く言葉を交わした二人は、海賊王キャプテン・バットの船に飛び移る。

「よいしょ……っと！」

シンディの船グロウブルー号の船体から跳んだルイシャは、無事ブラック・エリザベス号に着地する。

その船はかなり年季が入っていたが、整備はちゃんとされていたみたいで、百年ぶりの航海にもかかわらず海を自在に移動していた。

「ようこそブラック・エリザベス号へ。まずは自慢の大食堂へ……といきてえところだが今は時間がねえ。我慢してくれや」

「はい、残念ですが諦めますよ」

ルイシャがそう軽口を叩《たた》くと、バットは楽しそうに笑う。

「少ししたら奴の触手めがけて集中砲火する。そうすりゃ少しの間だけ奴には八本の足しか残らなくなる」

「その隙に接近して足を切る。そういうことですね」

「ああ、その通りだ。お前らはそれまで船首で休んでろ」

そう言ってバットは船員たちのもとへ行く。どうやら作戦を伝えに行ったようだ。

ルイシャはひとまず船の柵に寄りかかり呼吸を整える。休めるのはこれが最後、ここからは勝つまで戦い通しになるだろう。

束《つか》の間《ま》の休息を取っていると、一緒に来たアイリスが暗い表情をしていることに気がつく。何かに思い詰めているような、そんな感じであった。

「どうしたの？　大丈夫？」

「え、あ……はい。申し訳ありません」

暗い表情が解けないアイリス。

ルイシャはそんな彼女のもとに近寄り、その手を握る。

彼女の手は細かく震えていた。想像以上に思い詰めているようだ。

「アイリス。僕で良かったら話を聞かせてほしい」

手を強く握りながらルイシャは言う。

するとアイリスはゆっくりと固く閉ざされた口を開き、心情を吐露する。

「……ヴィニスは昔から変わった子でした。声がする、とか、誰かに呼ばれてる、とか、俺は選ばれたんだ、とか、そんなことを言う子でした」

アイリスは昔を思い返しながら話す。

「そのせいで彼は同族からも少し距離を置かれていました。私はなるべく普通に、努めて普通に彼と接してはいました。しかし……彼の言葉を真剣には受け止めていませんでした」

「アイリス……」

「だけど彼は本当に悩んでいたんです。ク・ルウのせいで悩んでいたのに、苦しんでいたのに……私はそれに気づいてあげられなかった！　なんてひどいことを……私は……私は……！」

手で顔を覆い苦しむアイリス。

もしその苦しみを分かってあげられていたのならば、今回みたいな事態にはならなかったのではないか。そう考えてしまう。

嗚咽《おえつ》を漏らしながら苦しむ彼女の姿を見たルイシャは、そっと彼女のことを抱きしめ、背中をさする。

「アイリスのせいじゃないよ。悪いのは全部ク・ルウだ。それにアイリスはヴィニスの言ってることを馬鹿にしなかったんでしょ？　だったらヴィニスもアイリスに感謝していると思うよ」

それは決して慰めだけの言葉ではなかった。

ヴィニスがアイリスに取っていた態度を見れば分かる。彼はアイリスのことを慕っていた。頼りになり、憧れている存在だということをルイシャはちゃんと見抜いていた。

「それでもまだ心が痛むなら、助けた後に謝ろう。大丈夫、僕も一緒にいるからさ」

「……ルイシャ様」

アイリスは腫れた目元を隠すようにルイシャの胸に顔を埋《うず》める。

しばらくそうしていると彼女の体から震えが消える。弱音を全てそこに置いたアイリスは、いつも通りの冷静な表情に戻りルイシャから体を離す。

「ありがとうございます。もう……大丈夫です」

「うん。よかった」

満足そうにそう言ったルイシャは、ク・ルウの方を向く。

依然その目は恨みがましく船を見ている。今からあの怪物の側《そば》に行くと思うと体がすくむ。

「負けるもんか。力を貸してねテス姉……リオ」

竜王剣を出現させ、右手で強く握る。師匠から貰《もら》ったその剣は握るだけで不思議と勇気が湧き出てくる。

「時間だ！　間もなく砲撃を始める！　しっかり摑《つか》まっとけよお前ら！」

「分かりました！」

ルイシャとアイリスはしっかりと船の柵に摑まる。

すると次の瞬間、船の左舷につけられた砲台が火を吹き、砲弾の雨がク・ルウに降り注ぐ。

タイミングを同じくしてシンディの船からも砲弾が発射される。二方向からの砲撃を受け、ク・ルウの触手が減っていく。

「今だ取舵《とりかじ》いっぱいっ！　奴《やつ》に近づけ！」

二隻の船は、ク・ルウを中心に反時計回りに動いていた。そこから一気に方向を転換し中央に座するク・ルウへ接近を試みる。

急な方向転換を受け、ブラック・エリザベス号の船体がギシギシと悲鳴をあげる。整備をされているとはいえ、この船は百年前のもの。長年潮風に晒《さら》されたその船体は限界に近づいていた。

「悪いな相棒。これが最後だからなんとか持ちこたえてくれ」

長年連れ添った船をなでながら、バットは言う。

その言葉に応えるように、ブラック・エリザベス号は海上を滑るように移動しク・ルウへ急接近する。

「もうすぐだルイシャ！　準備はいいな！」

「はい！」

ルイシャとアイリスは船首に立ちながら武器を構える。

『竜王剣』と『クリムゾンXII《トウェルブ》』。どちらもク・ルウの体を切ることが可能な名剣だ。

「主砲も用意しておけ！　発射タイミングはてめえらに任せる！」

バットも足を切るためサーベルを抜きながら船首に向かう。

チャンスは一回。失敗は許されない。

「さて、怪物退治といくかね。俺様の絵本がまたぶ厚くなっちまうな」

軽口を叩きながら船首に立つバット。

お目当ての太い足はもう目の前まで来ている。他の細い足はほとんど砲撃により無くなっている。千載一遇の好機《チャンス》と言えるだろう。

「覚悟しやがれ！」

サーベルを構え、バットが咆《ほ》える。

それを見たク・ルウは口を歪《ゆが》ませ――――嗤《わら》った。

その瞬間、バットは背中に冷たいものを感じた。何かを見逃しているような、そんな直感がした。しかし気づいた時にはもう遅い。既に彼らはク・ルウの罠《わな》の中にいた。

『ふんぐぁ！』

叫び声と共にク・ルウの体に無数の触手が生える。

その数は優に百を超える。とてもではないが二隻の船で対処出来る数ではない。

「ヤロウ……力を隠してやがったのか！」

バットは舌打ちをする。

ク・ルウの知恵の高さを甘く見ていた。怒りのままに暴れまわることしか出来ないと、高を括《くく》っていた。

昔であればそうであったかもしれないが、ク・ルウは封印されている間に学習していたのだ。

人間は下等生物であるが……侮れないと。

力に身を任せるだけではなく、知恵も使う必要のある相手だと、ク・ルウは学習していた。

ゆえにク・ルウはわざとやられたフリをして、敵を懐まで招き入れた。既に相手は自分の間合いの中、いかようにも料理出来る状態だ。

『るるるるるっ！』

無数の細い触手が、襲ってくる。

船首にいたバットは手にしたサーベルを振るい、次々と触手を切り落としていく。

「がああああっ!!」

何本もの触手がバットの体に命中し、骨が軋《きし》む。

それでもバットは攻撃を緩めず、見事全ての触手を切り落とすことに成功するが、その体はボロボロになってしまう。

「ぜえ、ぜえ……」

肩で息をするバット。

ク・ルウは満身創痍《まんしんそうい》となった仇敵《きゆうてき》を見ながら、『るる♪』と笑みを浮かべる。

そして再び大量の触手を生み出し、その先端をバットに向ける。

「まだ、まだ……！」

バットはふらふらになりながらも、サーベルを構える。

ルイシャとアイリスもサポートに回りたかったが、ク・ルウの触手は船の側面からも襲ってきており、二人はその対処に追われていた。

船員たちも船の中に侵入してこようとしている触手の対処に手一杯だ。バットを助けに行ける者は誰一人いない。

『るるる……』

ク・ルウはバットに向けた触手の先端を、槍《やり》のように鋭くする。

それは百年間積もりに積もった殺意の塊。確実にここで息の根を止めるという強い殺意がこもっていた。

しかしバットは諦めず、サーベルを構える。

愛するひ孫に情けないところを見せるわけにはいかないからだ。

「来いよ。最後まで付き合ってやる」

その言葉に応えるようにク・ルウは触手をバットに向けて突き出す。その攻撃はバットだけでなく、船も破壊する威力を持っている。

終わりだ。船に乗る誰もがそう思った瞬間――――火薬が爆発する音が、海に響く。

「こいつは……砲撃？」

バットが呟《つぶや》いた瞬間、襲いかかって来た触手たちが突然爆発する。

その爆発は間を置かず連続的に起こり、なんと触手の群れを退けてしまった。

「いったい何が起きてやがんだ!?」

突然の事態に困惑するバット。

爆発の正体を確かめようと辺りを見渡した彼は、驚きの光景を目にする。

「こいつは……驚いた」

ブラック・エリザベス号の後方。

そこにいたのは二十隻を超える船団であった。

しかもそれらはただの船ではない。かつてバットと戦った船やバットが海に出る前に活躍した船など、どの船もおとぎ話に登場するような有名な船であった。

バットが呆気《あっけ》にとられていると、海にあぶくが立ち、違う船が海中より浮上してくる。

そう、その船たちは海に沈んでいた船なのだ。その証拠に船体には苔《こけ》やフジツボが生えている。帆は破れマストも折れ曲がっているが、その船たちの佇《たたず》まいは立派なものであった。

「ゴールデン・フィッシュ号にロイヤル・マーメイド号。おいおいありゃあ海軍のソニックスカウト号じゃねえか。あれもこの海域で沈んだのかよ……」

懐かしそうに語るバット。

浮上してきたのは海賊船だけでなく、商船や海軍の船もあった。かつて敵対した船同士が横に並び、同じ標的に照準を合わせている。バットはその光景に感動すら覚えた。

「バットさん、あれって……」

「ああ、手を貸してくれるみたいだぜ」

バットはルイシャの疑問に答える。

「それは心強いですね。彼らももしかしてク・ルウにやられたのでしょうか？」

「中にはその船もあるだろう。だが理由は報復だけじゃねえと思うぜ」

「え？」

ルイシャが首を傾《かし》げる。

バットは船の端まで行くと、その船団を見ながら嬉《うれ》しそうに呟く。

「こんな楽しい喧嘩《けんか》してんだ。黙って眠ってなんかられねえよな、俺たちは」

突如現れた沈没船たちは、ク・ルウめがけ砲弾を大量に放つ。

『ルル……アァッ！』

突然の加勢に怒ったク・ルウは、頭部にある口から巨大な水の塊を放つ。

エネルギーの消費が激しいため今まで使わなかった技だ。その水の大砲の威力は絶大であり、命中した船は一瞬で粉々になり海の底へと沈んでいく。

『いあ♪』

それを見たク・ルウは楽しげに笑う。

しかしそれでも他の船たちは全く怯《ひる》まず砲撃を続けた。彼らは既に一度死んだ身、恐れるものなどなにもない。

「あいつらの加勢がいつまで持つか分からねえ！　速攻であいつの足を切り落とすぞ！」

「ヨイサホー！」

船長の命を受け、ブラック・エリザベス号は加速する。

波は渦巻き、砲弾が乱れ飛ぶ中を滑るように移動する船。そして遂《つい》にルイシャたちはク・ルウの懐までたどり着く。

「準備はいいな!?　行くぞ!!」

「はい！」

バットの言葉に返事をしたルイシャは、ク・ルウめがけ跳躍しようとする。

しかしその瞬間、大量のタコ型モンスターが海から現れ甲板に登ってきてしまう。

「こいつらは……」

アイリスが嫌そうな表情を浮かべる。

このタコたちはアイリスが以前島で出会ったものと同じだった。つまりこのタコたちはク・ルウの眷属《けんぞく》。接近してきた者を倒すためク・ルウが生み出したのだ。

「慌てるな！　エネルギーを消費してでもこんなことをしたってことは焦ってる証拠だ！」

「でもバットさん、このタコを倒さないと……！」

「馬鹿言ってんじゃねえ、俺の船員《クルー》を舐《な》めんなよ！　喧嘩だぞてめえら！」

「ヨイサホー！」

スケルトンの船員たちはみな武器を取り、タコのモンスターに応戦する。その中にはルイシャたちを案内したマーカスの姿もある。

彼らはサーベルをつかって眷属相手に、十分に持ちこたえてみせた。

「船長、決着《ケリ》つけてきてください！」

「当たり前だ！　お前らこそ死に急ぐんじゃねえぞ！」

バットはそう叫んだあと、跳ぶ。

ルイシャとアイリスも彼に続き跳躍し、ク・ルウの胴体に着陸しようとする。しかし、

『ルル……ッ！』

それを察知したク・ルウは太い足の一本を振るい、彼らを撃ち落とそうとする。

先に跳んだバットには当たらないが、その後ろを跳ぶルイシャとアイリスには当たりそうだ。

それを察知したアイリスは頭をフル回転させ、もっとも合理的な選択をする。

「ルイシャ様。ヴィニスを……お願いします」

「え？」

アイリスは腰から吸血鬼《ヴァンパイア》の翼を生やすと、ルイシャを抱え「はあっ！」と思い切り前方に投げ飛ばす。

「うわぁ!?」

急加速したルイシャは、ク・ルウの攻撃から逃れ、その胴体部に着地する。

アイリスはただ一人、宙にとどまる形となる。

「後は頼みました。ここは……私が」

自分に振り下ろされる太い足を見据えながら、アイリスは懐から保存の魔法効果が付与されている金属水筒《スキットル》を取り出し、その中身を口に含む。

中に入っているのは愛する人の『血液』。それを飲んだアイリスの魔力は、爆発的に増加する。

「負ける気がしません……！」

増加した魔力を、全て手にした剣に注ぐ。

アイリスの持つ名剣『クリムゾンXⅡ』は、自らの血液を刀身とする特殊な剣だ。血液量、そして魔力どちらも十分に満ちているアイリスはその剣の力を存分に発揮出来る状態にあった。

「食らえ！　紅色に染まる月《ブラッディムーン》！」

全ての力を使い果たすかのように、思い切り剣を横薙《よこな》ぎに振るう。

すると巨大な真紅の三日月が剣より放たれる。莫大《ばくだい》な魔力が凝縮された三日月形の刃は、ク・ルウの太い足を両断してしまう。

『ルル……!?』

驚いたような声を上げるク・ルウ。

それを見たアイリスは満足そうに笑みを浮かべながら、船に着地する。

それと同時にクリムゾンⅩⅡ《トウエルブ》の刃が消える。アイリスの魔力ももう尽きたようだ。役目を終えた彼女は、頭上を見上げながら愛するものに後を託す。

「ヴィニス……もう少しだけ待っていてくださいね……」

◇　◇　◇

「アイリス……ありがとう」

自分を上まで運んでくれた上に、足を切り落としてくれたアイリスに礼を言うルイシャ。

彼女の献身がなければ海に叩《たた》き落とされていただろう。彼女のおかげでルイシャは無事ク・ルウの胴体に着地出来たのだ。

「浸っている暇はねえぞ！　急いで他の足を切断しねえと回復しちまう！」

「……はい。急ぎましょう！」

バットに声をかけられ、ルイシャは急ぐ。

こうしている間にも切り落とされた足は再生されていく。太い足が全て切断された状態にしないと取り込まれた二人の人間を出すことは出来ないのだ。

『ルル……！』

ギロリ、とク・ルウの瞳が動き、体に乗る二人の敵を睨《にら》む。

残った七本の足を使い攻撃しようとするが、それを思いとどまる。ク・ルウは自分の足が狙われていることに感づいたのだ。

足を使った攻撃を諦めたク・ルウは、ルイシャたちに向かって頭部の口を大きく開く。

口内から強い魔力を感じたルイシャは険しい表情になる。

「バットさん！」

「分かってる！　あれが来るんだな!?」

バットの言うあれとは、ク・ルウの持つ唯一の遠距離攻撃手段である水の大砲のことだ。

口内で高圧縮した水の塊を思い切り吐き出す。言葉にすればたいしたことないが、それをこの大きさの怪物が行えば、それはもはや災害に等しい。

大型のガレオン船ですら粉々に砕くその攻撃を生身で受ければ、いかに鍛え抜かれた戦士でも原型を保つことは不可能だろう。

（逃げ場がない……！　海に落ちれば捕まるのがオチだしどうすればいいんだ！）

ルイシャは焦る。

防御魔法では防ぎきれない可能性が高い。奥の手である『魔竜モード』を使えばなんとかなるかもしれないが、時間制限のあるその技をこのタイミングで使っていいのか悩む。

どうする。今切り札を切っていいのか――――。

ルイシャが葛藤していると、聞き馴染《なじ》みのある声が彼の耳に入ってくる。

「させるかよっ！」

そう雄叫《おたけ》びを上げたのは、ヴォルフであった。

彼は太い腕の一本に摑《つか》まりながら『人狼《じんろう》モード』へと移行する。

全身の筋肉が膨張し、肉体が狼《おおかみ》へと近づく。

爪と牙はナイフのように鋭くなり切れ味を増す。

「この足が減りゃあ力が無くなるんだろ？　食らいな、狼爪《ろうそう》・禍爪《まがつ》切《ぎ》り！」

大きくなった腕を思い切り振るヴォルフ。

その重い一撃はク・ルウの強靱《きょうじん》な足を両断してしまう。

ク・ルウは痛そうに表情を歪《ゆが》めるが、口に溜《た》め込んだエネルギーは残ったままだ。どうやら一本だけではそれを止めるに至らなかったようだ。

「チッ！　じゃあそっちは任せたぜ姉御！」

「姉御言うな！」

ヴォルフが叫ぶと、違う足に摑まっているシャロがそう返事をした。

不安定な足の上で必死にバランスを取りながら、シャロは手にした剣に力を込める。

（私にはアイリスやヴォルフみたいな特別な力はない。だったら力を積み重ねるまでよ……！）

シャロは突出した力こそないが、様々な力をバランスよく習得している。

ある意味ルイシャに一番近い能力配分をしているのは彼女なのかもしれない。

「超位身体強化《フォル・バルク》！　そして……気功術攻式四ノ型『才気煥発《さいきかんぱつ》』！」

魔法と気功術。二つの身体強化術の重ねがけでシャロの肉体は一時的に跳ね上がる。

しかしその負荷は凄《すさ》まじく、視界がぼやけ、体は痛み、意識が遠のく。

しかし歯を食いしばり彼女は耐える。愛する者を守るため、今限界を超える必要があった。

「桜花勇心流、摘蕾一閃《てきらいいっせん》！」

目にも留まらぬ速さで放たれる、桜色の剣閃《けんせん》。

その一撃は見事ク・ルウの足を切り落としてみせた。

『ルルッ!?』

一気に二本の足を失ったことで、ク・ルウのエネルギーはかなり消耗され、攻撃は中断される。

それを見たシャロは頬を緩める。

「やっ……た……」

全ての力を使い果たしたシャロは、力なく落下する。

すると人狼モードへと変身していたヴォルフが彼女を背中でキャッチする。

「大丈夫ですかい姉御」

「……次言ったら毛をむしるから」

「へへ、そりゃおっかねえ」

ヴォルフはそう笑いながら船へと帰還する。

もう戦闘する力は残っていない。後は信頼する者に託すしかなかった。

◇　◇　◇

「あいつらやりやがったぜ！」

切り落とされた二本の足を見て、バットは歓喜の声を上げる。

残された足は五本。まだ半分もいっていないが主力の力は温存されている。いいペースと言えるだろう。

「だけど最初に切った足が再生され始めています！」

「ああ、もう時間がねえ。一気に片付けるぞ！」

ルイシャとバットは分かれてそれぞれの足を目指す。

ク・ルウの前方に生えている狙いやすい足は既に切断済みだ。残るは後ろの方の足。二人はク・ルウの体の上を全速力で駆け抜ける。

「主砲用意！」

その間にブラック・エリザベス号は主砲でク・ルウの足を狙う。

一本でも足を落とせれば船長の負担をかなり減らすことが出来る。船員たちは船に登ってくるタコのモンスターと戦いながらも必死に船のバランスを取り、主砲の向きを調整する。

その様子はク・ルウの上からでも窺《うかが》うことが出来た。自然とバットの足も速まる。

「かか、死んでもここまで尽くしてくれるたぁいい部下を持った。船長の俺が応えなきゃ、漢《おとこ》じゃねえよなあ！」

サーベルを右手で握りしめ、バットは跳躍する。

彼は一度も剣技をならったことはない。サーベルを持ってはいるが、主に拳で戦う彼はそもそもサーベルを抜くことすら稀《まれ》であった。

確かにその技は洗練されているとはいい難い。

しかし人間離れした筋力を持つ彼の一撃は、剣豪のそれと比肩しても劣らない威力と鋭さを持っていた。

「蛮殻剣《ばんからけん》ッ！」

力任せの上段斬り。

その一撃は切断面こそ荒いものの、ク・ルウの足を見事に切り落として見せた。

「しゃあ！　もう一本！」

力が余っているバットは次の足に向かおうとする。

しかしその瞬間、自分のサーベルが根本から折れてしまっていることに気がつく。

「しまった、しばらく手入れしてなかったな」

使い物にならなくなったサーベルを捨てながらも、バットは隣の足に駆ける。

「拳で切るのは流石《さすが》に難しいな。手刀ならいけるか……!?」

頭を働かせながらバットは隣の足に到着する。

すると更に隣の足がちょうど両断される。

それを成し遂げたのはバットのひ孫のシンディであった。

ルイシャたちより少し遅れて体に飛び移った彼女もまた、無事に任務を達成したのだ。

「流石俺のひ孫だぜ。……つうことは後三本か、目の前のこれさえ切れりゃあ……！」

険しい顔をするバット。

すると次の瞬間、目の前の足が激しい爆発を起こす。

「うおっ!?」

驚くバット。

その爆発の正体はすぐに分かった。

「あいつら、やりやがったな！」

その爆発はブラック・エリザベス号の主砲によるものだった。

タコのモンスターと戦いながらも船員たちは足の根元に狙いをつけ、砲撃を成功させたのだ。

その主砲の一撃は凄まじく、命中箇所は黒く炭化していた。だが完全に足を落とすことは出来ておらず、一部が繋《つな》がった状態であった。これではすぐに再生される危険がある。

バットはなんとか切り落とそうと着弾箇所に走る。

それを遠くから見ていたシンディは、現状を察してバットのフォローに入る。

「ひいじいちゃん！」

自分を呼ぶ声に、バットは視線を向ける。

するとシンディは彼めがけて、手に持ったサーベルをぶん投げる。念のため彼女はサーベルを二本持ってきていたのだ、一本無くなっても問題はなかった。

投げられたサーベルは弧を描きながらバットのもとに飛来する。

タイミング、角度、速さ、全てドンピシャの完璧な投擲《パス》にバットは笑う。

「くく、長年連れ添ってもこんなに呼吸は合わねえぜ。血の繋がりって奴《やつ》は侮れねえもんだな」

空中でサーベルを回収《キャッチ》したバットは、再生し始めている足めがけサーベルを振り下ろす。

「おらよ……っとぉ！」

再びバットの重い斬撃が命中し、足が切り落とされる。

これで残り二本。位置的に間に合うのはルイシャだけ、彼に全てが託された。

「もう最初の足は再生が始まってやがる。早めに頼むぜ……！」

祈るバット。

その頃ルイシャは、残る二本の足が生えている場所に到達していた。

「みんな頑張っているんだ、絶対に切る！」

ルイシャは魔力探知で誰がどの足を切ったのかを把握していた。

残るは自分の目の前にある二本。そして切ることが出来るのは自分だけであることも分かっていた。

ここが頑張り時。ここが……奥の手を切る場所。

ルイシャは温存していたそれをとうとう発動する。

「魔竜モード、オン！」

体に流れる魔王と竜王の力が、目覚める。

魔眼と竜眼が開眼し、額からは赤い角が生えてくる。

体から溢《あふ》れる黒い魔力はマントと尻尾の形となり、彼の意のままに動くようになる。

ルイシャはマントを翼の形に変えて飛行し二本の足の間に入り込む。

「これで終わりだ！　真・次元斬！」

ルイシャは空中で縦に一回転しながら斬撃を放つ。

円を描くように放たれた全てを切断するその一撃は、一気に二本の足を両断して見せた。

『ル、ルアアアアッッ!!』

海に轟《とどろ》くク・ルウの絶叫。

遂《つい》にルイシャたちはク・ルウの足を全て切断したのだった。

◇　◇　◇

その者の意識は暗い、暗い、闇の中にあった。

どちらが上で、どちらが下なのかも分からない、暗黒。

暖かくて、冷たい。心地よくて息苦しい。

そんな不思議な空間に、ヴィニスはいた。

(もう、なにも考えたくない。なにもしたくない……)

この空間に来てから、彼は昔の記憶を見せられ続けていた。

それは自分のことを奇異の眼差《まなざ》しで見る者たちの顔。

こんなに辛《つら》いのに、こんなに苦しいのに誰も理解してくれない。

何人かそんな彼を馬鹿にせず接してくれる人はいたが、それでも心の底から理解してくれているわけではないことは、幼い彼も察していた。

皮を被《かぶ》るしかなかった。

誇張し、ふざけているように見せることでしか正気を保てなかったのだ。

「つらい……いたい……くるしい……」

いた。


心の奥底がじくじくと痛む。

彼をそうさせた張本人であるク・ルウは、彼の心の傷に付け入りその体を掌握していた。外に出たいなど考えさせない。そのためにク・ルウは彼の苦い記憶を思い出させ続けて
――もっと自分の殻に引きこもり、もっと私に依存しろ。

「たす……けて」

特殊な魔力を浴びせられ続けたヴィニスは、完全に洗脳されつつあった。

しかしそんな彼にも一つだけ、希望があった。

その人は初めて自分を受け入れてくれた人。

強くて、頼もしくて、でもどこか抜けているところもあって……そんな彼のことが、
ヴィニスは大好きだった。

「ルイシャ……兄……」

虚《うつ》ろな意識で、その名前を呼ぶ。

しかしク・ルウはその記憶を黒く塗りつぶそうとしていた。

「やめ、ろ……」

上書きされていく思い出。

抵抗しようとヴィニスは必死に手を伸ばす。

――無駄だ。全てを私に委ねろ。

脳内に響く悍《おぞ》ましい声。

しかしヴィニスはその声に屈することなく手を伸ばし続ける。

「た、すけ……」

薄れゆく意識。

伸ばした手がゆっくりと下がっていく。

しかしその手は下がり切る直前で、ガシッと摑《つか》まれる。

「大丈夫。もう大丈夫だから」

真っ暗な世界に射《さ》し込む光。

逆光でその声の主の顔は見えない。だけど握るその手の温《ぬく》もりと力強さでヴィニスはその人物が誰なのかを理解した。

「ルイシャ兄……」

「頑張ったねヴィニス。もう大丈夫だから」

ルイシャはぐったりとするヴィニスを抱えて立つ。

ク・ルウの全ての足を切り落としたルイシャは、魔眼の力でヴィニスの位置を特定。柔らかくなったク・ルウの胴体を切り、中にいたヴィニスを救い出したのだ。

「横になってて。船に運ぶから」

「ああ……頼むよルイシャ兄」

ぐったりとするヴィニスを抱えながら、ルイシャは一旦船に戻るのだった。

◇　◇　◇

――ク・ルウ頭頂部。

動きが止まったク・ルウの頭の上に、シンディとバットはいた。

そこで彼らが目にしたのは、ク・ルウの頭から生えた人間だった。体のあちこちがク・ルウのような異形となっているその人物は、下半身がク・ルウの体と完全に同化していた。

二人がやってくるとその化物は、瞳をぎょろりと動かし睨《にら》みつけてくる。

バットはその人物に見覚えはなかったが、シンディはよく覚えがあった。

「……やっぱりあんただったかい。本当に救えないやつだよ」

シンディは呆《あき》れと憐《あわ》れみを混ぜた目でその人物を見る。

「おいシンディ。この男は誰なんだ？」

「こいつの名前はエドワード・ドレイク。海賊だよ」

少し前にルイシャを襲った〝人喰《ひとく》い〟の異名を持つ海賊。それがドレイクだった。

ク・ルウの洗脳を受けた彼は眷属《けんぞく》となり、特殊な力を得た。その力で深海まで潜り、海底島に侵入。ルイシャたちより先にク・ルウとの邂逅《かいこう》を果たしていたのだ。

動物的な勘を持つシンディは、ク・ルウからドレイクの気配を感じていたのだった。

「シンドバット……また、俺の邪魔をするのか……」

ドレイクはシンディを睨みつけながら恨みがましく言う。

驚いたことに、彼は体をク・ルウに変えられてなお、自我を保っていた。

「散々悪事を働いて、その様がこれかい。情けないね」

「俺を憐れむな！　俺はこの体を手に入れることが出来て満足してるんだよ……この力があれば、俺様は海を支配出来る！　馬鹿どもを支配し、搾取し、俺の帝国を築き上げる！」

ク・ルウとの接合面から無数の触手を生やすドレイク。

それはク・ルウの体に残された最後の力であった。全ての足を落とされ、ヴィニスまで失った今、ク・ルウは自分の体をロクに動かすことも出来ない。

しかし目の前に上質な餌が二つもある。数は少ないが、どちらも内包しているエネルギーは大きい、取り込めばいくらか力を取り戻せるだろう。

「シンドバット、てめえも奴隷にして俺が『支配』してやるよ。俺は〝人喰い〟ドレイク。この海にいる者は全員俺が食い物にしてやる！」

迫りくる触手の群れ。

しかしシンディは冷静であった。

「あんたみたいなダサい男のものになんかあたしはならないよ。それに海に支配者なんていらない。海は海に住む全員のものなんだからね」

シンディはサーベルを抜き、近づいて来た触手を切り刻む。

そして一気に駆け抜けドレイクに接近する。

「馬鹿め、そこは俺の領域だ！」

地面から更に触手が生え、シンディに襲いかかる。

するとと今度はバットがその触手を殴り飛ばした。

「いいこと言うじゃねえかシンディ。流石《さすが》俺様のひ孫だぜ」

シンディとバットはお互いの隙をカバーし合うように触手に対処しながらドレイクに接近していく。その息の合った連携を前に、ドレイクの攻撃は全て意味をなさなかった。

「これなら、どうだぁ！」

二人を囲むように、地面から大量の触手が現れる。

するとバットは触手ではなく地面に自分の手の平をつける。

「波打ち・海王振《かいおうしん》！」

波の揺れる力を体に溜《た》め、手より放つ海の技『波打ち』。海賊王であるバットは当然その技を極めている。

彼の放った振動は地面、つまりク・ルウの頭部を激しく揺らし、その細胞を死滅させてしまう。当然触手の動きは鈍くなり、攻撃の手が遅くなる。

シンディはすぐさまその隙をつき、襲いかかってくる触手をみじん切りにする。

着実に接近してくる二人の強者。ドレイクは焦る。

「ちくしょう……だったら……！」

危機を感じたドレイクはク・ルウの体から太い触手を生やし、その先端をシンディに向ける。

その先端は口のようにパックリと開き、魔力が充填される。その様子は水の大砲を放った時によく似ている。

「こうなりゃヤケだ！　俺もろとも吹き飛ばしてやる！」

なんとドレイクは最後の力を振り絞り、自分もろとも水の大砲を放つ決意をした。

水の大砲は大型の船を一撃で沈める威力を持つ。普通の肉体でないバットとドレイクならまだしもシンディが耐えることは不可能だろう。

どうする、逃げるか？　しかし今逃げたらドレイクにも逃げられてしまう。シンディが高速で思考を回していると、風を切る音と共に、ある人物が現れる。

「はあああああっ！」

そう声を上げながら来たのは、ルイシャだった。

彼はヴィニスを船に戻した後、竜の翼でシンディたちの助太刀に来たのだ。

発動してから時間が経《た》っているため、魔竜モードは切れかけている。しかしあと一撃放つくらいの余力は残っていた。

「いけシンディ！　バットさんと一緒に！」

ルイシャは叫びながら竜王剣を振るう。

水の大砲を準備していた触手は両断され、溜めていた水の砲弾を上空に放ってしまう。

それを見たドレイクは驚愕《きょうがく》する。

「なああああっ!?　なにしやがるガキ!!」

その隙にシンディたちはドレイクに接近する。

「ルイシャ……あんたはやっぱりいい男だよ」

シンディは遠くで落下しながら親指を立てるルイシャを見て、一人呟《つぶや》く。

後は自分たちの仕事だ。

「シンディ、合わせろ！」

「……ああっ！」

バットの呼びかけに、シンディは応じる。

二人はサーベルを構えながらドレイクのもとにたどり着く。

「ふざけるな！　俺は海賊王になる男だぞ！」

「あんたは器じゃないよ。その称号は世界で一番かっこいい男の称号だ」

シンディとバットは、全く同じタイミングでドレイクを袈裟《けさ》斬りにする。

胴体を『×』の形に切られたドレイクは、その場に崩れ落ち体がドロドロと溶けていってしまう。

「……本当に哀れな男だよ」

最後にそう呟き、シンディは船に戻るのだった。

◇　◇　◇

「魔煌閃《サタンズ・レイ》！」

ルイシャの手から黄金色の光が放たれ、ク・ルウの肉体を包み込む。

その光にはあらゆる『魔』を分解する力がある。既に魔力の大半を失っていたク・ルウに抗《あらが》う術《すべ》はなく、その肉体はボロボロと崩れていく。

『ル……あ……』

自らを倒した者たちの姿をジッと見ながら、ク・ルウは完全に消滅した。

それを確認した者たちは、大きな歓声を上げる。

特にバットの部下たちの声は大きい。彼らは百年もの間戦い続けていたのだ、だけどそれもようやく終わるのだ。

「大将、あれ」

「うん。彼らも帰るんだね」

ヴォルフの指差す方向では、多数の船が沈み始めていた。

その船たちはク・ルウの戦いに助太刀しに来てくれた過去の船たちだ。沈みゆく船の上で敬礼しているスケルトンやゴーストたちの表情はどこか満足しているように見える。

バットはそれを見ながら楽しそうに呟く。

「よう、楽しかったなお前ら。あっちでまた喧嘩《けんか》しようぜ」

ク・ルウを倒し、海に平和を取り戻した今、バットたちに未練はない。

別れの時は、近づいていた。

「だがその前にやることがあらぁな」

バットはニィ、と笑うとそれの準備に取り掛かるのだった。

用意していた盃《さかずき》を手に取り、部下に合図を送る。

「それでは、あの怪物ク・ルウの討伐と！　我らが船長キャプテン・バットとそのひ孫シンディアナ嬢ちゃんの出会いを祝して！　乾杯ッ！」

「乾杯！」

船員マーカスの号令のもと、海賊たちがグラスを思い切りぶつけ合う。

仕事の後は宴《うたげ》に限ると、バットたちはク・ルウを倒してすぐに宴の準備を開始していたのだ。

現在グロウブルー号とブラック・エリザベス号の二船は隣り合ってくっついており、互いの船を行き来出来るようになっている。

「ひいじいちゃんたちは酒を飲めるのか？　骨だけど」

「がはは！　こんなもん気合いよ！」

かわいいひ孫を隣にはべらせ、楽しげにバットは酒を呷《あお》る。

スケルトンである彼に内臓はない。普通であればこぼれ落ちるはずだが、なぜか酒はちゃんと飲むことが出来ていた。

「おうルイシャ！　お前ちゃんと飲んでんのか!?」

ブラック・エリザベス号の甲板に置かれた大きなテーブル。

そこに座っているバットは向かいに座っているルイシャに話しかける。ルイシャはぐったりとした様子でそれに答える。

「はい、いただいてますよ」

そう言ってルイシャはちびちびとお酒を口にする。

魔竜モードの反動で体が重いが、なんとか彼はこの宴に参加していた。彼の両隣にはシャロとアイリスがおり、彼を甲斐甲斐《かいがい》しく世話していた。

「ほらルイ、これ美味《おい》しかったから食べなさい。それとも食べさせてあげましょうか？」

「いえ、ルイシャ様はこちらをお召し上がりになった方がよろしいかと。おや、少し体調が優れてないご様子、私と一緒に部屋に行きましょうか」

「なにあんたシレッと連れ出そうとしてんのよ！」

「は、はは……二人とも元気そうでなによりだよ……」

わいわいと楽しむ一同。

つい数時間前まで死闘を繰り広げていたとは思えないほど、彼らは笑顔であった。

そんな一同の前に、ある人物が現れる。

「ルイシャ兄、アイリス姉……」

現れたのはヴィニスであった。

ク・ルウに無理やり力を吸われ衰弱していた彼は、今まで部屋で眠っていたのだ。まだ顔には疲れが残っているが、歩ける程度には回復したようだ。

彼に気づいたルイシャとアイリスは席を立ち、側《そば》に駆け寄る。

「ヴィニス、目覚めたのですね！」

「よかった、心配してたんだよ」

嬉《うれ》しそうに駆け寄ってくる二人を見たヴィニスは、申し訳無さそうな表情を浮かべると、頭を下げる。

「あの……ご、ごめんなさい。俺のせいでみ、みんなに迷惑を……」

謝罪するヴィニス。

それを見たルイシャとアイリスはお互いを見て、頷《うなず》き合う。

アイリスはヴィニスの肩を摑《つか》み、下げた頭を起こす。そして情けなく眉を下げているヴィニスをじっと見つめながら口を開く。

「謝るのは私の方です。貴方《あなた》の苦しみにもっと早く気がつくべきでした。ごめんなさい、私はいい姉ではありませんでした」

「……っ！　そんなことはない！　アイリス姉は悪くない！　俺が、俺が弱かったからいけないんだ！」

必死にアイリスのことを庇《かば》うヴィニス。

二人のやり取りを近くで見ていたルイシャは、向かい合う二人の横に行くと両者の手を取る。

「ここには誰かを責めようと思っている人なんていない。だから許し合おうよ。もうヴィニスを苦しめた存在もいない。後悔があるなら、今日からまたやり直そうよ」

ルイシャの言葉に、二人は頷く。

過ぎた時は戻らないが、これから来る未来は変えることが出来る。

「アイリス姉。俺、話したいことがたくさんあるんだ」

「ええ、いくらでも聞きますよ」

笑い合う二人。

この先どんなことがあっても、二人は仲良くいられるだろう。ルイシャはそう確信するのだった。

◇　◇　◇

その宴は夜通しで行われた。

海賊たちは存分に食べ、飲み、歌い、踊り、語り合った。

楽しい時間はあっという間に過ぎるもので、水平線の向こうから太陽が姿を現し始める。

それを見たバットは「さて、そろそろだな」と立ち上がると、グロウブルー号から自分の船に戻ろうとする。

「ひいじいちゃん……？」

それに気がついたシンディも立ち上がる。

彼女は胸にざわざわとした感情を覚えた。

「楽しかったぜシンディ。お前に会えて、本当によかった」

「そ、そんな！　もう行っちゃうの!?」

突然の別れの言葉に、シンディは動揺する。

キャプテン・バットはスケルトン。共に生きることが難しいのは分かっていた。しかしそれでも別れる心の準備はまだ出来ていなかった。

「俺らは本来いちゃいけねえ存在だ。かわいいひ孫にも会えたし、この海に未練はねえ」

「そんな……」

悲しげな表情を浮かべるシンディ。

するとバットは恥ずかしそうにぽりぽりと頭をかいた後、両腕を広げる。

それ見て察したシンディは、ぽす、と彼の胸の中に飛び込む。

「お前は強くて立派な一人前の海賊だ。百年前にもお前ほど凄え船長はいなかった。お前は……俺の誇りだ」

「うん……うん……」

胸に顔を埋《うず》めながら、シンディは涙を流す。

二人が一緒にいた時間は短い。しかし確かに二人の間には家族の絆《きずな》が出来ていた。

「おら！　お前らも目を覚ませ！　船を出すぞ！」

バットが叫ぶと、あちらこちらで寝ていたスケルトンたちが動き出し、ブラック・エリザベス号の出発準備を始める。それにつられてシンディの部下たちも片付けを始める。

シンディを離し、船員たちを眺めているとある人物が近づいてくる。

「行かれるのですね」

「おお、ルイシャか。お前にも世話になったな」

バットはスッキリした顔をしながら、ルイシャに向き合う。

「お前みたいな骨のある奴《やつ》も、俺の生きていた頃にゃそういなかったぜ。俺が生きていた頃に出会えてたならふん縛ってでも仲間にしたんだがよ」

「はは、それは光栄ですね。海賊王の船員《クルー》は楽しそうです」

お互いの力量を認め合っている二人は、固く握手を交わす。二人の間にも戦友としての絆が芽生えていた。

「お前の背負ってるもんがデケえことはなんとなく分かる。きっとこれからも大変な戦いが待ってるんだろう。だけど……お前なら大丈夫だ。なんせお前はこの海賊王が認めた漢《おとこ》なんだからよ」

「……ありがとうございます。本当にお世話になりました」

二人は最後に拳を合わせて、別れる。

ブラック・エリザベス号に戻ろうとするバット。するとそんな彼に近づく者がいた。

「ありがとうございましたキャプテン・バット。貴方と共に戦えたこと、誇りに思います」

そう話しかけたのは、シンディの船の副船長マックであった。

彼を見たバットは、驚いたように目を見開く。

「お前……名前は？」

「私は副船長のマック・エヴァンスと申します」

それを聞いたバットはしばらく固まり……そしてなにかに気がつくと「ハハッ！」と上機嫌に笑う。

「誰かに似てると思えば……律儀な野郎だぜ。百年も言いつけを守るなんてよ。船長命令はもう終わりだ。好きに生きろよ」

「好きに生きてますよ。あの人についていくのは退屈しませんので」

「そうかい。血は争えねえな。そう思ってんなら結構だ。あいつをよろしく頼むぜ」

そう言ってバットは、かつての仲間の面影を持つ彼の肩をポンと叩《たた》く。

そして今度こそブラック・エリザベス号に乗り込み、最後の船出をする。

「錨《いかり》を上げろ！　ヘマすんじゃねえぞ、ブラック・エリザベス号、最後の船出だ！」

帆が張られ、海賊王の海賊旗《ジョリー・ロジャー》が面を上げる。

その船の姿はとても百年以上昔のものとは思えないほど、威厳に満ちたものだった。

「じゃあなお前ら！　元気でな！」

日が昇り、太陽の光がブラック・エリザベス号を照らす。

すると船上のスケルトンたちの体が光り、次々とただの骨に戻り、倒れていく。

それと同時にブラック・エリザベス号はゆっくりと海中に沈んでいく。役目を終えたその船もまた、船員と同じく眠りにつくのだ。

「キャプテン・バット……いや、ひいじいちゃん！　あたし絶対にひいじいちゃんのことは忘れないから！　キャプテン・バットの伝説はあたしが絶対に語り継いでいくから安心して！」

シンディの言葉を聞いたバットは、嬉しそうに笑みを浮かべると、自分の被《かぶ》っていた黒い三角帽を、シンディに投げ渡す。

「餞別《せんべつ》だ！　なるべくゆっくり返しに来いよ！」

帽子を受け取ったシンディは、それを胸に抱いて涙を流しながら頷く。

それを見て満足そうに頷いたバットは、海に沈んでいく。

「ありがとう、ひいじいちゃん。やっぱりひいじいちゃんは誰よりも勇敢な海の戦士だったよ」

そう呟《つぶや》いたシンディは貰《もら》った帽子を被ると、部下に命を出し、船の帆を張らせる。

「野郎ども出発だ！　いつまでも感傷に浸ってんじゃないよ！」

伝説は沈み、そしてまた生まれる。

新たに生まれた海賊王は、曽祖父の想《おも》いを継ぎ、次なる航海へ針路を取る。

「さあ、次はどんな航海《ぼうけん》をしようか」

◇　◇　◇

海賊王と別れたルイシャたちは、シンディの船で港町ラシスコに送ってもらった。

完全な陸地に降り立ったルイシャたちは、大地のありがたみを再認識する。

「ふう、やっぱり陸は落ち着くね」

「島にはいたけど海中だったからね。しばらく海は見なくてもいいわ」

ルイシャとシャロがそう話していると、二人にある人物が近づいてくる。

「寂しいこと言うじゃないか。また遊びに来とくれよ」

「シンディ」

ルイシャたちを見送りに来たのは、次代の大海賊、シンディだった。

その頭には海賊王の帽子が飾られている。

既にルイシャたちの荷物は降ろしてあるので、彼女ともここでお別れだ。

「シンディはこれからどうするの？」

「怪我《けが》した船員《なかま》も多いし海賊の島オアフルでゆっくりしようと思ってる。そして少ししたらまた航海《たび》に出るさ。次はどんな伝説を追おうかねえ」

楽しげに語るシンディ。

一番の目的であるバットと出会ったことで海賊をやめるんじゃないかとルイシャは思っていたが、どうやら杞憂《きゆう》だったようだ。

「陸での生活に飽きたらいつでもおいで。あんたらならいつでも仲間にしたげるよ」

「はは、じゃあその時はお願いするよ」

ルイシャとシンディは笑いながら握手を交わす。

するとシンディはニッと笑みを浮かべる。

「油断したねルイシャ、あたしは海賊だよ？　欲しいものは力ずくで手に入れる」

「へ？」

首を傾《かし》げるルイシャ。

するとシンディは突然握った手を自分の方に引く。結構な力で引っ張られたルイシャは「わわ!?」と前のめりな姿勢になる。

シンディはその隙を見逃さず距離を詰めると……なんと彼の唇を奪ってしまった。

「〜〜!?」

不意に感じたそのやわらかい感触にルイシャは驚く。

咄嗟《とっさ》に体を離そうとするが、シンディは彼の体をがっちり摑んで離さない。

しばらくその感触を楽しんだシンディは「ぷはっ」と唇を離すと、いたずらげな笑みを浮かべる。

「このキスを忘れたら海においで。また思い出させてあげる」

そう言うとシンディは大きく跳躍して、仲間が待つ船に飛び乗る。

船員たちは船長の耳が赤くなっていることに気がついたが、触れることはなかった。

「あんたたちと旅をしたことは忘れない！　海で困ったらいつでも助けるからあたしを呼びな！」

錨が上がり、帆が張られる。

シンディの海賊船は風を受けると、みるみる速度を増し海上を進んでいく。

船はどんどん小さくなっていき、水平線に消えていく。その様子をルイシャはしばらく見つめていた。

「さ。じゃあ僕たちも行こうか」

そう言って振り返ると、そこには鬼のように恐ろしい気迫《オーラ》をまとったシャロとアイリスの姿があった。

「行こうか、じゃないでしょ？　さっきのキスはなに？」

「ずいぶん長いこと楽しまれてましたね。覚悟は出来ていらっしゃるのでしょうか？」

「あ、あの……」

たじたじになるルイシャ。

それを見たヴォルフは、ようやく日常に戻ったな、と呑気《のんき》に思うのだった。

◇　◇　◇

シンディと別れたルイシャたちは、次にお世話になった商人のスタン・L《リー》・フォードにも挨拶をしにいった。

無事にルイシャたちが戻ったことを彼も喜び、また会いましょうと円満に別れた。

そして次に彼らは魔空艇『空の女帝《ブルーエンプレス》』が停泊している、吸血鬼《ヴァンパイア》たちの所有する邸宅に訪れた。

そこで一日ほど休んだルイシャたちは、翌日の朝、ラシスコを発《た》つことにした。

「……ここで、お別れですね」

ヴィニスは寂しそうに呟く。

彼はこの後仲間の吸血鬼に今回の件の報告をしなければならない。ルイシャたちについていくことは出来なかった。

「楽しかったよヴィニス。元気でね」

そうルイシャは言うが、彼のことが少し心配だった。

もう変な声が聞こえることはない。しかし同族との間にあったことが完全に消えたわけじゃない。出来ることなら支えになってあげたいが、ルイシャにもやることがある。ずっと側《そば》で守ってあげることは出来ないのだ。

そんなルイシャの心配を察したのか、ヴィニスはある物を取り出す。

「ふっ……何を心配しているルイシャ兄。俺にはこれがあるから大丈夫だ！」

ヴィニスは黒いマントを取り出すと、それを装着する。

そのマントはルイシャが魔竜モードを発動した時につけていた物に酷似していた。彼はラシスコで休んでいる間にこれを自分で作っていたのだ。

「闇を具現化したような黒色を再現するのは困難だったが……俺の手にかかれば造作もない。このマントがある限り俺とルイシャ兄は魂で結ばれている……違うか？」

まるで出会った時の様な口調で話すヴィニス。

それはもう自分は大丈夫だという彼なりの返事だった。それを察したルイシャは彼に合わせてキメ顔で返す。

「また会おう。魂の兄弟《ソウルブラザー》」

「ああ、必ず……！」

固く握手をした彼らは、おかしそうに笑う。

その姿はまるで、長年共に過ごしてきた本物の兄弟のようだった。

◇　◇　◇

ヴィニスと別れたルイシャたちは、魔空艇『空の女帝』に乗り、空を飛んでいた。風を裂き、王都へ帰還する一行。

そんな中、ルイシャとシャロ、そしてアイリスはその甲板に立っていた。

「それじゃあ……いい？」

「ええ、どうぞ」

シャロはそう言って緑色の宝石をルイシャに手渡す。

それは勇者の遺産『微睡翠玉《ドミトールサファイア》』。この宝石には強い封印の効果が宿っている。

元はと言えば、これを手に入れるためにルイシャたちはラシスコを訪れたのだ。

「これが……」

ルイシャは恐る恐るその宝石を手にする。

すると宝石から淡い光が漏れ出し、ルイシャの中に流れ込んでいく。体の芯が温かくなるような感覚。ルイシャは以前この感覚を二回経験している。

「ありがとうシャロ。これは返すね」

「どうだった？　肝心の封印は解けたの？」

「うん、多分大丈夫だと思う」

勇者の遺産には、伝説の勇者オーガの力が宿っている。それらを全て集めた時、無限牢《ろう》獄《ごく》の封印は解かれる。

これまでに見つけた遺産は三つ。全部でいくつあるのかは分からないが、確実にゴールへと近づいていることをルイシャは実感する。

「あといくつ集めればテスタロッサ様をお救い出来るのでしょうか」

「分からないけど、そう遠くない気はする。早く勇者の封印を解いてあげないとね」

そうアイリスと話すルイシャ。

すると、

「なるほどな。だから勇者の遺産を集めてたわけだ」

突然第三者の声が甲板に響く。

この声はヴォルフのものじゃない。いったい誰だと振り返るルイシャ。するとそこにいたのは驚きの人物だった。

「よう。勝手に乗って悪いな」

「え、バットさん⁉」

よ、と手を上げて挨拶したのは海で別れたはずの海賊王キャプテン・バットであった。いるはずのない人物の登場にルイシャたちは大いに驚く。

「なんでバットさんがここにいるんですか⁉」

「いやな、俺も成仏しようとはしたんだぜ？　だけど生命力が強すぎるせいか待てど暮せど成仏出来なかったんだよ。かっこつけて別れた手前、シンディとも顔を合わせづらいしよ」

あっけらかんと答えるバット。

め、めちゃくちゃな人だとルイシャは驚く。

「シンディを頼れねえとなると、知り合いはお前らしかいねえ。もう昔の知り合いは全員死んじまってるからな。ま、つうわけでよろしく頼むぜ」

「よろしく頼む……って、バットさんが王都に入ったら目立ちますよ！」

バットの見た目はどこからどう見ても骸骨《スケルトン》。

普通スケルトンは生者を憎むモンスターだ。街中に現れれば間違いなく騒ぎになるだろう。

「そんなヘマはしねえよ。海賊の頃に使っていた変装用の魔道具がある。これがありゃバレねえだろ」

バットは首飾りを取り出し、それに魔力を流し込む。

すると骸骨の頭部が魔力で肉付けされ普通の人間の顔になる。表情もちゃんと変化するのでこれならバレることはないだろう。

「でもそれなら僕たちについてこなくても普通に暮らせるんじゃないですか？　シンディに会うのが気まずいなら海に行かなければいいだけですし……」

「んなつまんねえことを聞くなよ。俺はルイシャ、お前が気に入ったのよ。生きながらえたこの命、どうせなら気に入った奴《やつ》の役に立ててえんだよ。さっきの話を聞くに、どうやらお前らは大変なことに手を出してるみてえじゃねえか。だったら手を貸してやりたいと思うのは、普通のことだろ？」

バットは少し照れくさそうにそう言う。

「もしかして、僕たちのために来てくれたんですか？」

「おいおいルイシャ。そう聞くのは野暮なもんだぜ？　ただ俺たちは拳を合わせりゃいいのよ」

ずい、と出される大きな拳。

ルイシャは呆気《あっけ》にとられた後、くすりと笑い自分のそれをバットの拳にぶつける。

「これからよろしくお願いします。頼りにさせていただきます」

「俺は昔から頼りになる男だった。それはもちろん今も変わらねえ。大船に乗ったつもりでいるんだな」

バットはルイシャを見ながら、楽しそうにそう言うのだった。

閑話　少年と七海の王と冷たく暑い夜の海

海の怪物ク・ルウを倒し勇者の遺産を手に入れたルイシャが、港町ラシスコに戻っている船の中。すやすやと寝息を立てていたルイシャだったが、船が強く揺れたことで目を覚ましてしまう。

「ふあ……」

あくびをしながらルイシャは体を起こす。窓から外を見るとまだ深夜であった。

ルイシャは再び寝ようと横になり目を瞑《つぶ》るが、中々眠ることは出来ない。

「なんだか目が覚めちゃった。風にでも当たってこようかな？」

ベッドから起き上がったルイシャは、船内を歩き甲板に出る。

夜の海の空気はひんやりとしていてとても気持ちがいい。空には満天の星が広がりルイシャを優しく出迎えてくれる。

「この景色ともうすぐお別れかと思うと、少し寂しいね」

水平線を見ながらルイシャは呟《つぶや》く。船の柵によりかかってしばらくその景色を堪能していると、ある人物がルイシャに近づいてくる。

「誰かと思えば珍しいお客さんが来ているじゃないか」

「え？」

声のする方を振り返ると、そこにはこの船の主、シンディがいた。

少しセクシーな寝間着に身を包んだ彼女は、昼の勇ましい姿とは対照的であり、ルイシャは少しドキリとする。

「シンディも眠れないの？」

「まあそんなところだね。普段はこんなこと滅多にないんだけど、ここ数日は色々とありすぎた」

幼い頃から海賊を続けていたシンディ。そんな彼女でもそう感じるほどここ数日は刺激的なことが続いた。

「そのせいか体が火照っちゃってね。夜風で冷やしに来たってわけさ」

「そうだったんだ」

ルイシャの隣に立ったシンディは、どこまでも続く水平線を眺める。

その表情はどこか寂しげでもあった。

「シンディ？」

「ん？　なんだい？」

呼びかけると、その表情はいつも通りの自信に溢《あふ》れたものに戻る。気の所為《せい》だったのかなと思ったルイシャは、話題を考える。

「えーと、そうだ。シンディの旅の話を聞かせてよ。興味あるんだ」

「そんなのいくらでも聞かせてあげるよ。そうだね、あれは海に出て間もない頃の話だ」

船の柵に並ぶように立った二人は、会話を始める。

思えばこうして二人だけで話すことは初めてだった。

「そこであたしは言ってやったのさ。てめえとキスするくらいなら、魚のケツにした方がマシだ、ってね」

「うわあ……それって相手の人かなり怒ったんじゃないの？」

「そりゃ凄《すご》かったよ。顔真っ赤にして暴れだしてさ。まああたしが二、三発小突いたら大人しくなったけどね」

「はは、シンディらしいや」

ルイシャはシンディの話を興味深そうに聞く。

幼い頃から海を旅していた彼女の話はとても刺激に満ち溢れており、本で見る物語より臨場感があった。他の海賊と戦った時の話、宝島の話、未知のモンスターとの話、どれもルイシャは楽しそうに聞いた。

「……と、少し話しすぎたかね。この調子だと朝になっちまいそうだ。そろそろ寝るとするかい」

「そうだね。面白い話をありがとう」

甲板での話を終えた二人は、並んで船内を歩く。

するとシンディは風を送るように服をパタパタと動かし、暑そうにする。

「盛り上がったせいでまだ火照りが取れなかったよ。どうしたものかねえ」

「はは、そうだね。部屋に戻ってもしばらく寝れそうにないや」

笑いながら同意するルイシャ。

そうしているうちに、シンディの個室の前にたどり着く。

ルイシャの部屋はその部屋より少しだけ奥にある。ここでお別れだね、と言おうとするルイシャ。しかしその言葉が出るよりも早くシンディは彼の手をガシッと摑《つか》む。

「シンディ……？」

急にどうしたのだろう、と困惑するルイシャ。

するとシンディは空いている方の手で自室の扉を開くと、ルイシャを自分の部屋の中に無理やり引き込んでしまう。

「わっ!?」

突然のことに驚くルイシャ。

シンディは王紋《おうもん》を持つ一流の戦士。不意をつかれたルイシャはやすやすと部屋に連れこまれる。

そしてシンディは彼を壁際に追い込み、片手をルイシャの頭横の壁につける。更に片膝をルイシャの股の間に潜り込ませることで完全に逃げ道を奪う。

いわゆる壁ドンの形となったルイシャは何が起きたのか理解出来ず混乱する。

「シ、シンディ、これって」

「まだ理解出来ないのかいルイシャ？　あんたは今、襲われてるんだよ」

「それってどういう意……」

疑問を口にしようとした瞬間、シンディは強引にルイシャの唇を奪う。

驚いたルイシャは思わずのけぞるが、後ろは壁。逃げ道などなくシンディのそれを受け入れるしかなかった。

もがくルイシャの唇をたっぷりと奪ったシンディは「ぷは」と顔を離すと熱っぽい目でルイシャのことを見る。

「油断したかい？　あたしは悪い海賊なんだよ。欲しいものはなんだって奪う。宝も……そして男もね」

そう言ってシンディはルイシャの首元に何度もキスをする。そして自分の所有物だと主張するかのように跡を付けていく。

「ちょっとシンディ落ち着いてよ。なんで急にこんなことを……」

「言っただろ？　体が火照って仕方ないって。これはあんたも悪いんだよ？　夜にあんたの部屋の前を通るとシャロやアイリスの声が聞こえてきてこっちは悶々《もんもん》としていたんだから」

「え」

ルイシャは冷や汗を流す。

多少激しくしても波で聞こえていないと思っていたが、そんなことはなかったみたいだ。

「それはごめんなさい……」

「ふふ、理由はそれだけじゃないよ。あたしはあんたが気に入ったのさ。海岸で諦めかけた時も、ク・ルウとの戦いで絶体絶命の危機に陥った時も、あんたはあたしを助けてくれた。あんなことされちゃあ、あたしだってその気になっちまう。人をその気にさせた責任は取ってもらうよ」

そう言ってシンディはルイシャと手を組むように握ると、彼の体に舌を這《は》わせていく。鎖骨から首、首から顔へとゆっくり上がってくる快感に、ルイシャの体はびくりと反応する。

しかしルイシャはその時、あることに気がつく。

それは握るシンディの手が僅かに震えていること。ルイシャはシンディが甲板で寂しげな表情を一瞬浮かべていたことを思い出す。

「シンディ……やっぱりバットさんのこと、まだ寂しいの？」

「……っ！」

ルイシャの言葉に体を一瞬震わせた彼女は、一旦顔を離しルイシャと目を合わせる。

その表情には少し申し訳無さが浮かんでいた。

「驚いた、それを見透かされるとはね」

「じゃあやっぱり……」

「情けない話さ。こんな大きくなって寂しさを人にぶつけるなんてね。ひいじいちゃんは満足して逝った。それは喜ぶべきことだ。それなのに私は……まだそれを消化しきれていない」

ようやく会えた家族。

もっと話したかった。もっと一緒にいたかった。

その気持ちを別れの時は押し殺すことが出来ていたが、徐々に胸の内に悲しみが溜《た》まってしまっていたのだ。

「悪いね、もうやめる。襲って悪か……」

体を離そうとするシンディ。

するとルイシャは彼女の細くくびれた腰に左手を回し、それを引き止める。そして逆の手を彼女の背中に回すと、自分の方に引き寄せ今度は自分から唇を重ねる。

突然のことに驚くシンディだったが、気づけばルイシャに求められるまま彼女は体を委ねてしまっていた。

「んむ……ぷは。どういう……つもりだい」

頬を赤らめながらシンディはルイシャを見る。

腰に回された手の力は強く、ちょっとやそっとの力では振りほどけない。自分より強者に捕まるという経験は、今まで無かった。シンディの胸はどきどきと強く跳ねる。

「シンディは情けなくないよ。大切な人と別れるのが辛《つら》いのに年齢なんて関係ない」

真面目な表情で言うルイシャを見て、シンディは驚き、そして笑みを浮かべる。心の中がじんわりと温かくなる気持ち。こんな感情を覚えたのは初めての経験だった。

シンディは自分の体をルイシャに強く押し当てながら、彼に尋ねる。

「ねえ、もう一度いい……？」

熱っぽい視線を向けながら懇願する彼女を、ルイシャは優しく受け入れる。

先程までは強く押し付けるようなキスであったが、今度は優しく。お互いを解きほぐすかのようにキスを重ねる。

「んちゅ……はあ……んん……」

いつの間にか二人は舌を絡ませ、お互いを求めるような激しいキスをしていた。どれくらいの間そうしていただろうか、息が苦しくなってきたシンディは、ルイシャの額にこつんと自分の額を当てながら、ゆっくりと唇を離す。

「はあ……どうだった？　あたしのキスは」

「えっと、少ししょっぱかった、かな？」

「はは！　それが海の女の味さ。覚えておくんだね」

楽しげに言う彼女の顔に、もう寂しさは残っていなかった。

もう大丈夫そうだな。そう思うルイシャだったが、一度火がついたシンディは止まることなく、自らの服をはだけ始める。

「ねえルイシャ。ついでと言っちゃあなんだけど、あたしの初めて、貰《もら》っていってくれないかい？」

「え……？」

「ふふ、意外だったかい？　こう見えて身持ちは堅い方なんだ。船員《なかま》は家族みたいなもんだし意外と機会はないんだよ」

耳元でささやきながら、シンディは健康的な太ももをルイシャの下腹部にぐりぐりと押し当てる。するとシンディは太ももに硬い感触を覚える。

「なんだ、ルイシャもやる気じゃないか」

にぃ、と笑った彼女は、ルイシャをベッドの方に押し倒すと、その上に覆いかぶさるように乗る。

「嫌だったら押しのけてくれ。あんたなら出来るだろう？」

挑発するように笑みを浮かべながら、シンディはゆっくりとルイシャの上に腰を下ろす。

するとルイシャの頭に甘い刺激が押し寄せてくる。

「ん……はあ♡　こいつは……なかなか、刺激的だね」

甘い声で言いながら体をビクビクと痙攣《けいれん》させるシンディ。

いつもの彼女とは違う、その緩んだ表情にルイシャは強い興奮を覚えた。

「シンディ……かわいいよ」

「な、何を言ってるんだい!?　あたしがかわいいなんてっ」

抜群のプロポーションと整った顔を持つ彼女だが、その男勝りな性格から『かわいい』と言われたことはなかった。免疫のない彼女は赤面し慌てふためく。

「シンディはかわいいよ」

「わ、わかったからそれ以上言わないでっ！　は、はずかしいからっ」

顔を覆いながらシンディは言う。

するとルイシャはそんな彼女を押し倒し体勢を逆転させると、耳元で同じ言葉を囁《ささや》きながら攻め立てる。

「お、おかしく、なる……っ♡」

体の芯を貫くような快感と、耳に押し寄せる甘い言葉。

今までそういった経験がなく、耐性のないシンディにその快感に抗《あらが》う術《すべ》はなかった。

「ルイ……シャ、なにか……くるっ♡」

「うん、全部任せて……」

シンディはルイシャの言葉に応えるように、彼に両手両足で抱きつく。

そして二人は同時に絶頂し、体を震わせる。

「〜〜〜っ!!♡」

全身に甘い痺《しび》れを覚えたシンディは、体を一際痙攣させたあと、ベッドにくたりと両手両足を広げる。

寂しさなど、もう考える余裕はない。彼女の心はすっかり満たされていた。

「今まで色んな船や波に乗ってきたけど……これが一番刺激的だったね……」

シンディは自分の不安を消し去ってくれた少年の髪をくしゃりと撫《な》でると、そのまま穏やかな気持ちで目を閉じるのだった。

エピローグ ◆ 少年と魔王とお忍びデート

「よく勇者の遺産を手に入れましたね。正直……驚きました」

そうルイシャに言ったのは、彼の剣の師匠であり無限牢獄《ろうごく》の管理人である桜華《おうか》だった。

海での冒険を終え、王都に帰ってきたルイシャが寝ると、彼は無限牢獄の中にいた。この空間と魂的に繋《つな》がっている彼は、時折精神だけこの世界に来ることがある。

この時もまた、彼は精神だけこの世界にやって来ていた。

「ありがとうございます。なんとかですが、微睡翠玉《ドミトールサファイア》を手に入れることが出来ました」

桜華に出会ったルイシャは、どのようにして勇者の遺産を手に入れたかを桜華に話す。

それを聞いた彼女は、苦しげな表情を浮かべ目尻に涙を浮かべる。

「そうですか……そんなことが」

「だ、大丈夫ですか？」

心配そうに尋ねるルイシャ。

桜華は普段表情を崩さない。このように感情を露《あら》わにするのは珍しかった。

「……解決してくださった貴方《あなた》には話さなければなりませんね。勇者とク・ルウ、その因縁を」

「……っ！」

桜華の言葉に、ルイシャは緊張した表情を浮かべる。

彼女は昔のことを滅多に語らない。ルイシャは彼女の言葉を聞き漏らさないよう耳を立てて集中する。

「勇者オーガはク・ルウを倒すつもりでした。しかし全盛期のク・ルウの強さは凄《すさ》まじく、完全に討伐することは不可能でした」

桜華いわく昔のク・ルウは無限の再生力を持っていたという。

足を全て切り落としても即座に回復する本当の怪物。ルイシャと戦った時は数百年の封印によりかなり弱った状態だったのだ。

「ゆえにオーガはク・ルウを封印することにしました。そしていつか、自分が倒せるようになったらまたあの島を訪れる……そうなるはずでした」

ですが、と付け加え桜華は憎々しげな表情を浮かべる。

「勇者は逃げました。責任、覚悟、使命、あらゆるものに背を向け愚かにも逃げ出しました。そのせいで苦しむ人がたくさんいるにもかかわらず、です」

「……なぜオーガは逃げたんですか？」

ルイシャが尋ねると、桜華はきっぱりとした態度で言い切る。

「弱さゆえに、です。オーガは勇者たる力を持ち合わせていなかった。本当の勇者は貴方のような人なのかもしれませんね」

「ぼ、僕がですか!?　そんな！　器じゃないですよ！」

慌てるルイシャ。

そんな彼を見てふっと桜華は笑みを浮かべる。

「貴方には感謝しなくてはなりませんね。よくぞ勇者の不祥事の後始末をつけてくださいました。なにか褒美を……そうだ」

少し考えた桜華は、ぽんと手を叩《たた》く。

どうやら妙案が浮かんだようだ。

「一日だけですが、無限牢獄に囚《とら》われている者を外に出してあげましょう」

「え⁉ そんなこと出来るんですか⁉」

桜華の申し出にルイシャは目を見開いて驚く。

そんなことが出来るなんて思いもしなかった。

「封印が緩んだ今であれば可能です。しかし一日限定な上、力も制限されます。魔王と竜王といえど、その力は普通の人間より少し強い程度に抑えられてしまうでしょう。それでもいいですか？」

「だ、大丈夫です！　きっと二人とも喜びますよ！」

ルイシャは手を上げて喜ぶ。

二人はずっと長い間真っ白な空間に閉じ込められていた。少しでも外に出られるなら喜ぶだろう。

「かしこまりました。それではその褒美を与えましょう」

「ありがとうございます！」

突然手に入れた思わぬ褒美。

ルイシャはその時を心待ちにするのだった。

◇　◇　◇

次の日。

ルイシャが自室で目を覚ますと、珈琲《コーヒー》のいい匂いがした。

なんでだろうと体を起こして目を開けると、そこにはなんと珈琲を淹《い》れている魔王テスタロッサの姿があった。

「おはようルイくん。今珈琲を淹れてるから少し待っててね」

「て、テス姉!?」

まだ寝ぼけていたルイシャは、驚いて飛び起きる。

そしてそこでようやく無限牢獄内でのご褒美のことを思い出す。

「あ、そうだ。確か一人しか外に出られないってわかって、じゃんけんでテス姉が勝ったんだった」

「そう、リオには悪いことをしたわね」

テスタロッサは一回辞退しようとしたが、リオはそれを認めなかった。

その代わりもう一度チャンスがあれば、今度はリオが外に出るということになったのだった。

「それにしてもテス姉が僕の部屋にいるってなんか不思議な感じがする」

「ふふ、そうね。はいルイくん、珈琲が出来たから一緒に飲みましょ」

湯気の立つマグカップを二つ、テスタロッサはテーブルに置く。

マグカップはテスタロッサの向かいに置かれたが、ルイシャはそれを手に取るとテスタロッサの隣の席に動かす。

「と、隣に座ってもいい？」

「あら……今日は甘えん坊さんなのね」

ルイシャは恥ずかしそうに隣に座る。

そして少しだけ席を寄せて肩が触れ合う距離に接近する。一緒にいられる時間は少ない。出来るだけ側《そば》にいたかった。

「ルイくん。今日はどうしましょうか？」

「えっと、まずは吸血鬼《ヴァンパイア》の人たちに会おうよ。きっとアイリスも喜ぶし。あ、でもまずはテス姉の服をどうにかしなきゃね」

テスタロッサの黒いドレスは、街中では目立ってしまう。

赤い角も目を引いてしまうのでそれをどうにか隠すのが先決だとルイシャは思った。

「ふふ、私を誰だと思っているの？　それくらい自分でどうにか出来るわ」

そう言ってテスタロッサが指を振ると、彼女の服が一瞬にして変わる。

気品を残しつつも、動きやすそうな服だ。頭にはかわいらしいハンチング帽を被《かぶ》ってい
て角を無理なく隠している。

その姿は魔王というよりも、どこかの名家の令嬢のようだ。これなら魔王とバレること
は無いだろう。

「どう？　似合う？」

「う、うん！　とっても似合ってるよ！　これなら大丈夫そうだね！」

ルイシャに褒められ、テスタロッサは「ありがと」と嬉《うれ》しそうに笑う。

いつもと違う服装。それだけでルイシャはいつもよりドキドキしてしまう。

「それで吸血鬼に会った後はどうするつもりなの？」

「うーん……その後はまだ決めてないや」

「じゃあその後はルイくんとデートにしましょうか♪　行く場所はお任せしちゃうけど、
いい？」

「も、もちろん！　頑張ってエスコートするね！」

張り切ったように言うルイシャ。

テスタロッサはそんな彼を愛《いと》おしい目で見つめるのだった。

◇　◇　◇

テスタロッサと出会った吸血鬼たちはみな泣きながら彼女に傅《かしず》いた。

吸血鬼は昔テスタロッサによって救い出された過去がある。ゆえに彼らは長年テスタロッサを救うため動いていたのだ。

その努力が、初めて目に見える形で報われた。その感動は計り知れない。

「貴方がたの長年に及ぶ忠義、まことに嬉しく思います。今まで本当にありがとうございます」

「そ、そんな！　礼を言うのは我らの方です！　よくぞ、よくぞ生きてくださいました……！」

そのやり取りをルイシャは少し離れた所で見ていた。

ここまで頑張って本当に良かった。そう思った。

「ありがとうございますルイシャ様。みな本当に喜んでいます」

そう言って近づいてきたのはアイリスだった。

「喜んでもらえて良かったよ。テス姉も嬉しそうだ」

「ええ……本当に」

仲間が涙を流しながらテスタロッサと話す光景を見て、アイリスは目を細める。それは彼女たちが長年夢見た光景。

まだ本当に救い出せたわけではないが、今だけはこの喜びに浸っても許されるだろう。

「それにしてもテスタロッサ様は、本当にお美しい方ですね。文献には書かれていましたが、まさかここまでとは……」

ジッとテスタロッサのことを見つめるアイリス。

するとその視線に気がついたのか、テスタロッサがこちらにやって来る。

「貴女《あなた》がアイリスね。ルイくんから話は聞いているわ。いつも彼の助けになってくれてありがとう。お礼を言わせてもらうわ」

そう言って胸に手を当て、テスタロッサはお辞儀をする。

するとアイリスは慌ててそれを止める。

「と、当然のことをしたまでです。身に余るお言葉、まことにありがとうございます」

慌てるアイリスを見たテスタロッサは「ふふ」と楽しそうに笑う。少し見ただけで彼女がとてもいい子なのは分かった。彼女ならルイシャと共にいても大丈夫だろう、そう思った。

「ルイくんから聞いてたけど……アイリス、貴女とっても可愛《かわい》らしい子ね」

テスタロッサはアイリスの顎に手を添えると、クイと自分の方に引く。

至近距離で見つめ合うテスタロッサとアイリス。するとアイリスは恥ずかしそうに目を背ける。

「お、お戯れを……」

「ふふ、照れちゃってかわいいいんだから。でも……」

テスタロッサはアイリスに顔を近づけると、彼女に耳打ちする。

「ルイくんのことは、渡さないわよ？」

そう言ってテスタロッサは顔を離す。

それを聞いたアイリスは驚いた表情をしたあと、真剣な表情に戻り、

「……申し訳ありませんが、それだけはお譲り出来ません」

そう毅然《きぜん》とした態度で言い放った。

テスタロッサはそんな彼女を見て楽しそうに笑う。

「ふふ、面白い子。貴女とは仲良くなれそうね」

◇　◇　◇

「それにしてもこの街は賑《にぎ》やかね。人間の国に来るのは初めてだから色々珍しいわ」

王都の街並みを歩きながら、テスタロッサは楽しげに呟《つぶや》く。

吸血鬼の面々と別れた二人は、約束通り王都でデートを楽しんでいた。テスタロッサは生前人間の国を訪れたことはない上に、無限牢獄《ろうごく》の中で気が遠くなるほどの時を過ごしてきた。

そんな彼女にとって王都の街並みはとても刺激的なもので、ただ歩いているだけでもとても楽しい時を過ごすことが出来た。

「あ、テス姉。あそこのお店とっても美味《おい》しいんだよ。少し休憩していかない？」

ルイシャは喫茶店を指差しそう提案する。

時刻は昼。ちょうどお腹《なか》が減ってきた時間だ。

「それはとっても素敵な提案ね。もちろんいいわよ」

二人は喫茶店へ足を運ぼうとするが、それを邪魔するように二人の男が現れる。

その男たちのガラは悪い。とても友好的には見えない。

「……こりゃあ驚いた。こんな綺麗《きれい》な姉ちゃん見たことねえ。いったいどこのお嬢様だ？」

「まあそんなこと今はいいじゃねえか。それより姉ちゃん、俺たちと一緒に遊ばねえか？退屈はさせねえぞ？」

男たちは下卑た笑みを浮かべながらテスタロッサを見る。

足から腰、腰から胸。男たちの舐《な》め回すような視線に、テスタロッサは悪寒を感じた。

今のテスタロッサは普段よりも弱体化してしまっているが、普通の男に不覚を取りはしない。軽く追っ払ってやろうとするが、それより早くルイシャは動いた。

「すみません。今は僕とデートしているので退《ど》いてください」

「……あ？」

割り込むように入ってきたルイシャを見て、男たちは不機嫌そうな顔をする。

「なんだてめえは？　この姉ちゃんの弟か？　今は大人の話をしてるんだから引っ込んでろよ」

そう言って男はテスタロッサの方に手を伸ばす。

するとルイシャは男の腕をガシッと摑《つか》み、止める。

「あ!?」

男は苛《いら》つきながら、ルイシャの手を乱暴に振り払おうとする。

しかしその腕はピクリとも動かなかった。まるで万力で固定されているかのようだ。ルイシャの恐るべき握力に、男の血の気が引く。

「い、いでえ！」

「ようやく……ようやくテス姉は外に出られたんです。それの邪魔はさせません」

ルイシャはそう言って男を強く睨《にら》みつける。

初めて当てられる、濃厚な殺気。それを正面から食らった男は腰が抜けその場に崩れ落ちてしまう。

次にルイシャはもう一人の男に目を向ける。

「貴方《あなた》はどうしますか？」

「ひいっ！　ごめんなさい！」

ルイシャに睨まれ戦意を喪失した男は、地面にへたりこんだ男を担ぎ上げると、逃げるようにその場を去る。血を流すことなくその場を収めることが出来たルイシャはほっと胸をなでおろす。

「大丈夫テス姉？　あの人たちに何もされてないよね？」

ルイシャは心配そうに尋ねる。

するとテスタロッサはルイシャのことを優しい目で見ながら「ええ」と答える。

「ありがとうルイくん。こんな風にかっこよく守ってもらえるなんて思わなかったわ」

「そんな、大げさだよ」

「大げさじゃないわ。魔族領にいた時は、守ることはあっても守られることはなかったもの。だからこうして守ってもらえるのはとても嬉しいの。まるで普通の女の子になったみたい」

昔を思い返すテスタロッサ。

するとそれを聞いたルイシャは不思議そうに首を傾《かし》げる。

「何言ってるの？　テス姉は普通の女の子じゃないか」

その言葉を聞いたテスタロッサは驚いたように目を丸くした後、嬉しそうに笑う。ルイシャは気づかなかったが、その頬は紅潮していた。

「本当に君って子は……どこまで私を好きにさせれば気が済むのかしら」

ルイシャに聞こえない小さな声でそう言ったテスタロッサは、えいとルイシャと手をつなぐ。

「邪魔はなくなったしいきましょ。エスコートをお願い出来るかしら、私の騎士さま？」

「ま、まかせてよ！　ばっちりこなしてみせるよ！」

意気込みながら喫茶店に向かうルイシャ。

そんな彼の横を、テスタロッサは幸せそうに歩くのだった。

◇　◇　◇

夕方。

たくさん遊んだルイシャとテスタロッサは夕焼けに照らされた王都をぶらぶらと歩いていた。

もうお店も閉まり始めているので寮に戻っていい頃合いだが、どちらも帰ろうとは言い出せなかった。それを言ってしまったらこの楽しい時間が終わってしまうから。

二人は何をするでもなく歩き続ける。すると、

「あれ？　ルイシャじゃねえか！」

突然話しかけられる。

誰だろうと声の方を見ると、そこにはルイシャのクラスメイトのバーンがいた。

横には彼の親友であるメレルとドカベの姿もある。どうやら三人で遊んでいたようだ。

「ルイシャは一人か？　暇なら俺たちと一緒に飯でもど……」

喋《しゃべ》りながらバーンはルイシャの横にいた人物に気がつく。

その視線に気がついたテスタロッサは、彼がルイシャの友人だと察し、バーンに「こんばんは」と挨拶をする。すると、

「お、おおおおいルイシャ！　誰だよお前この綺麗なお姉さんは！」

「ちょ、ちょっとバーン、ゆ、揺らさないでででで」

ルイシャの体をぐわんぐわんと揺らすバーン。

王都に来てから色んな人を見かけた彼だが、これほど美しい人を見るのは初めてだった。

「初めまして、私の名前はテスタロッサ。ルイくんの……そうね、お姉さんみたいなものかしら」

「お、俺はバーンって言います！　あの、ルイシャとは友達《ダチ》やってます！」

バーンは興奮した様子で答える。

次にメレルとドカベもテスタロッサに挨拶をした。二人ともバーンよりは落ち着いているが、それでもテスタロッサを前に緊張した様子だ。

「ふふ、楽しそうなお友達ね。みんなルイくんとは仲がいいの？」

「もちろんです！　俺たちゃ友人《ダチ》の中の友人《ダチ》、親友《マブダチ》ですよ！」

「仲はいいよね。この前も遊んだし」

「お、おでもそう思う」

ルイシャの友人たちの言葉にテスタロッサは「そっか。仲良くしてくれてありがとね」と笑顔で返す。それを聞いた三人は恥ずかしそうに頭をポリポリとかいた。

「もっとルイくんの色々な話を聞きたいけど、もう遅いしそれは今度にしようかな。もしまた会えたらルイくんの話を聞かせてくれる？」

「もちろんですよ！　ルイシャのことならいくらでも話せますぜ！」

バーンはそう言って胸を張る。

「ありがとう。楽しみにしてるわね」

テスタロッサは最後にそうお礼を言って、三人と別れた。

ルイシャは少し歩いた所で、テスタロッサに尋ねる。

「テス姉、さっきまた会えたらって……」

「ええ。だってルイくんが出してくれるんでしょ？」

「う、うん！　もちろんだよ！　でもあまりにも自然に言うからびっくりしちゃって」

そう言うルイシャの頬を、テスタロッサは優しく手の平で触れる。ルイシャはくすぐったそうにしながらも、その手に頬を委ねる。

「私もリオもルイくんが助けてくれるって信じている、少しも疑っていないわ。会えない時間は確かに寂しいけど、信じているからいくらでも待てるわ」

「テス姉……」

夕日に照らされるテスタロッサの姿が、一瞬ぼやける。

彼女がこちらの世界にいられるのは一日だけ。どうやら終わりが近づいてきているようだ。

「ねえルイくん。今日はとっても楽しかった、今日のことを思い出すだけであと何千年だって耐えられる自信があるわ。でも最後に……」

テスタロッサはルイシャの手を握り、指を絡める。

「最後に絶対に忘れられない、思い出が欲しいな」

「……うん、まかせてよ」

二人は手を繫《つな》ぎながら、寮に向かって歩き出すのだった。

◇　◇　◇

――魔法学園男子生徒寮、自室。

すっかり外は暗くなり、月明かりが窓から差す自室。

ルイシャはその中に入るなり、明かりをつけることもなくテスタロッサに抱きついた。

ふわりと鼻孔をくすぐる、優しい香り。それをかぐとルイシャは落ち着くと同時に、どきどきもする。

テスタロッサは抱きついてきたルイシャのツンツンした髪を優しくなでると、彼の顔を起こし至近距離で見つめ合う。

「ルイくん……」

「テス姉……」

顔を近づけ合った二人の、唇が触れる。

最初は優しく。だが、二度三度と繰り返すうちにその速度はすぐに速くなる。

「んちゅ、んむ、れろ、ぷは……んん……っ」

離れていた時を埋めるかのように、何度も何度も激しいキスを重ねる二人。

重ねる度に渇き、求めるほどに足りなくなる。二人は強く抱き合いながら何度も唇を重ね、舌を絡ませ、お互いの想《おも》いを確かめあった。

「テス姉……」

ルイシャはとろんとした目でテスタロッサを見つめる。

テスタロッサはそんな彼を愛《いと》おしそうに見ながら、呟《つぶや》く。

「キスだけでいいの？　ルイくんの好きなことをしていいのよ」

「好きな、こと……」

それを聞いたルイシャは、思わず自分の目の前に鎮座する大きな双丘を見てしまう。

これまでたくさんの魅力的な女性と知り合ってきたルイシャだったが、テスタロッサのそれに敵《かな》うものはなかった。

まさに魔王的と言える大きさと形。彼でなかったとしても夢中になってしまうだろう。

「遠慮しなくていいのよルイくん。ほら」

テスタロッサは服を脱ぎ、それをずいとルイシャの前に晒《さら》す。彼女の白い肌が月の光に照らされ輝く。それを見たルイシャはごくりとつばを飲み込む。

「それじゃあ……」

ルイシャはまるで芸術品に触るかのように、恐る恐るそれを下から持ち上げる。

「うわ、やっぱりすごい……」

ルイシャはその手触りに感動すら覚えてしまう。

圧倒的な大きさと重量感を持ちつつも、それの感触は今まで触ってきた何よりもやわらかい。手を動かす度に変幻自在に形を変えるそれを、ルイシャは夢中になって触る。

しばらくその感触を楽しんだルイシャは、それの先端部にたどり着く。すると、

「ん……っ♡」

テスタロッサの体がびくりと跳ねる。

慌てて謝ろうとするルイシャだったが、テスタロッサの表情を見てそれをやめる。

(テス姉、気持ちよさそうだ。だったら……)

もっと気持ちよくなって欲しい。そう思ったルイシャは優しく、それでいて激しくテスタロッサの体を触る。細い腰に手を回し、足を絡め、キスをしながらも胸の敏感な部分を攻め立てる。

最初は余裕そうにしていたテスタロッサも、次第に表情が溶けていく。

「る、ルイくん、それ以上は……♡」

「いいんだよテス姉、全部僕にまかせて」

ルイシャはそう耳元で言い、彼女を激しく攻め立てる。

するとテスタロッサの体に甘い電流が流れビクッ！　と体が強く痙攣《けいれん》する。

立つ力をなくした彼女を優しく抱きとめたルイシャは、彼女を抱きしめたままベッドの上に座る。

彼の上に向かい合うように座ったテスタロッサは、自らの腕を彼の肩の上に乗せる。

「テス姉、いくよ……」

「うん、来て……♡」

ルイシャが体を動かすと、快感が二人の体を突き抜ける。

テスタロッサは「んんっ！♡」と大きな声を出すが、ルイシャはそれを唇で塞ぐ。そして髪や角、尻尾や腰に耳など彼女の敏感な場所を優しく、時に強く触りながら愛の言葉を囁《ささや》く。

「好きだよテスタロッサ、愛してる。僕だけのものになって……」

「んあっ♡　なってる、もうなってるからっ♡」

体を激しく揺らすテスタロッサだが、ルイシャがガッチリと腰を押さえているため、二人の体が離れることはない。

乱れる呼吸に上がる体温。二人の体はどちらのものか分からない体液でべたべたになる。

触れ合う肌の境界線が曖昧になり、一つになる感覚を二人とも味わっていた。

「テス姉、いくよ……！」

ルイシャはそう言うと、キスをしながらテスタロッサを強く抱きしめる。

するとテスタロッサはそれに身を委ねながら彼を抱き締め体をガクガクと痙攣させる。

「〜〜〜っ!!♡」

体に残る甘い痺《しび》れにしばらく身を委ねたテスタロッサは、ゆっくりとルイシャから唇を離す。

そして二人はお互いを至近距離で見つめ合う。

「……ありがとうルイくん、これなら何万年でも忘れなさそうよ」

「それはよかった。でもテス姉、まだいけるでしょ？」

ルイシャがそう尋ねると、テスタロッサは楽しそうに笑みを浮かべる。

「当然でしょ？　私は魔王なんだから」

「よかった。僕もまだまだテス姉に伝えきれてなかったんだ」

その瞬間、テスタロッサは下腹部に大きなものが脈動するのを感じる。

「ふふ、本当みたいね。じゃあまたエスコートをお願いしようかしら」

テスタロッサはそう言いながら、再び彼女の騎士に体を預ける。

愛し合う二人。その営みは彼女がいなくなるその直前まで続いたという……。

あとがき

「まりむそ」5巻をお買い上げいただきありがとうございます。

作者の熊乃《くまの》げん骨《こつ》です。


5巻は楽しんでいただけたでしょうか？

今回は初めて他の国に冒険に行く話でしたので、色々な場所や人を出せて、作者の私はとても楽しく書くことができました。

そしてなにより今回は待ちに待った水着回ならぬ水着巻です！　どこかで水着ヒロインたちを出したいと思っていましたので、やることができて感無量です。

他にももっといろんな衣装を着せたい……！


作中の季節は夏でしたが、この本を書いている時も同じく夏でした。

今年の夏もとても暑かったですね。私はあまり外に出ない生活を送っているのですが、それにもかかわらず軽い熱中症になってしまいました。皆様はこまめに水分補給して気をつけてくださいね。


最後に謝辞を。

素晴らしい水着イラストを描いてくださった無望菜志《なもなし》さん、ありがとうございます。魂が浄化されました。

そして今回も的確なご指摘をくださった編集さんと校正さん。この本に関わってくださった全ての方々、そしてなにより読者の皆様に感謝を申し上げ、あとがきを締めさせていただきます。

それでは！

まりむそ05巻
お買いあげありがとうございます
水着たくさん描けて満足です♡
無望菜志.

魔王と竜王に育てられた少年は
学園生活を無双するようです 5

発　　行　2023 年 9 月 25 日　初版第一刷発行

著　　者　熊乃げん骨
発 行 者　永田勝治
発 行 所　株式会社オーバーラップ
　　　　　〒141-0031　東京都品川区西五反田 8-1-5
校正・DTP　株式会社鷗来堂
印刷・製本　大日本印刷株式会社

©2023 Genkotsu Kumano
Printed in Japan　ISBN 978-4-8240-0608-0 C0193

※本書の内容を無断で複製・複写・放送・データ配信などをすることは、固くお断り致します。
※乱丁本・落丁本はお取り替え致します。下記カスタマーサポートセンターまでご連絡ください。
※定価はカバーに表示してあります。
オーバーラップ　カスタマーサポート
電話：03-6219-0850 ／ 受付時間 10：00～18：00（土日祝日をのぞく）

作品のご感想、ファンレターをお待ちしています

あて先：〒141-0031　東京都品川区西五反田 8-1-5 五反田光和ビル 4 階　ライトノベル編集部
「熊乃げん骨」先生係／「無望菜志」先生係

PC、スマホからWEBアンケートに答えてゲット!

★この書籍で使用しているイラストの「無料壁紙」
★さらに図書カード（1000円分）を毎月10名に抽選でプレゼント!

▶https://over-lap.co.jp/824006080
二次元バーコードまたはURLより本書へのアンケートにご協力ください。
オーバーラップ文庫公式HPのトップページからもアクセスいただけます。
※スマートフォンと PC からのアクセスにのみ対応しております。
※サイトへのアクセスや登録時に発生する通信費はご負担ください。
※中学生以下の方は保護者の方の了承を得てから回答してください。

第11回 オーバーラップ文庫大賞
原稿募集中！
イラスト：じゃいあん
【締め切り】
第1ターン 2023年6月末日
第2ターン 2023年12月末日
各ターンの締め切り後4ヶ月以内に佳作を発表。通期で佳作に選出された作品の中から、「大賞」、「金賞」、「銀賞」を選出します。
その物語は、きっと誰かが好きな物語。
【賞金】
大賞……300万円
（3巻刊行確約＋コミカライズ確約）
金賞……100万円
（3巻刊行確約）
銀賞……30万円
（2巻刊行確約）
佳作……10万円
投稿はオンラインで！ 結果も評価シートもサイトをチェック！
https://over-lap.co.jp/bunko/award/
〈オーバーラップ文庫大賞オンライン〉
※最新情報および応募詳細については上記サイトをご覧ください。
※紙での応募受付は行っておりません。